银鞍白马度春风

沧海暮夜 著

中信出版集团 | 北京

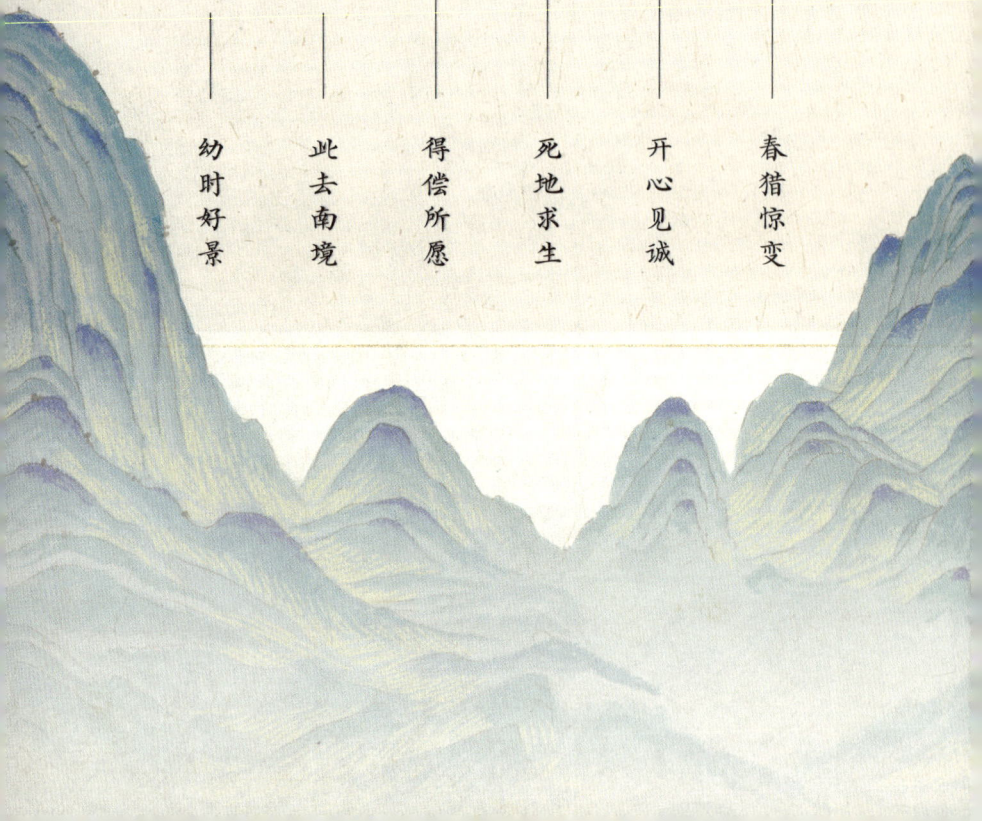

目录

君主刚愎自用，高高无能，掩
盖在长安锦绣繁华之下的，
是外戚当权，蚍蜉撼树。身
下的太子备受猜忌，高爽之
辈祸乱朝纲，取一国分治，
受万民奉养，亦可济世安民，
也当整顿朝纲。世人只扫门
前雪，我顾他人瓦上霜，这
是一个公主奋斗的故事，也
是一群少年奋斗的故事。

誉空

○

第一章

○

意气风发

"朕的阿璃,合该身如琉璃,内外明澈,净无瑕秽。"

父皇批阅奏章时,常把她抱在膝头,有时跟她叨念她名字的由来,有时跟她叨念不合心意的朝臣。絮絮叨叨,没完没了。

那时她还太小,最后记住的也就只有自己名字的由来。无他,实在是父皇念叨过太多遍。

"陛下,照你这般娇惯下去,阿璃可长不成你期望的文武双全的公主样子。"

母后常会寻到紫宸殿里,把她拎出去扔给霍统领或者裴太傅。按照母后的说法,她是长女,合该为未出生的弟弟妹妹们做好表率,努力长成文武兼备的大公主。

"咳,朕知道了,阿昭。"

她记不太清父皇的表情,只依稀记得每每母后来拎她时,父皇都莫名其妙地气弱。

"阿娘叫冯阿嬷蒸了桂花乳糕,待阿璃习完箭术,便拿给阿璃吃,好吗?"

冯阿嬷是母后的贴身嬷嬷,最善调饪各种点心、甜汤,也是那时她除了父皇、母后之外,最喜欢的人。喜爱程度,要远远排在霍大统领和裴太傅之上。霍大统领总是皱着眉拿小柳条抽她手臂,裴太傅则经常拿毛笔点她额头,都是她对付不了的人物。

认认真真射了二十支箭,被霍大统领不轻不重地抽了三下,得了一个中上的评价,她终于回到了母后的寝宫,抖着胳膊从父皇手里捧过一小块桂花乳糕,却在即将张口的那一瞬间,眼睁睁地看着手中的糕饼碎成飞沫。

她惊恐地抬头,便见到母后维持着明艳的笑容一动不动,父皇、冯阿嬷也好似定住了一般,下一瞬父皇、冯阿嬷和整个立政殿瞬间成灰。

母后……母后笑容不变，却离她越来越远，转瞬消失不见。

萧璃猛地睁开眼睛，咬唇屏息，双手紧紧抓住身上的锦被。几息过后，才缓缓地放开呼吸。宫殿外间守夜的诗舞呼吸平稳，并未察觉她的惊醒。萧璃深吸了一口气，复又闭上了眼睛。

大周荣景十年，长安城锦绣繁华。

长安城通化门外，一队骏马从远处飞驰而来。马上之人皆着戎装轻甲，满身风尘，及至城门口时，便"吁"的一声，勒马停住。

最前面的那人身着一身明光铠，双眼如鹰般锐利，四下一扫，目光便落在了城门口牵马站立的两人的身上。

其中一人三十多岁年纪，身着浅绯锦袍。另一人更年轻些，面白无须，着青绿袍衫，看样子是宫中内侍。浅绯锦袍的男子快步向前，走向男人，叉手行礼。

"下官礼部宋平，奉陛下之命在此迎接镇北侯爷。"

男子闻言，翻身下马。

宋平看着，心中暗暗赞叹。

即便身着铠甲，依然掩不住男子特秀风姿。端看这利落下马的姿态，即便是满身风尘，也称得上潇洒，只不知其人能不能称得上爽朗清举了。

"陛下可是要我等即刻进宫？"霍毕拱手回礼，问道。

"陛下体恤侯爷车马劳顿，特命我等来通知侯爷先回府休整，待明日再进宫不迟。"着青绿袍的内侍上前，笑着说道。

霍毕没什么表情，只谢了恩。他身后的一众将士互相对视，都没有出声。

既然不需即刻入宫面圣，待入了城，霍毕便策马向着府邸方向行去，宋平与内侍跟随。

"这长安城怎么看着有些冷清？"霍毕身后一个虬髯将士低声嘀咕。

他记忆中的长安，坊市之间总是络绎不绝，今日却并非如此。人数较他印象中的，好像少了不少。

宋平闻言，回身冲着虬髯将士笑了笑，说道："前些日子吐蕃使团进京，欲与我大周比赛马球，今日正是第二场比试。这百姓，此刻大约都去月灯阁瞧热闹了。"

"第二场？这马球赛一共几场？"虬髯将士好奇问道。

"吐蕃使团请求赛三场，得两胜方算得上胜出。"

"那如今我们几胜了？"虬髯将士身边一个身材颀长、面容俊朗的年轻将士问道。

"这……"宋平略有些尴尬，说，"第一场我们不敌吐蕃，一球惜败。"

"不过这第二场，有长乐公主殿下领队，我大周定能打败吐蕃。"青绿袍内侍轻声细气地说，脸上很是自信。

"既然公主殿下这般厉害，为何第一场却输了？"虬髯将士继续问。

青绿袍内侍瞥了一眼虬髯将士，心想这些边关将士果真都好不会说话。虽如此想着，却还是好声好气回复："第一场公主殿下并未出战。"说完便转过头，目不斜视，不打算再答话的模样。

所幸，虬髯将士没再追问为何公主殿下没有出战第一场比赛。

宋平与青绿袍内侍对视一眼，皆在心中松了一口气。说实话，他们还真有些怕霍将军手下的这位将士开口追问。

若问为何，那自然是因为公主殿下她又被陛下禁足公主府了。

至于原因？

可能是因为月前调戏了个进京科举的士子？又或是在平康坊跟某个权贵子弟争了头牌花娘？

当然也可能是又把哪个尚书侍郎家的公子揍了一顿。

这些虽说是朝堂尽知的，可要他们亲口叙述给刚回京的边关将士，却还是不大妥当的。左右这些也不是什么秘密，便留给他们自行发现吧。

自去岁长乐公主殿下及笄，出宫建府以后，这类事情便时有发生。

宋平时常想，御史台只消盯住了长乐公主，那每年的考簿上，便不缺政绩了。

但那又如何？御史尽管弹劾，长乐公主殿下却每日照旧在都城坊市里招猫逗狗。陛下若看不过禁她足，也不过十数日而已，于她来说不痛不痒。

待到了霍府，宋平与内侍即告辞离开。霍毕带着一众将士一进府，虬髯

将士便忍不住开口了："能替国出战，想来这长乐公主极受宠。"说完，还对着霍毕眨了眨眼睛。

只是这挤眉弄眼的表情在一相貌粗糙的大汉脸上出现，实在有碍观瞻。

霍毕只看了一眼，便移开目光。

"长乐公主是先帝的独女，说来，只是当今陛下的侄女而已，如何能如此受宠？"那年轻的将士问道。

"选征有所不知，本朝皇室在子女缘分上，向来阳盛阴衰。自我大周开朝至今，共历六任皇帝，皇子十数，公主却统共只得了三个。这长乐公主便是这第三个公主，也是现今唯一的公主。何物但凡稀有，自然就珍贵了，即便尊贵如皇子、公主，也是如此。"霍毕身边一个谋士模样的男子摸着山羊胡子，笑着说道。

闻言，虬髯将士瞪大眼睛，道："唯一的公主，那军师想让将军求娶的，便是这位……"

"便是这位长乐公主。"齐军师摸着胡子，笑着瞥了一眼霍毕，却见他面无表情。

"能在此等情境下出战，当是确有实力。"霍毕说，"那内侍言语提及时，态度自信，仿若只要公主出战，便不会落败。"说完，就不再理会互相挤眉弄眼的几人，率先走进内院。

月灯阁。

自几十年前起，月灯阁就是长安举行马球赛会之所。一年前，宫内的球场未修建好时，萧璃便时常同友人在这里打球。

相比较在宫内，萧璃也更喜欢在此打球。在这里，上至贵族下至百姓，皆可观赛，当初建所时就有个与民同乐之意。

而且观众欢呼起来，比宫里宫娥和内侍的喝彩可热烈得多。

"公主，那边那个领头就是什么达日贡将军之子，叫赛聂的，据说从小苦练弓马，马球更是擅长，上次他们也是败在赛聂之手。"崔朝远凑到萧璃身边说道。

崔朝远是宣平侯爷的幼子，不喜读书也不爱习武，只喜欢走街串巷打探消息，自号"长安百事通"。

萧璃绑腿的手一顿，抬头朝赛场另一边看去，就见那边有人正向她看来，挑衅一笑，暗中又比了个"你不行"的手势。

崔朝远见状，大怒。

"比赛马上开始，到了赛场上再教训他。"萧璃不甚在意地一笑。

她已将袖口、裤腿都绑好，接过内侍牵来的缰绳，拽住马鬃，翻身上马。

与一般女子常选的低矮坐骑不同，萧璃的坐骑是一匹通体漆黑的高头大马，名唤乌云骥。

上了马，萧璃策马走向皇帝和皇子们观赛的席位，停住后歪歪头，高声说道："皇伯伯，我们可说好了，若下两场我赢了，今年突厥进贡的马匹里的那匹雪云骥就是我的了！"

"你！已经有乌云骥了，竟然还肖想雪云骥！"二皇子萧烈忍不住开口。他也看中了那匹雪云骥，正找不到机会向父皇讨要。

"雪云乌云，听着就般配，合该被我收入公主府的。"萧璃大笑，露出一口白牙，在阳光下好像反着光。她接着道："骏马谁会嫌多？这就好似美人儿一般，没人会嫌多。这道理，二皇兄明白吧？"说完，还对萧烈轻佻一笑。

"雪云骥的事稍后再说。"太子萧煦无奈地摇头，打断了即将开始的争吵，开口说，"先专注对战，不可轻敌。"

"就是，还没赢呢就想着奖励。"二皇子附和。

"阿煦说得对，阿璃，切不可轻敌。"荣景帝此时也笑着开口，说，"若你真赢了两场，雪云骥就是你的了。"

"那阿璃就先谢过皇伯伯了！"萧璃在马上叉手行礼，然后策马走了几步，复又纵马转身，侧对着观众的席位。

此刻阳光正好，微风拂面。萧璃看着策马向她走来的三个伙伴，抬起手中球棍，手指一个巧劲儿一推，球棍便高速在萧璃手中转了个圈，复又被她牢牢攥在手心，猛地停住。

"就叫他们瞧瞧真正的马球是怎样打的！"她声音朗朗，英姿飒爽。

"诺！"三个伙伴也笑了，朗声称是。

黄昏将至，裴晏才理完文书，离开府衙，准备归家。

"清和！"

府衙门前，裴晏转身回望，见大理寺少卿王放正朝自己快步走来。

裴晏和王放皆是荣景七年进士及第。与崔朝远那些纨绔子弟不同，这两人自小便是长安城中鼎鼎有名的"别人家的儿郎"，科考前便被称为"长安双璧"，一同进士及第后，风头更是无两。

如今不过三年，一个已至大理寺少卿，而另一个则做了中书舍人。任谁家长辈见了，都要赞上一句年少有为。

"子贤。"

"今日从南边来的那些举子在绣玉楼诗会宴饮，怎么样，想不想去瞧一瞧热闹？"王放是个活泼爱热闹的性子，在旁人看来，这种性子是怎么也不会与大理寺相合的，却不知王放是被大理寺卿破格擢入了大理寺。

王放出身世家，卖相是写意风流，于审讯和断案上很有一手。入大理寺不到一年，便已厘清了不少陈年卷宗。

"哎，你可别说不去。"裴晏刚要开口，便被王放打断。王放道："也不要你我加入，我们寻个隔间，听听可有什么好的诗文便好。这连日审案、写文书，头僵脑硬，都快忘记我也曾是长安鼎鼎有名的风流才子。"

"可，待我回去换衣。"裴晏笑了笑，看了看身上的官袍，说。

这时，几个锦袍少年打马经过，对话就随着晚风飘到两人身边。

"果然不出我所料，有公主殿下出战，我们定能赢了那些吐蕃蛮子。"

"哎，我好想跟公主殿下同场打球。"

"哈哈，以你的马术，怕不是一杆便要被过了。"

"不不不，我想与公主同队，让她带我赢球。"

"厚颜无耻，痴心妄想，你若与公主同队，简直污人眼睛，妨碍我欣赏公主殿下英姿。"

"上月有幸，见过公主殿下与令羽公子同场打球，默契流畅，当真是养眼。"

"可惜令羽公子是南诏人，无法与公主殿下并肩而战。若他们两人能共同出战……"

"扯远了，后日第三场比赛，诸位可记得寅时球场见，不然便占不到好位子了。"

"知晓知晓，莫再絮叨了。"

"不知公主喜爱怎样的男子，我想做公主殿下的入幕之宾。"一群少年本来是在讨论球赛，其中一人却突然语出惊人。

裴晏和王放也被这大胆的言论惊到，闻声望去，说话那人声音稚嫩，看其身形，还在总角之年。他与另一个少年共骑，像是被自家兄长带着出来耍的。

锦袍少年们闻言，静了片刻，接着皆是放声大笑。

其中一人道："毛还没长齐的孩子，就懂得什么叫作入幕之宾了？"

那孩子被笑得涨红了脸，把头扭到一边，也让裴晏和王放见到了其容貌。他生得唇红齿白，浓眉大眼，眼角还有一颗泪痣，已可令人窥见其长大后的容貌风姿。

"那阿翡可要苦练弓马武艺了。为兄猜公主会更偏爱弓马娴熟的儿郎。"与孩子共骑的兄长闻声，笑着开口道。

几人聊笑着渐行渐远，再听不见他们说些什么。

王放好笑地摇摇头，道："公主殿下还真是……"一抬眼，见裴晏抿着唇，兴致不高的样子，怔了怔，又马上想明白了，不由失笑。

裴晏出身河东裴氏，是当今士林之首裴太傅之子，参加科举前一直在太子身边伴读，素有才名。

自十年前今上登基，公主便被教养在皇后膝下。说是养在皇后膝下，其实被太子殿下带着的时候更多。当时长乐公主同皇子们一道读书，裴晏又是太子的伴读，这两人大约是在一起相处过一阵子的。

不过，想想裴晏如玉君子的性子，再想想公主往日打马游街的不羁姿态，王放猜测这两人相处得怕不怎么愉快。不然，同在太子身边，一道长大，关系不该如此疏离才是。

当真无法想象性子如此截然不同的两人，与端方温和的太子殿下是如何相处的。

绣玉楼。

"王家阿兄！"

裴晏和王放才下马，便听见熟悉的呼唤声。抬头望去，见崔朝远正从三楼窗扉往外探着头招手。王放挑挑眉，正要说话，便看见一个团团脸的杏眼少女也探出头来，冲着自己笑。

少女正是王放的小妹，王四娘，闺名绣鸾。

见到妹妹，王放一下子笑开了，扭头对裴晏说："看来我们连位子都有了。"

进了三楼的隔间，王放毫不意外地见到了吕太常家的公子吕修逸和谢家二娘。

"你们怎的也在这儿？公主殿下没有同你们一起吗？"王放问。

崔朝远、吕修逸、谢二娘和他小妹平时最喜同萧璃一同玩耍。他们五人并谢氏的二公子、李氏的小公子还自号什么"长安七侠"，最爱学那江湖游侠儿，做些或行侠仗义，或招猫逗狗的闲事。不过小李公子随父兄回乡大祭，谢二郎被圈在家里准备来年的乡试，故而今日只有这四个。

"这绣玉楼诗会又不是什么秘密，我长安百事通怎可能不知道？"崔朝远得意一笑，说，"听说敢来的大多是才高士子，我们便带阿霏来看看。至于阿璃，马球赛之后被皇后娘娘叫去宫里了。"

闻言，王放看向倚桌而坐的谢二娘，谢娴霏。

"阿爹说今年再定不下亲事，他就去榜下给我捉个婿回来。"见到王放的目光，谢娴霏慢吞吞说道。

"阿璃说与其叫谢家叔叔胡乱捉婿，不如我们先来踩个点子，好歹心里有数。"吕修逸咧嘴一笑，说。

王放揉揉眉心，还"踩个点子"，这话是他们该说的吗？

"而且话本上都写了，许多小娘子就是听了某某秀才诗作，或是见了某某士子高谈阔论，便一下子倾心，我们想看看阿霏是否也会如此。"崔朝远坏笑着说。

谢娴霏听了，面色变都未变，不紧不慢地喝着自己的茶。

"正好阿兄来了，也可以帮我们掌掌眼。"王绣鸾乖乖地笑着对王放说。

"要我说，这里就没人配得上我们阿霏。"吕修逸说，"这诗文风流又不代表就是好郎君了，你看这个，诗文还行，可身体看着也太虚了。再看看那个，倒是健壮，但是长得稍显蠢笨。还有这个……"

"阿霏心里可有什么章程？"那边吕修逸胡言乱语，王放听得头疼，扭头问谢娴霏。

"阿霏说了，寒门子弟好在家庭简单，但恐没什么钱财门路。若嫁过去，怕少不了要拿嫁妆贴补家用，且要出门交际为丈夫寻门路探消息。"王绣鸢抢着开口，道，"世家子呢，家风好的不多，便是家风不错，但家里人员也多复杂，婆婆呀、太婆婆呀，搞不好还有太太婆婆，另有堂表妯娌一大堆，说不定还会遇到豪奴欺主，想想便头痛。"

谢娴霏听王绣鸢吧啦吧啦说了一堆，她毫无被人议论婚事时该有的羞色，反倒是认真想了想，觉得没什么遗漏，便满意地点点头，道："便是如阿鸢说的这般。"

"这……"如今的小娘子家想的都这般多吗？他幼时也见过这谢家娘子，竟不曾发现谢二娘竟这般……王放语塞，求助般看向裴晏。

裴晏但笑不语，低头看向楼下诗会。

"我呢，倒也不是不善交际。"谢娴霏懒洋洋地开口，道，"只觉得烦，没什么意思。有这时间，不如看看话本、喝喝茶，或者同阿璃和阿鸢去跑跑马。"

"你？跑马？"崔朝远仿佛听到了什么笑话，道，"你谢家阿霏向来是能坐着绝不站着，能歪着绝不正着，哪次去跑马不是阿璃带着你？"

"阿璃的乌云骥雄俊，带着我也比你们快。"谢娴霏瞥了一眼崔朝远，说，"再者说，在我谢娴霏这里，我在马上，便算跑马。"

一字一句，抑扬顿挫，说得毫无羞愧。

崔朝远语塞，确实，阿璃就算带着阿霏也比他们跑得快。

但这也是没办法的事，她那匹乌云骥，寻常马匹哪比得上？更别提阿璃的骑术比他们几人加起来还高超。

阿璃总是很得意地炫耀，说她就算在马背上一边翻着跟头一边骑马，都能跑他们前面去。

"真是……"瞧着崔朝远被谢娴霏挤对得无言以对的样子，吕修逸扶额，深觉自己交友不慎。

次日晨。

今日没有大朝会，霍毕与年轻将领并虬髯汉子进宫面圣，快至宫门时，见到一人策马而来。

虬髯汉子袁孟顿时眼睛一亮，那匹马高大威猛，通体漆黑，油光水滑，明明速度并不飞快，却生生跑出追风逐日、雷霆万钧之势。袁孟自认不是马痴，却也难掩内心渴望，很想上前稀罕稀罕这马。

再看马上之人，却是一穿着天青男装的少女。她头戴彩珠银冠，脚踩鹿皮靴，身形较那高头大马略娇小了些，却又稳稳地骑在马上，游刃有余。

至于少女的容貌……袁孟生平第一次觉得惭愧，搜肠刮肚，也想不出要怎样来形容这样一副相貌，只得愣在那里。

此时少女已策马而至，在擦身而过的一瞬目光从三人身上一一扫过，本肃着的脸竟露出了几缕笑意，还吹了个口哨。

袁孟的脸唰的一下就红了。待少女远去，袁孟扭头看向林选征——那面白的年轻将士，见他竟也是一副羞赧的模样，心里瞬间又舒服了。再想到他自己满脸胡须，很是能掩住脸色，就更自在了。

他又看向将军，却见霍毕并未如同他和选征一样停住，早已走出一射之地，心里一紧，赶紧追上。

中书省。

昨夜饮了酒，王放此时约莫还在家呼呼大睡，裴晏却已到官衙，正要把缰绳交到随从手中时，听见身后传来策马之声。

他回身望去。

青衣黑马在面前呼啸而过，带起些微尘土，惊落几片树叶。

裴晏沉默地看着那几片树叶擦着衣袖落下，垂眸不知在想些什么。片刻后，对随从点点头，便转身走进府衙。

南诏质子令羽府邸。

"吁——"乌云骥前蹄扬立，这才停住。萧璃翻身下马，对迎上来的门仆随意地摆了摆手，径直走了进去。

"令绝云！我没迟吧？"萧璃将马鞭往身后一插，边走边喊。

"自然是没迟的。"说话人声音清朗，看着快步而来的萧璃，眼带笑意。

萧璃停下脚步，看着向自己走来的青年。他身着藏青猎装，腰间佩一把长剑，手拿木弓，身背着一筒雕羽箭。衣袖绑着，一双臂膀瞧着遒劲有力，步伐亦轻盈矫健。

"真是好久未见了，令羽。"萧璃笑着说道。

闻言，令羽挑眉，道："你少被陛下禁足几日，便能多见到我了。"

这一番话说得，熟稔且毫不客气。

令羽是南诏国的大王子，五年前南诏递交降书，退出云岭七州，并送了出身高贵的大王子质予大周，终是结束了长达十几年的云岭之争。

南诏王收复云岭七州的梦破碎，萧璃听说自那以后，他便开始醉生梦死，至今已有五年。

照理说，质子因为身份尴尬，在敌国总要活得战战兢兢，但令羽却是个另类。

当今陛下为显宽仁，并不曾苟待令羽，他一进京便赐了座不错的宅子给他。且令羽也不是那等畏畏缩缩之辈，身为王子，自有王子的风仪气度，那一手君子剑使得出神入化。

他刚进京时，也不是没有权贵子弟想欺辱一下这个异国质子。可是比武，被他的君子剑击退；比试弓马，也占不到多少上风。

长安确实有不少纨绔恶少，但骄傲的乌衣子弟更多，见他有真才实学，自然会真心钦佩。

渐渐地，令羽便在长安城站稳了脚跟，偶尔也会与一些世家子去京郊跑马打猎，或是去月灯阁打打马球，抑或是参加诗会宴饮，乍一看，仿佛与长安的世家子弟没甚区别。

而萧璃，便是令羽不那么君子的一个朋友。

两人相识于三年前的中秋宫宴，剑术初成的她在宫中已把羽林军挑战了一遍，奈何碍于她的公主身份，没人真的跟她动手。

萧璃偶然间听太子兄长提及南诏国的质子令羽，似是使得一手好剑，鲜有败绩，便设计在中秋宫宴去挑战一番。

于令羽的视角，却是在他出恭回宴席的途中，突然冒出来一个小矮子，丢给他一把未开刃的剑，便提着自己那玩具般的剑冲了上来。

隐隐猜出了来人的身份，令羽便无可无不可地同小矮子过招。打着打着，令羽发现，这小矮子虽然没什么对敌经验，可基础打得牢，天赋也好，便渐渐认真起来。一个斜挑卸了小矮子的剑后，令羽随口指点了几句，便回了席。

自那以后，令羽便隔三岔五地就能见到这个小矮子，不，小公主。不仅要陪她打，打完了她还不走，倔强地看着他，非要他点评一二才肯离开。

头一年，令羽就总是莫名其妙地被揪着与她对打加点评。

他也不是没有找过太子殿下，半是暗示半是抱怨，毕竟那时小公主还住在大明宫，若没有太子帮忙，怎么可能那般频繁出宫。

可太子只是无奈笑笑，说："孤就这一个妹妹，不宠着又能如何呢？"说完，见令羽脸色不好，又找补道，"阿璃很是乖巧可爱，听话懂事，不会给你惹麻烦的。"

乖巧可爱？听话懂事？

令羽勉勉强强同意那半句可爱，至于另外三个词，他当真是看不出一丝一毫。

第二年令羽生辰时，太子给他送来一把乌鞘利剑，剑身寒光四射，锋芒毕露。他只看一眼便有些爱不释手。正当他要道谢时，太子却温和地笑着摆手，说这是小公主费心寻来送他的。

收到一把好剑的令羽，勉强同意了太子说的第四个词。

就这样，三年时间，萧璃从小矮子变成了大姑娘。令羽也从指点喂招变成了真正地对战，直到今年，不用上见血杀招已无法胜她了，且，若不用博命的打法，有时不慎竟会被萧璃赢了去！

这一年来，这姑娘也不知道从哪里得到的对敌经验，打法隐隐开始有些无赖的样子，让令羽很是头痛。

现下看着面前亭亭而立的少女，令羽恍然发现，这三年时间当真过得太快。他指导过的小姑娘，已经长成了明艳的少女。

"哎，下次叫太子兄长早些给我求情，我便能早些出来了。"萧璃满不在乎地说。接着，她目光闪闪地看着令羽，道："快些走，我答应了阿霏、阿鸢她们，要猎些兔子拿去绣玉楼做辣烧兔给她们尝鲜。"

"绣玉楼难道不备着兔子吗？"

"绣玉楼备的兔子哪有我亲手猎到的好吃？"萧璃理所当然地说。

"你明日不还有第三场比试？今日当真要打猎？"令羽问道。

"昨日比完我心里就有谱了。"萧璃说，"那吐蕃将军之子打球全凭一腔孤勇，仿若队友是摆设，丝毫不懂配合为何物。打这种孤狼，我最有经验。"

听到萧璃的形容，令羽也觉得吐蕃似乎确实不足为惧。

"你明日可要来看我打球？"萧璃问。

令羽觉得，她那得意扬扬的模样，想问的怕不是"可要来看我打球"，而是"可要来看我赢球"吧？

"自是要去的。"令羽点头，道，"怎能错过满长安的小娘子和少年郎为你欢呼的场面？"

萧璃得意地"哼"了一声，也不理他的揶揄，翻身上马，率先向城外走去。

第二日，月灯阁。

"这个位子当真是好！"崔朝远走进隔间，先跑到围栏处，几乎将半个身子都探到了外面，之后回身对走进来的裴晏与王放说道。

"那可不，裴清和出手，当然不会叫人失望。"王放说。

"不愧是裴大人，光凭我等肯定订不到这么好的位子。多谢裴大人肯让我等占这个便宜。"崔朝远笑嘻嘻地对裴晏作揖，说。

"多谢裴大人。"谢娴霏与王绣鸢也跟着一同谢道。

"无妨，也不过依仗家世罢了。"裴晏欠了欠身子，淡声道。

这话却是自谦了，若单凭家世，崔朝远和王放同样能订到包间，但约莫不会有这么好的位子。王放猜测，这裴晏怕不是亲自出面，毕竟这长安城里仰慕裴晏才学姿容的人可当真不少。

"今日都谁随公主上场？"坐定后，王放问道。

"别人不确定，但定然有阿逸。"王绣鸢拿过茶具，开始煮茶，第一杯递给了裴晏，第二杯递给了自己兄长。"为了上场，阿逸就差撒泼打滚了，"说着，王绣鸢歪了歪脑袋，道，"若阿璃是个男子，阿逸怕不是还要

抱腿哭求。"

"噗。"王放刚进口的茶险些被吐出来。

裴晏只垂眸喝茶。

"他们常一起打球的那几人里，阿逸最灵活，想来阿璃有她的考量。"谢娴霏接过第三杯茶，说。

"阿璃自是心里有数，但是阿逸，"王绣鸢撇撇嘴，说，"定是听说了嫣嫣今日也会来，打着炫耀球技的主意。"

吕修逸是个好吃、好玩、好美人的性子，平日里从没个正经样子，唯善两项：一为马球，一为音律。难得有可以炫耀之处，自然不想放过。

这时，有三人被内侍引着，自门帘外经过。那三人虽着简素胡服，并未佩剑，可带有一丝长安人没有的刚正肃杀之气。

王放有些讶异。

"该是前两日才到京的镇北侯，霍毕。"崔朝远说。

"这……看来镇北侯已出孝期了。"王放低声说。

听到王放的话，几人皆是沉默。

四年前，北狄大军压境，朝廷增援不及，老镇北侯死守沧州城，身先士卒，最终战死于破城之日。

当时，十七岁的世子霍毕作为少帅，与余下的两万镇北军手绑白布以作孝衣，在澜沧山与北狄军死战，终是成功地拦住了北狄大军侵略的脚步，也等到了朝廷的援军，夺回了沧州城。

随后，他又以三千精锐全部牺牲为代价，切断了北狄的粮草供给，乱了北狄后方，令北狄大军未能再进一步，最终守住了大周的北境。

自此镇北军和霍毕的名字，响彻大周。

当时朝野震动，荣景帝赏赐霍毕国公之位。圣旨到了北境，霍毕双膝跪地，言功劳荣光该尽属亡父和阵亡的将士，求荣景帝赏赐战死的老侯爷和亡者。

荣景帝大为感动，遂追封老镇北侯为英国公，也允了霍毕于镇北侯阵亡之所守孝的请求，待三年后再为其封赏。

"我听说霍侯爷并没有扶棺回京，而是在北境安葬了老镇北侯？"王绣鸾问道。

霍家并非世代居于北境。先帝在时，霍老将军是禁卫军的统领，负责守卫宫城。直到当今圣上登基，才被派去镇守北境。照理说，霍老将军该落叶归根才是。

"那时北境未定，时局未稳，只能就地安葬霍老将军。"裴晏开口道。

众人点头，若是等到边关安定，那老将军的尸身怕是……

这时，比赛马上便要开始了，众人不再讨论霍毕。

唯有崔朝远看了看霍毕去的方向，看其被内侍引着，想来是会去陛下那边。

按时间算，前日陛下同他们一起观赛，应是昨日才召见了霍毕，今日便邀其来月灯阁，怕是以示恩宠的意思。

崔朝远玩味地笑笑，复才将目光投向比赛场。

"陛下，霍侯爷到。"月灯阁居中的看台上，内侍垂首走到荣景帝身边，低声道。

"叫他进来吧。"荣景帝摆摆手，道。

三人进了看台包厢，齐声道："臣霍毕、袁孟、林选征参见陛下。"

"行了，今日你我都是观众，无须多礼。"皇上一笑，免了霍毕等三人的礼。

三人起身，接着向太子、二皇子、三皇子、四皇子和贵妃娘娘见礼。

这也是霍毕第一次见到皇上的四位皇子。

太子萧煦如霍毕所听闻的那样，仪态端方，矜贵从容。听说其行事也有贤君之风。有储君如此，也无怪朝臣每每提及，便赞不绝口。

二皇子萧烈是武将身材，观其坐姿，也能看出是习武之人。当今圣上登基之前便是武将，故而对同样习武练兵的二皇子很是偏爱。

三皇子萧杰要清瘦些，论容貌却超过前面两位皇子，赞得一句丰神如玉。其母便是坐在皇帝下首的贵妃娘娘，是显国公家的嫡女。三皇子的外家是勋贵之家，却听说他在士林间颇有贤明，也能礼贤下士。

四皇子萧然则还一副少年模样，一双眼只急切地看向场内，好像这样比赛就能快些开始。

"好了，坐吧。"荣景帝指指边上的座位，说。

"谢陛下。"

"月离刚回京，怕是不知道。"比赛还未开始，双方队员还未出场准备，皇上唤着霍毕的表字，与他闲话家常，道，"今日代我大周对战吐蕃的这位，可是满长安城你最不能招惹的混世魔王。"

霍毕适时露出些惊讶。

"皇上，您这么说，叫长乐公主知道，定会同你急的。"贵妃掩面而笑。

"哼，这话也就我敢说。"皇帝佯怒，道，"再者，便是我不说，月离在长安再待个十天半月，自然也会知道！"

"父皇，阿璃他们出场了。"太子这时出声道。

皇帝转向场内，眯眼看了看，指着萧璃身边一个高大威猛、穿着玄色骑装的男子问："郭威，那个是你家大郎？"

"正是犬子。"禁军统领郭威抿着嘴，低头称是。

皇上瞄见郭威的神色，不由好笑，道："怎么，见你家大郎同阿璃一起打球，不高兴？"

"此为宣我大周国威，臣不敢有异。"

"哦？那若是寻常玩耍，你便不许了？"皇帝不依不饶，接着打趣。

"臣不敢。"说完，郭威头更低，嘴抿得更紧。

霍毕和袁、林三人见太子无奈摇头，二皇子和三皇子对视而笑，而四皇子则没忍住，直接笑了出来，便知道皇上口中的"混世魔王"长乐公主，八成与禁军统领有些什么过节。

要说禁军统领，还算得上公主的武学师父。当初萧璃开蒙，跟皇子们一同上课。这武学上，便是由禁军统领教导几人。

皇后给萧璃选了两个伴读，一文一武。文的是御史台杨御史的女儿杨蓁，这武的就是禁军统领郭威的女儿郭宁。

郭宁从小习武，性子相当蛮横，而且不知道是话本传奇看得太多了还是怎的，自七八岁起便嚷嚷着要离家去闯荡江湖。

而自郭宁遇到了萧璃，就像是伯牙遇到了子期，王八看到了绿豆，不管是高山流水还是臭味相投，都一拍即合。

前年，郭家开始给郭宁相看人家，两家女眷约在了大慈恩寺相看。萧璃和郭宁两人仗着身形相近，直接来了个偷龙转凤。

萧璃将幕篱一罩，跟着郭家人去相看，而郭宁拿着萧璃的印信，径自出城，奔她向往的江湖去了。

待到东窗事发，怒火攻心的郭威追着萧璃跑了大半个宫城，最终只知道两件事：一是萧璃派了身边武功高强的护卫书叁一路护着郭宁；二是萧璃轻功精进，甚至超过了武艺高强的二皇子萧烈。至于其他，比方说郭宁的去向之类，是一丝一毫都没问出来。

皇上听说了这事儿以后，半是觉着丢人，半是觉着愧对每天兢兢业业为他看守宫城的臣子，便没有治郭威的犯上之罪，且罚了萧璃禁闭。

这事儿过后，萧璃见到郭威时倒还是笑嘻嘻地喊郭威"郭师父"。但郭威一个耿直臣子，就没那么厚重的脸皮了，冷着脸行礼，尽到臣子的礼节，多余一个字都不会再讲。

皇上无可奈何，最初还想着让两人和解。可随着萧璃得罪的朝臣越来越多，皇上深刻理解了何为虱子多了不怕痒，债多了不愁，就也歇了这份儿心，由着萧璃去了。

不过，让皇上觉得好笑的是，虽郭威在这边不假辞色，他的长子郭安似乎没有跟父亲同仇敌忾，同萧璃的关系倒是一直不错。这倒叫皇上隐隐生出些得意来，那心理大约便是：你们看不惯阿璃又怎样，还不是大把人欣赏我们阿璃？

这边皇上心里在暗暗笑话郭威，那边比赛已经快开始了。

场边，萧璃正与队友布置战术。

"上一场赛聂轻敌，没有着重防我，以致比赛失利。"萧璃手执长剑，在沙地上比画着道，"这次他知晓我骑术不逊于他，必然会主要盯我。我会佯装强攻吸引赛聂和那个大胡子包夹防我。届时我会将球击出来，阿安拦住赛聂的那个副将，徐三郎和修逸联合防守那个最高大强壮的，誓不可叫他突破你俩的防线。修逸，你最灵活，待我将球击出，一定要接到，我们这第一球就由你来进。"

"是。"三人同声回答。

"对面以赛聂为核心，若其他三人占到了球，势必会传给赛聂。到时徐三郎跟我联合防死赛聂，阿安眼最利，便由你盯着占球之人，争取可以在其击球之后抢断。修逸你配合阿安。"

"是。"郭安点头，表示明白。

"若是能抢断，便由你来快攻。若不行，只继续拦截其余三人，让他们无法策应赛聂，剩下的由我跟徐三郎来。"

"阿璃放心，我们明白。"吕修逸和徐三郎徐友亦点头。

"今日就教他们一课，打马球可不是只靠蛮力的，这里同样重要。"萧璃眼珠一转，以指点点侧额，挑眉道。

郭安、徐友，还有吕修逸都笑了。

"早知道有今日，我也该好好练习弓马。"崔朝远用胳膊支着看台，双手捧腮，看着给伙伴布置战术的萧璃，羡慕地说。

"长得不如阿璃好看，即便弓马娴熟，也不会如阿璃抢眼。"王绣鸢一边给谢娴霏倒茶，一边闲闲接口。

"阿鸢！"崔朝远回头想怒瞪王绣鸢，但转眼便见到人家兄长就坐在一旁，只得作罢。

"朝远，你不懂。"谢娴霏接过茶，悠悠品了一口，说，"这没出嫁的小娘子们，纵是说得天花乱坠，什么看人品、看才学，都不作数的，这最后，仍多是看脸的。你可看见话本上的书生有贼眉鼠目的？没有吧？长相多是'风姿俊秀'，甚至还有什么'仙人之姿'。"

王放觉得谢娴霏这话说得在理，可细一想，却又觉得哪里不对劲儿，遂开口问道："那出嫁了的娘子呢？"

谢娴霏喝茶的动作顿住，甚是认真地瞧了瞧王放，然后收回目光，垂下眉眼，意味深长地咳了一声，慢吞吞地道："那……便看夫君的……吧。"

这停顿很是诡异。

这边王放还没反应过来，窗边的崔朝远已经喊开了："阿霏，我说你！子贤好歹是阿鸢的兄长，你收敛一点儿。"

"正是。"王绣鸢也跟着一本正经点头。

"所以我这不是没说什么吗？"谢娴霏放下茶杯，复又低声嘀咕，"都是被阿璃带的。"

裴晏抬眼看了一眼谢娴霏。

而这时，王放已反应过来了，颇有些面红脑涨，一下子想瞪谢娴霏，一下想教训崔朝远，一下又心忧妹妹。他们这几人在一起究竟终日聊些什么？为何妹妹竟是比他还先明白？正要开口，裴晏已开口："开始了，子贤认真观赛吧。"

场上，就如萧璃预料的那样，上一场她和赛聂两人几乎一直是一对一单挑，赛聂几次被动作更加轻盈的萧璃轻松过掉。这一场赛聂便同另一人分成两侧试图包围她，限制她的行动。

萧璃扭头一看，跟着赛聂来的人确实也如她所料，是动作相对灵活的那个大胡子。

她扬眉一笑，待两人离自己更近时，将球杆一斜，复又一压，马球便从马身下贴着马腿飞了过去。

"郭安接球！"萧璃高声喊道。

赛聂下意识朝郭安看去，却看见郭安正拦着他的副将，反倒是今天新上场的那个小白脸一杆接到了球，紧接着球杆一甩，马球几乎到了吐蕃方的门前！

赛聂胸口一滞，下意识就想去追击，却被萧璃横马拦住，慢了一步。待赛聂追去时，那小白脸已经挑着马球得了分！

欢呼声四起！

吕修逸兴奋极了，骑马绕场跑了一圈。这一圈，香包、帕子扔了他满头满身。

"啧啧。"崔朝远觉着颇酸，收回目光，做不在意状。

此时，第二球已开，却是由赛聂那边那个大胡子抢先击到了球，球便飞向副将。副将没浪费时间，直接将球击向了赛聂。

谁料，球刚脱离球杆，就被郭安拦腰截住。同一瞬间，萧璃便立刻不再缠着赛聂，打马飞速跑向前方球门处！

赛聂一惊，下意识去追，却为时已晚。

郭安已将马球从后方传至了前场，带到了萧璃略停之处。马球刚至将落

未落之时，萧璃看准时机，扬杆击球——

球进！

喝彩声震耳欲聋！

萧璃回头，对面色铁青的赛聂一挑眉，接着打马自他身边经过，擦身而过时还以手指点点额头，挑衅之心路人皆知。

若说刚才吕修逸跑圈时香包、帕子扔了他满身满脸，这时等萧璃策马向观众致意时，看台上的香包、帕子、鲜花，甚至果子都纷纷如雨般落下，乌云骥都险些绊倒了腿。

看台更高处的泪痣少年阿翡看见身边的小娘子扔花的扔花，掷果的掷果，而自己身上没有香包也没有花果，急得眼睛都红了，一把拽下随身的玉佩就要扔，却被兄长拉住了手腕。

"阿兄？"

"阿翡，还是算了吧。"兄长笑得无奈，道，"这个高度，扔不中落地还好，玉佩只是碎了，扔中了，你是想谋害公主不成？"

兄长说得在理，阿翡只好放下玉佩，闷闷坐下。

旁边的几个少年皆掩嘴偷笑。

"阿姐！阿姐！"四皇子萧然激动得面红耳赤，胡乱喊着，折下他们包厢内那盆魏紫中最美的一朵便扔了出去。

三皇子萧杰看着因失了主花而瞬间没了美感的魏紫，无奈摇头。

然而那支雍容华贵的牡丹却并未得萧璃多看一眼，众人见她接住了飘落的一朵木槿，随后簪在了头上，接着抬头对着花落下的方向风流一笑。

见到萧璃的笑容，欢呼声霎时又升高了一个档次，就连袁孟这种听惯了战场兵戈之声的将士，都觉得震耳欲聋。

簪花之后，萧璃便不再向前，纵马回了休息区。后面还没来得及扔花的看台上发出了阵阵叹息声。

"咦？阿璃接住了谁的花？"王绣鸢探出身子看着。

谢娴霏却没动，似是不好奇的样子。

崔朝远觉得更酸了，干脆转身不看。

裴晏喝茶的动作微不可察地顿了一下，仿佛错觉。

王绣鸾探身的动作此时此刻一点儿也不显眼，很多人都探出身子想瞧瞧萧璃接的是谁的花。可那包厢内的人似乎并不想要出这个风头，并没有现身，满足大众的好奇心。

皇上见状，偏偏头示意身边的内侍。内侍躬身，离开他们的包厢。

"怎的不继续了？"袁孟见两方皆回到休息处，开口问道。

"袁都尉可以瞧瞧此时场中境况。"三皇子萧杰笑着开口回答。

袁孟探身往外看，好家伙，场中几乎被帕子、香包和花果铺满。位子离场中近的，抛不远，那些坐得更高的百姓，只要大力些，便可将花果抛到场中央。

这下，袁孟总算明白为何比赛暂停了。不让侍者们将这些清理干净，这马球落地便要寻不到了，一杆挥去，也不知道挑起来的是球，还是香瓜、葡萄。脑海里想了一下瓜桃乱飞的景象……袁孟赶紧摇了摇脑袋。

这时，头上随意簪着木槿的萧璃却没再关注场外，而是继续布置战术。郭安垂首看着萧璃头顶，目光落在那支木槿上，想到那边包厢里的人，目光闪了闪。

等场地清理完毕，萧璃几人从侍从手中接过缰绳。

连输两球，眼看着分差拉大，赛聂的脸色极难看。他的那个副将在旁边说着什么。

"公主。"郭安走到萧璃身边，低声提醒。

"我会注意的。"萧璃点头，"若对面开始不择手段，顾忌我的身份，当会率先从你们三人处下手。阿安，提醒徐三郎他们小心。"

"是。"郭安并无畏惧，低头领命。

萧璃率先上马，进场。

见萧璃进场，赛聂也翻身上马，向萧璃的方向走来。擦身而过时，赛聂用汉语低声说："只会使诡计的汉人。"

萧璃侧目，用吐蕃语回道："只长肌肉不长脑子的藩人。"

"你！"赛聂眼睛瞪圆，可萧璃再没向他看来，他只能干看着萧璃的背影发狠，却无可奈何。

"这……是我看错了吗？感觉自休息后，吐蕃那边格外凶狠。便是连挥

杆都带着一股狠劲儿。"王绣鸢瞪大眼睛，问。

"吐蕃民风悍勇，军令严肃。"却是裴晏开了口，"前朝史书《吐蕃传》曾提到，吐蕃军令严肃，每战，前队皆死，后队方进。重战死，恶病终。"

王放、崔朝远和王绣鸢皆是聚精会神听着。

"虽说近年来吐蕃军队不似其祖那般严酷，可应该仍有其祖豪勇。"裴晏放下手中茶杯，淡淡道。

"那阿璃会不会有危险？"王绣鸢紧张地捏住谢娴霏的手。

"放心吧，就算再凶狠，一个吐蕃将军之子也不敢直接攻击我们大周的公主的。"王放安慰妹妹。

"对，你该担心的是修逸才对。"崔朝远看着吐蕃队伍的动作，接话道。而就在他话音落下时，吐蕃队里最高大的那人便一杆打上了吕修逸座下之马！吕修逸的马吃痛，隐隐失去控制。

"啊啊啊啊——"王绣鸢掐着谢娴霏的胳膊，惊声尖叫。

谢娴霏也叫，却是被掐得。

"眼力不错，看出四人中修逸的马术最弱。"王放摸着下巴，说。

崔朝远、王绣鸢和谢娴霏闻言一起瞪王放。

王放讪讪，立刻闭嘴。

场中，吕修逸简直使出了吃奶的力气，终于安抚住了自己的马儿。他回头使劲儿地盯着赛聂几人，显然是被打出了火气。

吕修逸已经带球进了吐蕃的前场，可刚刚他要安抚自己的马，就无法再控球。马球又被吐蕃那个高大的力士击回了中场。

吕修逸立刻打马撵回去。

此时此刻，中场一片混乱，萧璃和赛聂正在夺球；郭安在离萧璃更近处，一个人拦着赛聂的副将和那个大胡子，而副将马上便要突破郭安的防线往萧璃和赛聂那里去。

徐友则在稍远处挡着刚刚攻击吕修逸马的那个力士。吕修逸见状，立刻冲了过去，加入战圈。

"去帮公主！"郭安分出一丝心神，对吕修逸喊道。

"正有此意！"

这时，副将也越过了郭安，朝赛聂那儿去了。

赛聂见吕修逸过来，表情一冷，又见自己的副将紧随其后，便想着先处理掉这个看起来下盘最不稳的吕修逸。

赛聂同样想要击打吕修逸的马肚子，球杆却在扬起的那一瞬间被另一根球杆拦住了！

是萧璃。

"你是不是看不起我？临阵还敢分心对付别人？"萧璃嗤笑，挑衅道，"还是说你怕了我？"

赛聂被萧璃一激，就不再管吕修逸，也几乎忘了她是大周的公主，回头专心对付萧璃。

紧接着，两人竟以球杆为剑，踩着规则的底线在场中过起了招，一时间竟分不清高下。

赛聂的球杆击中了萧璃的手肘，那力度一看就知道极大。

在距离荣景帝所处的包厢二三个位置远的一个包厢里面，所有人都目不转睛地盯着场中，无人出声，这也导致一个清浅的吸气声都十分明显。

包厢内主座上穿着玄色锦袍的青年从比赛中略略回神，似笑非笑地看向跪坐一旁的女子，道："嫣娘看起来很担心？"

被称为嫣娘的女子身穿天青色半臂，丁香色齐胸襦裙，手挽着同色的披帛，化着时下最流行的妆容，梳着百合髻，簪着一对儿蝴蝶簪，五官精致美丽，是个极易令男子失神的样貌。

她收回目光，一双丹凤眼清清淡淡地看向问话的玄衣锦袍男子，微微牵起嘴角，道："平日里练琴练舞，不大看马球比赛，故而有些不适罢了。"

"原来如此，我还道嫣娘是担心公主殿下。"玄衣男子回道。

"自然也是担心的。"嫣娘说着，水光潋滟的眸子看向男子，反问道，"难道世子不担心吗？"

玄衣男子，也就是显国公世子一噎，随即好笑道："身为大周臣子，自然也是担心的。不过，我听说公主殿下曾为了嫣娘与我那不成器的弟弟大打出手。"

嫣娘似是在思索，半响后方缓缓点头，道："似乎是有这么一回事。"

"嫣娘竟不记得了？"显国公世子挑眉，明显不信的模样。

嫣娘瞥了一眼身旁的男子，红唇轻启："自嫣娘出阁，为我大打出手的人……"说到这儿，眉心轻蹙，引人想要去抚平，"当真数不清了。"

男子失笑，想她说得倒也在理。

"看来，我那不成器的弟弟是不曾在嫣娘心底留下半分涟漪，可叹。"

闻言，嫣娘又看了他一眼，眼底浮现出一丝丝转瞬即逝的哀愁，随后垂下眼眸，嘴角勾出一丝没有笑意的笑。

"啊！"这时，几乎全场都响起了响亮的吸气声。两人闻声，一齐向场内看去。

嫣娘的手瞬间紧紧攥住，牙齿也死死咬住内唇！

场中，萧璃座下的乌云骥被赛聂打得突然发了狂，直立起来，险些把萧璃摔下去。赛聂见萧璃忙于控马，便转身想要先处理掉吕修逸。

吕修逸此人在不熟的人眼中是个好吃、好玩、好美人的浪荡子，可萧璃几人深知这人性格深处有股拧巴的倔强。一旦那倔强被激发出来，浪荡子便开始不管不顾。

果然，已红了眼的吕修逸用力一掷，直接将自己的球杆击到副将的马眼上，那副将的马立时嘶鸣起来。

趁着乱，他又一把捉住赛聂打来的球杆，使出全身力气猛地一拽。此时两人的马匹离得极近，加之吕修逸使的力气很大，赛聂竟然被拽了个趔趄！两人迅速靠近。

这一挨近，赛聂便被吕修逸捏住了衣襟，两人扭在了一起。之前说了，吕修逸疯劲儿上来时是不管不顾的，现在他全不管自己境况，一门心思要把赛聂拽下马。

赛聂一时不防，竟真的被拽下了马，于是纠缠在一起的两人便双双落马！

待萧璃控制好马，入眼的就是那边三人三马乱成一团的模样！吕修逸和赛聂的马本来就处在兴奋及受惊的状态，失去了骑手，同时在乱踏。而两人现在就在马脚下，一个不小心就要被踩个断手断腿！

萧璃深吸一口气，急忙策马过去，同时左手在缰绳上一绕，让缰绳将左臂缠住。

冲进乱局里时，萧璃整个左手挂在马背上，身体立在马侧。她一脚将赛聂的那匹马踢走，右手拿着球杆勾过吕修逸扔在自己乌云骥的背上。这时，吕修逸座下之马的马蹄子高高抬起，若是落地，正是赛聂摔倒的地方！

电光石火之间，萧璃一顶马肚子，乌云骥吃痛，加速前进。萧璃刚好及时赶到赛聂身边，一脚踢上赛聂的肚子！

"啊！"观众惊呼。

在吕修逸那匹马的双蹄落地之时，赛聂也被萧璃一脚踢出了三米远，躲过了重伤于乱蹄之下的悲剧。

眼看着一场惨事消弭于转瞬之间，观众憋住的那一口气终于吐了出来。接着，便是山呼海啸般的欢呼声！

赛聂捂着肚子，看着不远处的马从发狂到逐渐平静，狂跳的心也渐渐缓了下来。

这时，萧璃一个鹞子翻身，重新坐回马背上，顺便把身后的吕修逸扔回他自己的马上。

接着，她转身挑起马球往吐蕃球门那边去了，下一刻——

球进！

"啊啊啊啊啊啊！阿璃阿璃阿璃！"王绣鸢疯了一样又蹦又跳，挥舞着手中的帕子。

"啊啊啊啊啊啊！阿璃神勇！"崔朝远不酸了，双眼激动得通红，跟着王绣鸢一同喊。

"啊啊啊！阿璃娶我！"谢娴霏难得站了起来，大声喊。

裴晏、王放、王绣鸢和崔朝远一同扭头，无言地看谢娴霏。

这时，其他的小娘子们似乎是受到了谢娴霏尖叫的启发，而后的时间里，"公主娶我""殿下看我"的声音此起彼伏。

袁孟也猛地吐出一口气，显然刚才的情景，就算是他这个疆场厮杀的将士，同样觉得惊险。他回想起公主殿下的那惊天一脚，忽然觉得这公主与自家将军很是般配。

在萧璃这一次进球之后，比赛结束的时间就到了。其他人逐渐停下了对

峙之态，各自走到队长身边。

赛聂面无表情地翻身下马，仰头看去，只见周国唯一的那个公主依然坐在她那匹骏马之上，脸颊边散落的碎发被清风微微吹起，身材纤长。可赛聂却知道这身体多么有力，因逆着光而看不清她的表情，但看其方向，应该也是在注视着他的。

赛聂右手握拳，抵住左肩，低头行礼。

这是吐蕃人表示敬服的姿态。

"是我败了，败于周国勇士之手。"赛聂大声说道。

看到赛聂行吐蕃大礼，萧璃一笑，也翻身下马，笑着说道："不过一场马球赛而已，赛聂将军不需如此。"

"马球亦如行军布阵，是赛聂技不如人。"赛聂认真地说，"况得公主相救，合该行大礼。"

萧璃点点头，倒也认同这番话。上一场轻敌，这一场急躁，他确实犯了行军者大忌。

"公主。"

萧璃打算牵马回去更衣，却又被喊住。

她回眸。

"若有朝一日有幸，公主能至吐蕃，请一定要叫赛聂知道。"

"怎么？到时再打一场？"

"不。"赛聂怔了怔，然后爽朗一笑，道，"若有幸招待公主，赛聂愿带公主去看看我吐蕃的雪山苍穹、雄鹰羚羊。"

听到这话，萧璃倒有些讶异，问道："我乃一国公主，你如何竟会觉得我会四处游历，甚至远至吐蕃？"

赛聂笑笑，却没有再回答。他也不知为何自己会说出刚刚那番话，他只是觉得，从这位公主眼中看到了同其他王公贵族截然不同的神采。

萧璃也没追问，转身牵马走了。

"好！赏！"待礼官宣布比赛结果时，荣景帝笑了起来，对太子说，"告诉阿璃，那匹雪云骥，是她的了。"

皇上已登基十年，如今还未到知天命的年岁。大约是曾领兵征战过的缘故，即便因养尊处优，身体有些发福，脸上仍隐约有风霜凛冽之色，不怒自威。

太子笑着领命离开，霍毕等三人也告辞退下。皇上身边的内侍也离开看台去准备御辇，而二皇子萧烈看着仍站在场中的萧璃，低低"哼"了一声。

"怎么？不满朕将雪云骥赐给阿璃？"皇帝瞧见二儿子那模样，眼带笑意地问。

"儿臣没有。"萧烈闷声回答，顿了顿，尤为不甘，复又开口道，"若儿臣带队去打，定也能赢！"

"废话！"皇帝笑骂道，"你若是赢不了，朕便把你丢到西北军营去，不练好弓马便不许回京。"

"父皇！那您为何不点我出战？"萧烈急着问道。

"二皇子千金之躯，平日玩玩就算了，怎可去跟那吐蕃蛮子纠缠涉险？"贵妃掩嘴而笑，道，"你也瞧见了，那吐蕃蛮子输急了，可就不管什么规矩不规矩了。"

听见贵妃的话，二皇子一愣，看向皇上，却见皇上并无异议。

"千金之躯，坐不垂堂，贵妃说得没错。"皇上沉声说道。

"那……"萧烈瞪了瞪眼睛，又扭头快速瞥了一眼场中的萧璃。

"行了，一匹马而已。阿璃是你妹妹，让与她又如何？下次西域进贡，便先让你挑上三匹，可行？"皇上对着二皇子点了点，问。

"谢父皇……"萧烈垂首谢恩，掩去眼中神色。

这边厢，萧璃换掉沾了不少尘土的骑装，想着一会儿小伙伴们八成要带着自己庆功，便选了一身男装。

她出了更衣间，首先见到的却是太子萧煦。他负手站在不远处，崔朝远、王绣鸢和谢娴霏像鹌鹑一样站在他身后，全无往日跳脱自在的模样。

而稍远处一些不知道萧煦身份的女子，都在偷偷地瞧着他，面目羞红。

"阿兄！"萧璃开心一笑，迎了上去。

萧璃常常觉得可惜，可惜太子阿兄身份贵重，不可随意议论评价，不然，哪轮得到裴晏和王放并称什么"长安双璧"？太子阿兄这般的男子，才称得上龙章凤姿，才该称郎艳独绝，世无其二。

"我刚刚是否风姿俊秀？是否引得小娘子们疯狂？"萧璃凑近萧煦，笑嘻嘻地问。

太子抬手，目光从萧璃簪着木槿花的发髻上扫过，然后以拇指拭去萧璃脸颊上一抹未洗净的灰渍，无奈却又温柔地对萧璃笑着道："正想说你，我刚刚真是为你捏了一把汗，怎可如此莽撞，以身犯险？"

"自然是艺高人胆大！"萧璃一抬下巴，满脸自豪。

"早知如此，我就不该允你来对战。"太子见萧璃不觉有错的样子，气道，"日后不论哪个藩国挑战，你都不要想出战了。"

"为什么？"萧璃瞪圆了眼睛。

"孤的五脏六腑可受不得再看你如此一次。"萧煦指萧璃涉险救人的举动。这时，郭安、徐友和吕修逸也更完衣，走了出来。见到太子，纷纷来见礼。

此时太子也收起了面对萧璃时的温柔兄长的样子，变成了温和端方的太子的模样，温声道："不必多礼。"

勉励了那三人几句，传达了皇上的赏赐，萧煦就准备离开了。临走前，还对萧璃说："明日去东宫找我。"

萧璃瞪大眼睛，作不解状。

"你的罚可还没结束。"萧煦板着脸，咳嗽了几声，复又说，"别又想蒙混过关。"

萧璃撇撇嘴，盯着鞋尖，拉长了声音说："知道了。"

最后，太子摇着头，以手指点了点萧璃的额头，叹了一声，离开了。

众人恭送萧煦离开，待他走远了，不由自主地都松了一口气。

"吓死我了，还以为太子殿下要跟我们一起去庆功。"王绣鸾轻抚胸口，一副劫后余生的样子。

"那可不敢随意说话了。"谢娴霏慢吞吞地压了压之前被王绣鸾捏皱了的袖子，说，"总觉得一句不慎，就亵渎了月下仙君。"

"谢家阿霏，你什么意思？"吕修逸开口了，问，"你跟我等说话这般不管不顾，就不怕亵渎我们吗？"

谢娴霏慢慢扭过头，看着吕修逸，一字一顿地开口："嗯，不怕。"

吕修逸气结，王绣鸢偷笑，萧璃大笑，崔朝远无奈摇头。

"令羽兄！"崔朝远见到不远处向他们走过来的令羽，立刻招手。

萧璃见状转身，也对令羽展颜一笑。

略一商量，这一众风流少年一致决定去平康坊。

四人中，吕修逸想去听曲儿，徐友想去喝那儿的翠涛酒，萧璃想看胡旋舞，郭安的性格素来板板正正，本想直接告辞回家，却被崔朝远和吕修逸硬拉上了。

到了平康坊，吕修逸直奔清音阁。

带着为大周争光的荣誉，吕修逸他们四人今天不管进哪个阁、哪个坊，都定能得头牌花娘的青睐。

而清音阁的招牌，正是嫣娘，也就是王绣鸢口中的"嬷嬷"。

○

第二章

○

桀骜不恭

嫣娘每五旬登台一次，或乐或舞。按照王绣鸾的说法，嫣嫣之乐，箜篌筝琴一出，余音绕梁不绝；舞，胡旋霓裳一动，九天仙子落凡。

每到嫣娘登台那日，清音阁一门难进，便是左右相邻的花楼的生意都要好上不少。

"今日可听得到嫣娘的曲儿？"一进门，吕修逸便问迎上来的鸨母，连寒暄都直接省了。

王绣鸾对谢娴霏和萧璃挑挑眉，一脸"我就知道"的表情。

"自然自然！"鸨母脸上带笑，说，"今日嫣娘也去了月灯阁，见到了诸位的英姿，心有所感。这一回来，便说今日要加奏一曲，为诸位庆贺！"

吕修逸一听，立时兴奋了起来。往日来见嫣娘，她也不过是弹些小曲子。今日若是登台演奏，那演奏必然是震人肺腑的。就算是萧璃这种对音律不大在行的人，都能听出不同，更何况吕修逸这种善音律之人。

鸨母将众人引上三楼的雅座，正好正对着舞台，可以说是最好的位置。

此刻嫣娘还在准备，离开场还有段时间。鸨母叫几个小丫鬟给他们上了茶果点心，当然还有徐友最想喝的翠涛酒。

崔朝远从小丫鬟们手中接过酒壶，笑嘻嘻地给四位功臣一一斟满，之后给谢娴霏、令羽和自己倒酒。王绣鸾不饮酒，已经自顾自地开始捡案几上好看的点心吃了。

霍府。

例常的晚课结束，霍毕收了红缨枪，将其放在校场边的武器架上，转头就看见袁孟在后面搓着手对自己笑。

霍毕眉心拧了拧，示意袁孟有话快说。

"这个……这个，咱们好些兄弟都是第一次来长安。我就想，带他们出去见识见识。"袁孟嘿嘿一笑，说。

霍毕闻言，对袁孟说："见识，你是想带他们去平康坊见识一下吧？"

"将军懂我！"袁孟一拍大腿，一脸伯牙遇到子期的模样。

霍毕看见袁孟的样子就觉得头疼，摆摆手，说："去去去。"说完，就往书房走去。

"哎哎哎！将军先慢走。"袁孟一下子拦住了霍毕，急忙说，"将军，您也知道这长安的妓子规矩多。那稍微有些名气的，不会吟个诗、作个对，那都见不到的！我一介武夫，怕在兄弟们面前丢脸。将军，您带我们去吧，行吗？"

霍毕深吸一口气，转头看向林选征，说："选征，你跟他们去。"

"我……我……"被点了名的林选征脸一下子通红，一下子手都不知道往哪放。

"将军，您这不是为难选征吗？他个雏儿他懂什么，他去平康坊不被那些鸨母吃了就不错了。"袁孟大嗓门咧咧着，全不顾林选征脸都快冒烟的样子。

"去找军师。"霍毕忍不住揉揉眉心，没好气地说。

"将军，您别害我。您又不是不知道我们出发前，军师家那个母大虫就差拎着军师耳朵让他离野花野草远点儿了，这回嫂子要是知道我们带军师去平康坊……"袁孟说着，打了个哆嗦，"将军，将军，您就带我们去吧！就您这风流倜傥、潘安再世的样子，那定是想见谁便能见到谁！而且咱们也就是喝点儿酒，听听曲儿，也不干别的。"

霍毕抬手，示意他赶紧打住。若不制止，他觉得袁孟能在这里胡咧咧到天明。

"去备马。"霍毕皱着眉说。

"好嘞！"袁孟得偿所愿，大笑着答应，然后就拉着满脸通红的林选征走了。

清音阁。

几杯过后，徐友和崔朝远已经开始拼酒。吕修逸等着听嫣娘的演奏，决定今日不参与比拼，郭安向来克制，三杯过后就放下酒杯。

萧璃没跟他们拼酒，却也没有停下，纤细的手执着白瓷的酒杯，随意地倚着栏杆，一边看着楼下歌舞，一边有一搭没一搭地喝着，也不知在想着什么。

"怎么？今日球赛累到了我们公主殿下吗？"令羽坐在萧璃身边，看着她懒散的样子，笑着问道。

"累？我还能再战三场！"萧璃坐直了身子，不服输地说。

"我看比赛结束后吐蕃那个赛聂还与你说话了，他说什么了？可还是不服？"王绣鸾又抓起一个糖渍杨梅，问。

"有我出手，谁会不服？"萧璃挑眉一笑，说，"他甚是仰慕本公主，还邀我去看吐蕃的雪山和苍鹰呢。"

这话将大家的目光吸引了过来，郭安看向萧璃，微微皱眉道："他竟然如此无礼？"

"藩人豪迈，此番话也不过是因想交我这个朋友罢了。况且，我哪能随意离京。"萧璃不太在意地说。

"我倒是真的很想去吐蕃瞧一瞧，听说在高原，山川、天空、云彩皆有不同。"令羽拿起酒杯，微笑着说。

听了令羽的话，众人皆不言语。毕竟令羽身为质子，只会比萧璃更加不自由。

面对众人的沉默，令羽却不以为意，只一抬头，饮尽杯中酒。

"会有机会的。"萧璃说完，亦一口喝光了酒。

这时，楼下看台上的歌舞妓齐齐退下。灯光变换，众人便知道，这是嫣娘要登台了。即便古板如郭安，都不再动作，专注地看向了舞台。

"就是这儿，就是这儿，清音阁，我打听过了，这里有全长安最有名的歌舞妓！"平康坊内，袁孟对霍毕、林选征还有被强行拉来的齐军师说道。

霍毕抬头打量了楼台一番，便率先走了进去。

"呈佑，我们今日幸运，竟赶上了嫣娘额外登台演出！"二楼的一个雅座隔间内，几名士子兴奋地对另一位青衫士子说道。

"听说今日嫣娘也去观马球赛了，这赛后心有所感，所以便以琴音抒发心中激荡。"一名士子笑着说道。

"听说陛下也去看球了，可惜我今日起得晚，没占到好位子。"另一名士子可惜道。

被叫作"呈佑"的青衫士子并不似其他人那样或是兴奋，或是失落，他一手撑头，一手执着酒壶，一仰头，直接便将壶中的酒都倒进了嘴中。

"还是呈佑沉得住气，便是知道嫣娘即将登台也可不动声色。"一人说。

"这算什么，上旬的诗会，嫣娘可是亲口说过仰慕呈佑的才学，这可不是我等能比的。"另一人做嫉妒状，说。

而这时，嫣娘的琴音响了起来，所有人都不由自主地安静了下来。

嫣娘坐在楼中台上，仿若周遭无人，双手落于琴上，紧接着十指一动，琴音响起。那琴声先是如流水淙淙，畅快自然，而后琴声一转，弦音铮铮，又如北风猎猎，曲风变得激扬磅礴，似两军对垒，将帅在前方交战，令听者不由得屏住呼吸。一番交战过后，一方逐渐力竭，另一方却越战越勇，直至将对方主将斩于马下！

琴音于这金戈铁马处戛然而止，再无一丝余音流出，而整座清音阁，同样寂然无声。

吕修逸瞪圆了眼睛，双颊涨红，神情亢奋。

萧璃亦举着酒杯，一动不动，一直到楼下爆发出热烈的掌声，这才缓过神来。

"不愧是嫣嫣。"王绣鸢摇着头，满目感叹，"这满长安，还有谁的音律能与之争锋？"

"无人。"谢娴霏慢慢答道。

曲毕少许，整座清音阁，自一楼至三楼，喝彩赞叹声不绝。嫣娘起身施了施礼后，就回到自己的绣阁去了。

吕修逸手中的酒杯歪着，半杯酒都洒在了腿上，他却毫无觉察，一副听迷了心的样子。

王绣鸢几人对他这副音痴的样子早已见怪不怪，喝酒的继续喝酒，吃果子的继续吃果子，聊天的则继续聊天。

坐在二楼的霍毕一行人，也颇为震撼。齐军师摸了摸自己的胡子，叹道："果然名不虚传。"

霍毕于音律上不算精通，倒也被这曲中的金戈铁马带回了北境，再回过神时，才察觉自己已身处长安的纸醉金迷之中。

"等下嬷嬷可会到我们这儿来？"王绣鸾吃光了糖渍杨梅，小手摸向装着水晶栗糕的盘子。

"应该会的，不然修逸要伤心的。"谢娴霏瞥了一眼还在倾杯洒酒的吕修逸，慢吞吞地说。

话音刚落，隔间的门便被敲响，嬷娘轻柔曼妙的声音于门外响起。因隔间内未留下侍女，崔朝远便起身去拉门，引嬷娘进来。

待嬷娘向众人见了礼，且已坐定之后，吕修逸才将将从刚才的乐曲中缓过神来。这时，他杯中只剩一层薄薄的酒底了。剩余的，全被洒在了袍子上。

"流水潺潺，金戈铁马，同存于一曲之中却如此和谐，嬷娘的琴艺又精进了。"萧璃倚在栏杆上，对嬷娘举杯。

呔！阿璃又抢他的话！没抢上第一个赞叹的吕修逸对自己很是恼火。

"殿下谬赞，若无殿下，也无嬷娘今日之曲。"嬷娘也举起酒杯，一口饮尽杯中酒。

之后，便只听见吕修逸喋喋不休地赞叹和滔滔不绝地赏析。

萧璃、王秀鸾和谢娴霏早习以为常，齐齐忽略他，继续聊自己的。

这时，二楼传来了几个士子吟诗作对的声音，萧璃一边漫不经心地听着，一边问："说起来，你们那日在绣玉楼看得如何？可为阿霏选到了贤婿？"

虽说的是婚姻嫁娶，可在场女子却并没有什么羞涩之意。尤其谢娴霏，作为主角，神色都未变一下。

"俊俏的风姿不够好，风姿好的又不甚有才华，实在难得两全。"王绣鸾放下手中的点心，饮了口热茶，说道。

谢娴霏懒得说，也没什么可补充的，遂点头。

"你们那要的是两全吗？"崔朝远忍不住插嘴道，"你们要的是十全十美！"

"怎么，许你们男子挑剔女子，反过来就接受不了了吗？"王绣鸾说。

"不过那日确实没见有能配得上阿霏的。"吕修逸停止了对嫣娘琴艺的赞美，摸了摸头，说道。

"嫣嫣。"谢娴霏开口，问，"今科这些士子里，你可曾见过才华与美貌并重、风姿与趣味齐飞的吗？"

其他人怔了怔，然后目光一亮，皆向嫣娘看过去。

嫣娘作为平康坊首屈一指的艺妓，曾出席过许多诗会聚集，该是见过不少才子的。

嫣娘愣了愣，然后浅浅一笑。

这一笑，让王绣鸢心都酥了一下。

"嫣娘倒确实见过一人，风姿绰约，才华横溢。"

"当真？能让嫣娘夸赞，想来是不错的。"萧璃也来了兴趣，坐直了身子，同样起了兴致。

"有一个自江南道来士子，姓章名临，诗文辞藻甚美。"顿了顿，嫣娘又对三个女子道，"我曾听他们策论，确也言之有物。可以说，是个有真才实学的……狂生。"

萧璃闻言，有些好奇："能被嫣娘如此赞赏，有机会倒是想要见识一下。"

"阿霏为何一定要从今科士子中选夫婿？"嫣娘觉得有些奇怪，便开口问。

"阿爹觉得我好吃懒做的名声已传遍长安，再难找什么好夫婿，便打算在不知情的外地士子里捉一个回来。"谢娴霏懒懒地打了个哈欠，不紧不慢地说。

"估摸着，工部尚书谢大人也担心，阿霏再跟我混下去，长安的郎君便都彻底怕了她。"萧璃接着说。

"这倒没有，彪悍的是阿璃你，我们这方面的名声倒还是不错。"王绣鸢补刀道。

"也对，有阿璃做对比，我跟阿鸢看起来都更贤良淑德了一点儿。"谢娴霏认真点头说道。

"尚书大人那是安慰你，比我贤良淑德了一点儿，那也真的就只有一点儿。"萧璃在一旁凉凉地说。

毕竟"贤良淑德"在萧璃这里，是一点儿都没有的。

嫣娘忍俊不禁。

"阿璃今年十五岁，是不是也要开始选婿？"嫣娘问。

"我？"萧璃指了指自己，扬起下巴，一脸骄傲的模样，笑着说，"那是自然，我的夫婿，必定是皇伯父千挑万选的。"

还不等嫣娘道好，便又听见萧璃说了："只是不知道这夫婿是不是被我揍过的了。"

"噗——"正喝酒的郭安，一口酒呛在了嗓子里。

"不过，就算被我揍过也无妨，反正有皇伯伯下旨，想来没人敢抗旨不遵。"萧璃笑嘻嘻，毫不在意地说。

嫣娘、王绣鸢、谢娴霏、崔朝远、吕修逸、郭安、徐友甚至令羽，在场每一个人齐齐噎住，完全不知这话应该怎么接下去。

空气突然安静。

此时此刻，大明宫。

"可查到了？"荣景帝将手中的奏折放下，问身边的掌事太监。

他问的是今日萧璃接的那朵木槿所属何人。

那时花果满天飞，想知道木槿花属于何人怕是不大可能，荣景帝真正想知道的，是当时萧璃对谁而笑。

"回陛下，奴打听了，那间包间里坐着的，是令羽公子。"宋公公低眉顺眼，回答道。

"令羽……"荣景帝眯了眯眼睛，没作声，而是面无表情地拿起了另一本奏折。

"她真是越来越胡闹了。"

半晌，安静的宫殿内传来荣景帝的自言自语。

清音阁内，令羽并未加入姑娘们的谈话，也并未与崔朝远他们一起拼酒。他独自一人坐在萧璃的一侧，自斟自饮着。

"地龙翻身、火山喷发，这些不过天灾，与为君者德行有何干系？"几人正喝酒谈笑，却被楼下一个声音吸引了注意。

萧璃朝楼下看去，这才发现刚刚她注意到的那几个士子已不再吟诗作对，观其情形，仿佛在争论什么。

而说话那人虽然面色如常，可却带着些许轻狂笑意，看其坐姿，好像饮了不少酒。

他们的声音不小，周遭饮酒作乐的人也渐渐地歇了，都向那几个士子看去。

而这时，那人又开口了。

"去翻县志记载便可知，地龙翻身也好，火山喷发也好，可不仅仅是在暴君昏君当政之时出现。前朝高祖，何其英明果决，在位期间也有过地龙翻身！究其根本，这些不过是天地的疏解调理，同旱涝相似，不过看起来更为可怖罢了！"

"你的意思是干旱水灾、饿殍遍野时，君主也毫无责任吗？"他的同伴高声问。

"自然不是！天灾不可抗，可人力却可以挽救。某只是想说，因着一场地动火山便下罪己诏，除了愚民无第二个用处。"

"好家伙，这是谁？也当真是敢说。"崔朝远已经走到栏杆前，半倚着栏杆往下看去。

听到这儿，萧璃也挑了挑眉。三年前关内道地动，消息一入京，荣景帝便下了罪己诏。按照这个士子的说法，伯父却是可以省了这一遭了。

这时，那个士子又说："天灾非为君者之罪，无须言罪。可江南道吏治混乱，官员腐蠹，鱼肉百姓，以致水匪为患，此为人祸。这，才是为君者之罪！"

这一番话说得铿锵有力、掷地有声，萧璃觉得整座清音阁似乎都安静了片刻。

萧璃与面前的谢娴霏对视了一眼，两人都在对方眼中看到了兴味。

那个士子的同伴似乎被他的言论吓到，以致无以为对。

"善为君者，劳于论人而佚于治官。好的君主，当于选拔人才上劳心尽力，而非治理官员。如今江南道如此混乱，此为君上选人不当、用人不明之过。官逼民成匪，若真要下罪己诏，该为此而下才是！"

"他……"嫣娘喃喃出声。

"怎么了？"萧璃回首问。

"他便是我之前所说的章临，字呈佑，那个才名远播的江南道的士子。"嫣娘收回目光，看向萧璃，低声说道。

"嫣娘果然有识人之能，此人确实称得上'狂生'。"萧璃的目光再次落在二楼那个青衫士子身上，好笑地摇摇头，说。

"这士子未免太过猖狂。"郭安蹙眉，不悦道。

"阿安认为他说得不对？"萧璃看向郭安，问道。

"他尚未入仕途，毫无建树，又以何资本大放厥词，肆意评论君主？"郭安说道。

"可江南道确实水匪为患。"王绣鸾放下手里的山楂蜜果，说，"我之前听兄长提起过，仅从大理寺里江南道呈上的卷宗都能窥见一二。"

"官员无能，暴民为匪，如何能算是陛下之过？"郭安道，"他竟张狂至此，认为陛下应当为此下罪己诏？"

郭安的性格最为板正，也是受其父羽林军统领郭威的影响，对皇室和荣景帝忠心耿耿。有此想法，实属正常。

况且那士子说的，不论道理如何，言语确实过激。

"所以才说他是狂生。"萧璃支着下巴，看下方显露醉态的士子，说，"不过也有可能是酒壮怂人胆。"

当然，更有可能的是这人曾受其害，才会有如此想法。

"先帝在时，续前朝之功，于江南道兴修水利，为的是防洪抗灾，何其英明！"章临的声音再次响起。萧璃听见，手中的动作顿了顿。

"可现在呢？水利工事荒废，百姓……"话音未落，那章临手中酒壶便"哗"的一下碎了。他身边的士子们吓了一跳，连忙围过去看章呈佑是否受了伤，未尽的话语也就不了了之了。

萧璃却往另一个方向看去，眯了眯眼。

另一边，霍毕若无其事地收回手，面无表情地给自己倒了一杯酒。

坐在一旁的齐军师摸着胡子，看着桌上的香酥蚕豆，但笑不语。

"狂生，当真是狂生，离春闱也没几日了，到时候看看这狂生能不能上

榜吧。"崔朝远坐了回去，对萧璃等人说道。

"看其他士子对他甚是推崇，想来嬷嬷说得不错，他该是有些真才实学的。"王绣鸢说。

"若是他能拿到三甲，那便有意思了。"谢娴霏回答。

"哎，他是中了状元还是点了探花，跟我们都没什么关系。"吕修逸打了个哈欠，说，"看他言论便知是个不安生的，阿霏可不能嫁这样的人。不然说不定哪日他言语不慎，触怒陛下，就要被贬到不知哪个角落里当官去了。"

"有道理。"谢娴霏点头。

"且长得也一般。"萧璃跟着说。

"阿璃，你可不能学阿霏和阿鸢，只重外貌啊。"崔朝远不高兴了，抱怨道。

话题便渐渐被引开了。

"哎哟！哎哟，贵客呀！"清音阁门口，鸨母看见来人，强压下心中瞬间涌上来的剧烈不安，满脸带笑地迎了上去。

领头的是两人，皆是穿金戴银、满身华贵。其中高壮些的，是安阳王世子萧燕。那个矮瘦些的，是显国公的幼子，范炟。

要问为何鸨母心中不安，那自然是因为她知道长乐公主此时此刻就坐在这清音阁里。而长乐公主同萧燕、范炟，那也是长安城众所周知的老对头了。

想到她刚刚找人漆好的雕花栏杆，鸨母心中发苦，脸上却不得不带着笑，引着这两人并十几个护卫进来。

"我说，这就是你不地道了，今日嬷娘登台演奏，怎的不命人通知我们？害我们白白错过嬷娘的新曲！"安阳王世子只把手里的折扇不停地扇着，自觉很是风流倜傥。

"这，嬷娘也是临时有感，才想要在今日加奏一曲。并未精心准备，哪敢污贵人眼！"鸨母赔着笑，说。

"嬷娘出手，哪能有凡俗之曲？"范炟跟着开口说道，"你这么说可就是在敷衍我等了。"

"不敢，不敢。"鸨母继续赔笑。

"也不为难你，让嫣娘为我等奏一曲便可。"范炟接着说。

"这……茉娘编了新舞，世子、范公子可愿赏脸一观？"鸨母内里胆战心惊，可面上还努力维持着一个专业鸨母的素养，努力地推荐着另一个优秀的舞妓。

闻言，范炟双眼一眯，声音沉了下来，道："嫣娘有客人？"

鸨母心想这不是明摆着的吗？范公子您又何必明知故问，为难小的。

"无妨，我等今日只想听听曲儿，一道听便是了。"安阳王世子将折扇一收，很是大方地说。一边说，一边便往三楼走。

"世子，范公子！"鸨母的腿不如两位公子腿长，勉力追着。心道，这你们不在意，可那位不会不在意啊。更何况这是在青楼寻欢作乐，又不是在酒楼拼桌，哪就能让你们随随便便一道听曲儿谈笑？安阳王世子和显国公家的公子明显又想仗着身份行事！

也不怪这两位公子这样嚣张。当今皇室宗亲不多，安阳王便是出身于与皇上最近的那一支宗亲，安阳王自己也听话懂事又能干，颇得圣宠。

显国公就更不得了了，那是当今最受宠的贵妃的母族，也就是三皇子萧杰的外家。

今上当年于南境掌兵之时，显国公就跟着当时还是大皇子的荣景帝了。不说相识于微时，却也是一路相随，算得上有从龙之功。今上登基之后，便给他加封了国公之位。

大周传至今日，多数的勋贵都已经不掌实权，可这里面并不包括显国公。显国公是如今少有的军权在手，又有圣宠的勋贵。

显国公嫡亲的妹妹是受宠的贵妃，外甥是三皇子。显国公长子，也就是显国公世子范烨也很得皇上喜爱，如今已入朝堂为皇帝办差分忧。

所以这显国公幼子范炟，便是那个长安城谁都不敢惹的小纨绔。就算出门横着走，大家也得乖乖让路。

皇子们自矜身份，鲜少会来这秦楼楚馆，所以说这平康坊里，大约还真找不出什么比安阳王世子、显国公的公子身份更高的客人，也无怪这两人敢

大摇大摆地嚣张行事。

当然，这一切是建立在他们没遇到萧璃的情况下。

范炟肆意惯了，也不管追在身后的鸨母，几步迈上了三楼就一间接一间地拉开包厢的门，惊散了一对儿对儿交颈鸳鸯，直到拉开最后一道门——

虽然不出意外地在这间看见了嫣娘，可范炟的脚步也生生地顿住。

无他，居于包间主位，那个身穿着绀青色男装，斜支着头，倚栏而靠，懒洋洋地看过来的正是长乐公主萧璃！

他妈的！范炟在心里暗暗咒了一句，她白天不是跟吐蕃人打马球赢了，风光得很嘛？怎么晚上还有体力出来寻欢作乐？她一个女子，这几天把他们这些真正的英俊儿郎的风头都快抢光了，现在还要来跟他抢嫣娘！

说实在的，范炟其实一点儿都不怕萧璃，公主又怎么样？她爹娘还不是已经死了，现在在位的可是她伯父而不是她亲爹。不过空有个高贵的身份和几分皇上的宠爱罢了，跟手握实权的显国公怎么比？

照范炟的想法，萧璃该是个夹着尾巴做人的公主才对。可她偏偏仗着皇上的几分宠爱把自己活成了个螃蟹样！陛下也不知道怎么想的，就这么惯着她。

萧璃跟范炟对上也不是一次两次了，光是在平康坊里，就不知道打过多少回。就因为打过太多次，听得脑壳疼，荣景帝和显国公都已经懒得搭理，反正没被打残，让孩子们闹去吧。

一屋子的人都安静地瞅着他。范炟想，要不这次就算了，他跟安阳王世子加起来才带了不到二十个护卫……

"范炟？你皮又痒了？"萧璃一开口，范炟头就一炸。他深觉不能忍，得莽上去，不然她就要越来越嚣张！

"怎么哪都有你，阴魂不散！"范炟咬着牙开口道。

一见范炟出现，谢、吕、崔三人不着痕迹地往边上靠了靠。王绣鸢看看桌上，拖来一盘她最喜爱的点心，拿在手里，然后也往边上靠，给萧璃腾出场地。

郭安见范炟对公主不敬，刚想站起来，却被崔朝远用力拉住。令羽则叹了口气，揉揉眉心，然后活动了一下手腕。

"我好好地听着我的曲儿，看着我的美人，阴魂不散的是你吧？"萧璃说着，便靠在身边嫣娘的身上，仰头饮尽了一杯酒，喝完，还对他挑衅一笑。

那风流不羁的姿态，简直比他这个浪荡子还要浪荡子！

范烜脸一热，抬手指着萧璃道："谁不知道谁，就你那五音不全的音律，你能欣赏嫣娘的曲？你能听出来调儿便不错了！"

萧璃眼睛一眯："你是真的皮痒找揍了。"

看到萧璃不悦，深觉扳回一城的范烜心中高兴，乘胜追击，脱口而出道："穿上男装就觉得自己是俊俏儿郎了，敢肖想美人了？你有那般功能吗？"

萧璃觉得自己真的懒得揍范烜，但奈何他实在太欠揍。她手一撑，站了起来。

范烜下意识后退一步，想了想自己方才的言语，又觉得自己占上风，于是强忍着惧意往前踏一步，说："我们带了二十多个人，今天可不怕你！"

"亏你出身武将世家，兵法怕是都白读了。"萧璃嗤笑，往前踏了一步，说，"你带二百个人又如何？你一个人堵住门口，如同主帅孤军深入，还不是任人施为？"

范烜一听，觉得好像有道理，刚转身打算招呼人进来，却被捏住了衣领，而后就听见身后那个可恶的声音凉凉道："晚了！"

"将军，我们要不要去别家看看胡旋舞？"袁孟又开始搓手，谄笑。没等霍毕说什么，几人的注意力就被一阵惨叫声吸引住了。

"啊啊啊啊啊啊啊啊啊——"

霍毕回身，透过二楼的栏杆，看见一个锦袍的公子被人从三楼扔了下来，因为腰上缠着什么，又在二楼与三楼之间生生地停住。

惨叫声正是那锦衣公子发出来的。

"这……"饶是向来面不改色的齐军师，此刻也有些发愣。

"服了吗？"萧璃手中拽着缠在范烜腰间的披帛，探出半个身子，笑着问道。

门口一众护卫投鼠忌器，不敢上前。另有一部分机灵的，已经转身往楼

下跑，打算在下面接住自家公子。

"萧璃！你有种就真刀真枪地跟本公子比试！偷袭算什么好汉？"范烜脸涨得通红，像只被翻了壳的乌龟一样蹬扯着四肢，却无处可以着力，只能就那样被萧璃拎着。

霍毕身后，袁孟与林选征对视一眼，认出了那个拎着人的竟然就是长乐公主，也是昨日清晨骑着漆黑骏马与他们擦身而过的青衫少年！

他们竟然在平康坊……遇！到！了！公！主！

霍毕负手望着三楼的萧璃，不知道在想些什么。

楼上，萧璃笑嘻嘻地看着范烜，说："不才在下，刚刚好没有种，你刚刚不是才提醒过我吗？"

袁孟的眼睛缓缓地眨了两下，只觉得昨日清晨那个纵马的潇洒少年，今天球场上那个英武悍将，都在这短短几句话之间全部破碎了。

"你无耻！"范烜怒骂。

"哎呀——"萧璃还是笑着，作势将手一松。

"啊啊啊啊——"感受到下降的范烜再次惨叫。

萧璃往四周看看，发现刚才嫣娘演奏的舞台此刻没人，于是拎着范烜的右手往上一提，左手攀着雕栏，一个起身便从三楼跃下。落至二楼的时候在霍毕面前的围栏前借了个力，翩翩然落在了舞台之上。接着右手一甩，把范烜扔在了地上。

楼上的护卫们见状，互相对视一眼，便也呼啦啦地跟了下来。

"给你机会比试。"萧璃收回披帛往袖中一放，又回头看了眼跑下来的安阳王世子，说："要不堂兄一起上？怕的话，我让你们两只手。"

负责保护范烜的护卫们见主人还狼狈地趴在地上，都想一股脑儿冲上去救主，可是眼前剑光一闪，被一剑拦住。安阳王世子萧燕转头，见令羽一剑，便把所有的护卫皆拦住。

"你做什么？"萧燕怒喝道。

"范公子刚刚不是要与阿璃堂堂正正比试？"令羽挽了个剑花，还未看清动作，剑便已经回了鞘。

虽然是与安阳王世子萧燕对话，可他却侧过头，看向台上的萧璃，眼中带笑，说："那绝云自然要帮公主拦住扰人的虫蝇咯。"

"谢啦！"萧璃回首，对令羽粲然一笑。

"令绝云！你想多管闲事？"范烜手忙脚乱地站了起来，一抹脸，怒道。

令羽抬起双手，有些无辜。"挡住个把小喽啰，不算多管闲事吧？"

"绝云，你不懂。"萧璃在一旁说，"我们范公子虽然嘴上说着想要堂堂正正对决，可身体还是很诚实地想要让他的护卫们一拥而上。"

萧璃声音不小，还带着戏谑笑意。被说中了心思的范烜脸上挂不住，脑袋一热，吼道："对决就对决！我已在家苦练剑术三个月，不信还打不过你！"

楼上，王、谢、崔、吕四个人已经呼啦啦地跑到了二楼走廊，选了个视角最好的位置后就往围栏上一趴。刚刚好，在霍毕他们的包厢之前。

"范烜又被阿璃三两句激得上头，没意思。"王绣鸾听见范烜的喊话，撇撇嘴。

"人家苦练了三个月剑术，好歹给个机会展示一下。"谢娴霏语重心长。

"我们……就在这里看着？"从后面跟上来的郭安犹豫地问。

"自然。"崔朝远说得理所当然，"阿安你一个从六品的羽林军，有资格去跟安阳王世子和显国公家的公子打群架吗？别今日打了，明日郭威统领就被显国公参了。"

"那公主……"郭安仍觉不妥。

"嗨呀，阿璃不会输的。"王绣鸾特地扭过头，开开心心地对郭安一笑，说，"那个范烜再苦练八百年也比不上阿璃。"

"那令羽为何……"郭安见楼下帮忙掠阵的令羽，开口问。

"你没看令绝云也只是拦着那些护卫吗？他轻易不会动手的。"吕修逸摆摆手，打断了郭安的话。

"若阿璃不敌，令羽公子自然会出手相助。"谢娴霏慢悠悠地说。

几人有一句没一句地说着，后面包厢里霍毕、袁孟等人听得好笑。几人那娴熟自然的姿态，仿佛这情景出现过好多次一般。

他们想得没错，这般情景确实出现太多次了，多到谢娴霏几人已经驾轻就熟，甚至还记得自备茶水糕点。

"阿鸢，给我块栗子糕。"吕修逸把手伸到王绣鸢面前。

"你自己不拿点心，又来抢我的！"王绣鸢拿着盘子的手一缩，拒不上缴。可她的动作慢了一点，又或者吕修逸早料到了她的动作，手往前一探，就捡出两块糕饼来，一块递给旁边的崔朝远，一块留着自己吃。

王绣鸢：我恨！

"喝杯茶消消气。"一杯茶递了过来。

王绣鸢扭头一看，是谢娴霏，她自己正拿个茶碗，慢条斯理地喝着，目光则没有离开楼下的萧璃。

王绣鸢想，是她败了。

三楼，萧璃原本的包厢内如今只剩下嫣娘一人。她并没有随着王绣鸢等人去二楼看热闹，也没有离开，仍然坐在原来的位子上，煮茶倒茶，姿态优雅。

萧璃和范炟的声音传至楼上，嫣娘微微侧耳，听见萧璃用她特有的那种清亮如泉水般的声音说着无比挑衅的话，不由得微微笑了。

楼下。

"我觉得你俩还是一起上。"萧璃一边卷袖子，一边说。

"不……"

安阳王世子萧燕刚想拒绝，就听见萧璃说："不然打完了一个再打另一个，太费时。"

萧璃一脸苦恼。

这圣人都忍不了！萧燕抽出剑，直接跳上了台子，站到了范炟的身边。

起手式摆出，两人瞪着萧璃。

"动手啊，不然等着我去揍你们吗？"萧璃激将道。

范炟与萧燕对视一眼，下一刻，便齐齐举剑向萧璃刺去。

萧璃这才从腰间抽出佩剑，横起格挡，一下便抵住了两把剑的攻势，让两剑不得寸进。

"好力度。"袁孟看着，低低赞了一声。

虽说那两个公子在袁孟看来都是弱鸡，但萧璃能以女子之身抗住两人加在一起的力道，也值得袁孟一赞了。

想到她在马球场上英武的姿态，袁孟又觉得她击溃这两人，应该是不成问题的。但看下盘，萧璃就比那两人都稳当，想来在武学上，这位公主当真下了苦功夫。

这时，萧璃反身执剑一挑，一推，范炟和萧燕两人便一齐后退了半步。两人也不再一齐进攻了，一个向左，一个向右，分散开来，从两侧夹击萧璃。

范炟的剑先一步刺来，萧燕的剑紧随其后，两人的剑形成了一个直角，气势汹汹，直逼萧璃！

萧璃膝盖前屈，身体往后一仰，便从下方躲过两剑夹击，且到了另一侧。两人来不及转身，而这时萧璃已经一跃而起，一剑挑飞了范炟的剑，一脚狠踹萧燕的肩膀，将他一举踹下舞台。

"啊！"

这是萧燕吃痛的惨叫声。

剑被挑飞，范炟看着翩然落地的萧璃，一个纵身踢去！

萧璃侧身后撤，躲过了范炟踢来的腿，未拿剑的左手一下子钳住范炟的腿，用力一拉！

"咚！"

这是下盘不稳的范炟仰面摔倒的声音。

范炟摔得浑身疼，但咬牙忍住了痛呼。他正暗地里大喘着气缓解疼痛，目光忽然扫到了二楼看戏的几个人。

王绣鸢、谢娴霏、崔朝远还有吕修逸那几个人吃点心看戏的样子此刻尤其刺眼。想到他被萧璃轻易打倒的样子被这四个人全程看到，范炟的眼睛都红了起来。

"给我把萧璃的那几个狗腿子拖下来打！"范炟顾不得起身，扭头对下面的跟班护卫喊道。

"啊……这。"王绣鸢拍拍手，清理掉手上的糕饼碎屑，扭头问，"我们做错了什么？"

"无非是觉得自己失了颜面罢了。呵，男人。"谢娴霏悠悠地喝光了茶盏里的茶，说道。

"阿霏，你这打击面是不是太宽广了些？"崔朝远和吕修逸一同扭头，抗议道。

眼看着范烜那一班护卫就要上来了，四个人没有一个露出哪怕一点儿惊慌的神色。

"倒是有趣。"霍毕身边的师爷摸摸胡子，好笑道，"倒确实是默契的好友。他们为何不怕？"甚至没有摆出什么防御的姿态。

就在这时，楼下又传来了惨叫。

"我说，范小郎君，你是不是当我不存在？"正当范烜想要起身的时候，萧璃一脚踹了过去，都没太用力，就把范烜又踹到了地上。这回，范烜没忍住，痛呼出了声。

护卫们听见，都不由自主停下脚步，回身看去。只见范烜像只翻了壳子的乌龟一样仰躺，扑腾着想要起身。萧璃一脚踩在他的胸口，就压制得他起身不得。

"你们尽管去！看我能不能把范烜打得他阿爹、阿娘都认不出。"萧璃拿剑尖轻佻地拍了拍范烜的脸，嚣张地说。

护卫们闻言，都不需要令羽拦着，便犹豫得不敢动了。

"怕什么！去揍他们！"范烜怒火中烧，完全失去了理智。

"咪！"萧璃反手一拳砸上范烜的左眼眶。

"嗞——"王绣鸢咧了咧嘴，看着就好疼，阿璃又变凶了。怎么办，好喜欢这样的阿璃。再这样下去长安城的儿郎都要无法入她的眼了。

"你是不是真的以为我不敢动手揍你？"萧璃收回手，问。

"萧璃！"范烜大吼，然后右眼又挨了一拳。

"这是你能叫的吗？"萧璃揍人的时候嘴角甚至还带着轻佻的笑意，看得人有些心痒痒，"你的话，要称我长乐公主殿下。"

"你到底哪里像个公主？你明明比我还要纨绔！"听到萧璃的话，范烜不由自主喊出一直藏在心里的话。

范烜冲动喊完就觉得不好，他肯定要被这个母老虎揍成猪头。闭着眼睛等了一会儿，范烜偷偷睁开眼睛，发现竟然没有拳头再落下来。

萧璃仍然一脚踩着范烜，弯下腰，凑近范烜。漆黑清亮的眸子对上了范炬的眼。

范炬呆了呆，脑子瞬间空白。

"那我告诉你，范炬。"萧璃龇了龇牙，说，"有我萧璃在，这长安城就轮不到你来做这纨绔子弟。再让我看见你仗势欺人，来这里找嬷娘的麻烦，下次就不是黑眼圈而是掉门牙了。"

"萧璃你给我适可而止！她不过一个妓子，还真当自己是大家闺秀了？"已经被踢下去的萧燕大声说。说到这儿，似是觉得还不够一样，又开口道："本来就是个千人骑……"

话未说完，萧璃的剑鞘已经拍在了萧燕的脸上，生生将他又拍得后退了一步。剑鞘落地，萧燕的左脸肉眼可见地肿了起来。

"你！"萧燕捂着脸，感觉到有些松动的牙齿，死死地盯着萧璃，不敢相信她竟然真的敢伤他。

"不会说话就闭上你的狗嘴。"萧璃冷下了脸。

楼上的嬷娘此时正蘸着茶水在案几上写着什么，对萧燕的辱骂充耳不闻。此刻包厢内若有第二个人，就能看见嬷娘缓缓地写下的那个字——

范。

她看着案几上的字，看着它缓缓风干至消失不见，目光幽幽。

"真是好笑，清音阁也不是你安阳王世子开的，嬷嬷也没卖身给你们。人家书生士子想要求见嬷娘，得作诗作对，富商豪客来了还要献宝讨好，你在这里耍个脸，也不管嬷嬷有没有客人，说见就见？我看这长安城就数你脸皮最厚！"二楼，王绣鸢脆生生地开口说。

"确实。"谢娴霏想了想，话都叫阿鸢说了，没什么需要补充的，便点头赞同。

鸨母听了，简直想哭，这才是讲道理的人儿啊！都多少次了，安阳王世子和范炬一来就给她添乱，因着他们，也不知道得罪了多少客人。这王家的小娘子可把她的心里话都说出来了。

鸨母当即决定，待下次她们再来听曲儿，她要免费给她们多上几个糕点盒子！

最终，范炬和萧燕还是灰溜溜地离开了清音阁。

主人家二对一都打不过萧璃，护卫们又都被令羽轻轻松松地拦住，什么都干不了。不走，也只能更加丢人。

见范炟他们走了，王绣鸾几人又呼啦啦地都跑去了一楼。

令羽弯腰捡起萧璃丢在地上的剑鞘，擦了擦，又递还给它的主人。萧璃接过剑鞘时，与令羽相视一笑，而后利落收剑回鞘。

"阿璃！"王绣鸾冲在最前，跑到萧璃身边站定，激动说道，"果然阿璃才是长安最英武俊俏的少年郎！"

萧璃闻言，低头看向王绣鸾，然后勾起嘴角，声音低沉说道："哦？是吗？"

看见萧璃的样子，王绣鸾噎住，一副不知道该说些什么的样子。而一旁的令羽则侧过脸，不想让人看见他忍笑的样子。

"刚刚确实是长安城最英武俊俏的少年郎，可现在这般就显得有些……"慢了一步的谢娴霏顿了顿，琢磨一下，说道，"现在则显得油腻了一些。"

"就是如此。"王绣鸾点头。

闻言，萧璃僵了僵，悻悻然收起了脸上被称为"油腻"的笑容，恢复了往日那有些漫不经心又吊儿郎当的样子。

"时候也不早了，我们去同妈妈告辞吧，之后我送你们回府。"萧璃对两女说道。

"我与阿鸾和阿霏同住一坊，这护花的任务就稍微让让我吧？"崔朝远急急忙忙开口，风头总不能都被阿璃抢走。

最终，几人商定由崔朝远送王绣鸾和谢娴霏回家。吕修逸同徐友家住得近，便结伴回去。

至于萧璃——

"子时要回宫轮值，我护送公主回崇仁坊。"郭安于萧璃身边肃然而立，说道。他神色清明，显然刚刚只是浅酌几杯。

"既然有郭护卫，那我便不多事了。"令羽笑笑，说。

"郭某职责所在。"郭安说。

"我本来也不需要人护送。"萧璃撇撇嘴，说，"谁跑得过我的乌云骥？"

"小心为上。"令羽点了点萧璃的额头，说。

萧璃和郭安并肩骑着马，因崇仁坊与平康坊离得并不远，故而也没有加快速度，只慢悠悠地骑着。

"算算日子，再过些时日阿宁的信就该到了。"萧璃对郭安说。

郭宁自离家，每一季都会给萧璃来一封信报平安，也算是间接同家里报了平安。至于为什么不把信送回家里，那自然是因为郭统领。一来郭统领还没歇了捉她回来的心，二来这父女两人还在隔空别扭着，谁都不肯服软。

于是，这报平安的任务就落到了萧璃的身上。萧璃大约也是这长安城唯一知道郭宁所在的人。

"待我一收到信，便去皇城寻你。"萧璃对郭安说。她也是很有自知之明的，知道郭威统领看她不大爽快，故而也不去讨那个嫌弃。

"阿宁在哪儿？"郭安问。

"该是在南诏国了。"萧璃随意说道。

郭安怔了怔，似是没有料到萧璃这般轻易地透露了郭宁所在。毕竟当初就算陛下和太子殿下一同帮着父亲询问，她都只说自己不知。

萧璃什么都不知道这话是没人信的，且不说萧璃派了身边武功最高的那个护卫跟随郭宁，单说萧璃与郭宁之间的情谊，郭安说什么都不相信她会在什么都不知道的情况下纵容郭宁离开。

"走了这么久，若还被轻易寻到，那也只怪阿宁技不如人了。"萧璃扬扬下巴，理所当然地道。顿了顿，萧璃目光中露出一丝丝的狡黠，继续说："况且阿宁说她如今颇为精通易容之术，你们便是同她错身而过，都未必能发现得了她。"

"易容之术？"郭安惊讶，问，"她何时习了易容术？"

"大约一年前吧……"萧璃歪歪头，想了想，回答。

"一年，那你……"

"我自然不可能什么都向你们透露。愿意替她报平安已是本公主心善了，明白吗？"萧璃理直气壮，看得郭安忍不住露出微微笑意。

"殿下。"

"嗯？"

"今日范烜……"想到范烜离去时那鼻青脸肿、惨不忍睹的脸，郭安说，

"若显国公去陛下处告状，我可以向陛下解释今日缘由。"接下来一句，都是他在御前守卫。

"嘁，不需如此。"萧璃满不在意地挥挥手，"显国公早年跟随皇伯伯在外征战，何等英雄！可儿子却连我这弱质女流都比不过，他有那个脸去找陛下告状，我就有胆子在皇伯伯面前说他教子不严。"

"即便是显国公不会去御前告状，可安阳王……"郭安眉心微蹙，沉吟。

安阳王啊……萧璃想想这位堂叔，确实也有些头痛。安阳王就萧燕这么一个儿子，当真是宠得要星星就绝对不会给月亮。不然萧燕也不会是现在这个无法无天的霸道样子，皇子都没他这般放肆。

萧璃苦思片刻，但人她打都打了，当时她那一下子抽得还颇狠，搞不好萧燕还要掉颗牙……于是，便也只好颇不在乎地说："大不了就是挨罚，皇伯伯也不会真的打死我。"

郭安看向萧璃，眼神担忧中带着不赞同："公主金尊玉贵，又何须同他们计较。"

"不行，不计较我忍不下这口气。"萧璃立马接道，"你也瞧见了，不是我想揍他们，实是他们太过欠揍。"

"……"

"好了好了。"见郭安又想开口说什么，萧璃指着不远处的公主府，说，"我到了。瞧，诗舞和酒流已出来迎我了，阿安留步。"

有什么说教还是留给阿宁吧！萧璃在心里说道，她常被皇后娘娘和太子阿兄叨念，可不想再听郭安叨念。

郭安停住，望着萧璃带着丝丝落荒而逃意味的背影，不由自主弯了嘴角，随即又立刻回神，恢复了一本正经的严肃模样。

"殿下，今日还是男装打扮吗？"第二日一早，画肆和诗舞服侍萧璃起身。

"就男装吧。"萧璃摆弄着下人递上来的袖箭，对画肆随意说道。

"公主想要穿那件天青绣银丝的，还是白底绣青松翠竹的？"画肆声音清脆，问。

"都可，反正今日去太子阿兄那里挨罚，俊俏与否，也只有笔墨纸砚瞧得见。"萧璃放下手中的袖箭，愁眉苦脸地叹了口气。

看见萧璃的模样，拿着衣服的画肆和给萧璃束发的诗舞都忍不住笑出声。

"我从小就讨厌写字，你们又不是不知。"看身边侍女忍俊不禁的样子，萧璃更是郁闷。

"太子殿下也是为了公主。"画肆将一条绣着银线的腰带挂在了屏风上，说，"太子殿下先罚过了，陛下也就不会再罚公主了。"

萧璃没接话，"哼"了一声，继续摆弄袖箭。

自萧璃一出生，先帝就给她选了七个护卫，从小跟在她身边。画肆和诗舞是其中两名仅有的女子，也做贴身保护与随侍之用。

画肆和诗舞没年长萧璃几岁，且都是自小陪同萧璃一起长大，感情深厚。主仆之间相处起来，便也没有那么多规矩。

"酒流！"

"是，殿下。"

窗外，青年沉稳的声音响起。

"去备马，等会儿你随我去东宫。"萧璃吩咐。

"是，殿下。"酒流领命而去。

"殿下不需要我等随侍了？"画肆问。

"阿兄那里简直是个和尚庙。"萧璃皱皱鼻子，嫌弃道，"就不带你们去受罪了。"

"公主别是想支开我跟画肆，让酒流帮您抄书呢。"诗舞怀疑道。

酒流武功高强，但是人有些憨，向来对公主唯命是从。

"就酒流那笔狗爬字还不如我，叫他替我抄书，我怕不是要被阿兄加罚一百遍。"

"唔，殿下说得有理。"

在外候着的酒流：大家都是同僚，何必这样不给面子。

东宫。

萧璃下马以后，同宫门口的守卫打过招呼，也不等人来引，自己便熟门熟路地走了进去。守卫们司空见惯，也没人阻拦，只笑着向萧璃行礼，任由

萧璃进入。

萧璃出宫建府之前，一年里有近半的时间都是待在东宫跟着太子殿下的。因公主性子太过顽劣，不听教导，唯有皇上和太子能管教一二。

皇上日理万机不得空闲，那么管教公主的担子便自然而然地落在了太子殿下的身上。于是太子便时不时地把萧璃拎到东宫管着，免得她又到处惹是生非。

萧璃虽然在长安城招猫逗狗，人憎狗嫌的，但多是对那些权贵。在东宫对太子和他身边的随从、护卫、下人们向来没什么脾气。

这些年相处下来，萧璃便成了东宫第二尊贵的人。她一来，连太子身边的掌事大监都会特地吩咐厨房多做些公主喜欢吃的。

便是太子都曾很无奈地说，在东宫，阿璃比他这个正经的主人还要招人喜爱一些。

萧璃刚穿过花园，正走到鱼池，东宫的掌事大监便笑眯眯地迎了上来。

"哟，公主殿下今日这么早就来了。"

"既是受罚，那自然是早死早超生。"萧璃扁嘴回答。

"呸呸呸，什么死不死的。"

听到萧璃口无遮拦，大监连忙说。

"阿兄在书房？"萧璃问。

"是，殿下一早就在处理各地递上来的文书了。"大监回答。

"那我直接去书房找阿兄。"萧璃微微一笑，对大监拱拱手，说，"陈公公去忙吧。"

"那好。"掌事大监陈公公笑眯眯地低声说，"今日叫厨房做公主殿下爱吃的鱼羹。"

"就知道陈公公对我最好。"谢过陈公公，萧璃便向书房的方向走去。

○ 第三章 ○

灼灼其华

配饰碰撞的叮咚声隐隐约约地从门外传过来，不需多想，便知道是萧璃来了。毕竟，这整座东宫，没人会像萧璃一样，连走路都这般闹腾，没个样子。

太子萧煦放下手中的折子，拢了拢身上大氅，看向了门口。

"阿兄，我来受罚了。"门外，是萧璃拉长的声音

"还不进来？"太子揉揉眉心，深吸一口气。

推门进来，首先入目的是一架屏风，绕过屏风，才能看见萧煦和摆满了奏折的案儿。那屏风上绣着的是两对儿少年少女。年龄稍长的那个少女在花前舞剑，英姿飒爽，年龄小点儿的少女则拿着一把玩具一样的小剑，跟在后面比画。而两个少年则立在一旁的树下，虽手拿书卷，目光却流连于舞剑的少女。

萧璃的目光落在了屏风上，又眼无波澜地移开，向太子看去。

已到了春暖花开的时节，可萧煦还披着一件厚重的大氅，这书房里，也还摆着炭火盆。萧璃先走到炭火盆边上烤了烤，这才靠近萧煦。

"阿兄。"萧璃跪坐在属于自己的小案儿边，看着萧煦桌上几乎堆成了小山的折子，相当乖顺地问，"我先帮阿兄筛一遍？"

萧煦伸向茶杯的手一顿，又深吸了一口气，这才看向萧璃。

"说吧，你又闯什么祸了？"

不然你会老老实实地一大早就过来，还主动要帮着筛折子？

萧煦为着这些年的兄妹情深，硬生生地咽下了后面这句话。

"我记得我最近只有立功，打得吐蕃使团屁滚尿流，可没闯祸。"

屁滚尿流……萧煦只觉得太阳穴砰砰地跳。

"这是你一个姑娘家该说的话吗？不要跟崔朝远他们学坏。"

实话实说，阿兄，有时候倒是我带累他们的名声更多些。萧璃如是想。

她眨眨眼睛，明智地没接话。

"行了。"萧煦揉揉额角，指着萧璃案几一侧已经垒好的奏折，说，"帮我看一遍，你看着无用的便直接剔出去吧。"

说完，萧煦便不再言语，萧璃遂也埋头开始干活。

这活计萧璃也不是第一次做了，往日她被勒令反省的时候，基本都是在东宫做这个，所以称得上是个熟手。萧璃阅速极快，一本折子几下便看完，有用的留在书案上，没用的，便随手扔一边，到时东宫詹事会处理。

"啪！"

萧璃抬头，见萧煦把一本折子重重拍在了书案上，素来有些苍白的面庞染上了些红。

"江南道……好一个江南道！"

萧璃没有开口问江南道发生了什么，为何阿兄会如此气，却不期然想起了昨日清音阁那个狂生的话——

水匪为患，水利荒废……

江南道的驻军，多为三皇子外家，显国公的旧部。显国公，也正是昨日被萧璃胖揍一番的范炟的父亲。

"那个，阿兄。"

"怎么了？"

"陈公公说今日厨房备了我最喜欢的鱼羹。"说着，萧璃还舔了舔嘴唇。

"也确实到了该传膳的时候。"萧煦闭闭眼睛，平复了一下情绪，说道，"叫陈公公来。"

话音刚落，门口就传来陈公公的声音。还不等萧璃感叹一下说曹操曹操到，便听陈公公说："殿下、公主殿下，郭统领传陛下旨意，传公主殿下即刻进宫。"

看来这顿鱼羹是吃不到了。萧璃忽略了太子阿兄那"你果然又给我闯祸了"的眼神，很是丧气地叹了口气。

早知道就该早些叫陈公公把鱼羹拿来的，起码不用饿着肚子挨训。

进宫的马车上。

"事情的经过就是这样了。"给太子阿兄描述完事情的经过，萧璃抓紧时间又往嘴里塞了一块枣泥酥，胡乱咀嚼两口之后就吞下去。

"你明知道安王叔他最溺爱……细嚼慢咽，小心噎到了！"

是不是因为他们萧氏女儿稀少，所以每一个女儿便要格外折腾人一些？萧煦把温热的茶杯递到萧璃的手上，如是想。

到了宫门，按规矩两人都下了马车。萧煦摆摆手，没让宫人抬出太子的仪仗，而是同萧璃一起，跟着郭统领往紫宸殿步行而去。

"都说了阿兄不必陪我来。"萧璃的目光从太子厚重的大氅上划过，接着低声嘀咕道，"反正不过是思过反省。"

"旁的也就罢了，你这次惹的可是安王叔！"太子都不用多想，就知道此刻安阳王肯定在紫宸殿里面同父皇哭诉。

"我可没把安王叔怎么样。"萧璃说，"我打的是他儿子，且是以一敌二，可是靠本事赢得堂堂正正。你说是吧，郭师父？"

萧璃说着，还挺了挺胸，全然一副自豪的样子。

突然被叫到的禁军统领郭威闻言，扭头看了笑嘻嘻的萧璃，不情不愿地"嗯"了一声。

抛开郭威跟萧璃的恩怨，身为武将的他也觉得安阳王的行为不入流。当真是有熊老子就有熊娃子，老话说得一点儿都没错。

及至紫宸殿，郭威想了又想，终究还是低声对将要进殿的萧璃说："陛下不愉，殿下收敛着点儿。"

萧璃一愣，接着对郭威露出了一个灿烂的笑容，同样"嗯"了一声，脚步不停，走进紫宸殿。

紧接着郭威就听见已经进了紫宸殿的萧璃清亮的声音传来——

"皇伯伯，今日是叫我进宫来带雪云骥回公主府吗？"

收敛，她萧璃向来不知道收敛两个字怎么写。

同郭威一样，因萧璃肆无忌惮的问话滞住的还有殿内的荣景帝和安阳王。

在一旁候着的裴太傅、显国公，以及裴太傅之子，中书舍人裴晏也闻声看向她。

萧璃今日穿着天青底色绣着银色云纹的男装，随着她的走动，腰封上悬

着的玉佩挂饰碰撞出叮咚声。萧璃的眼睛明亮又清澈，笑容粲然，整个人由内而外透着一股生机勃勃，像山中刚长大的小豹子。

瞧着她的样子，荣景帝的气先消了一半。

萧璃扫了一眼紫宸殿，见裴太傅、裴晏还有显国公候在一侧，安阳王捂着脸坐在另一侧，不难猜出她皇帝伯伯应该是正在跟裴太傅他们议事，然后安阳王跑进来撒泼……不，告状，接着自己就被郭统领拎进了宫。

"阿煦，你怎么也跟着来了？"荣景帝看着跟在萧璃身后进来的太子，问。

不怪荣景帝有此一问，整个长安，除了皇后，就数太子萧煦最护着萧璃。所以荣景帝很难不怀疑是萧璃故意拖着太子过来帮她说情。

"回父皇，郭统领来传讯时阿璃正在东宫抄书。阿璃性子跳脱，儿臣让她抄书磨磨性子。"顿了顿，萧煦继续说，"忽闻父皇传召，不知阿璃是不是又闯了什么祸。儿臣心忧，便跟来看看。"

太子这话，透着股无可奈何的心酸，一下就让荣景帝想到被朝臣御史追着告状的自己。

安阳王觑着荣景帝的表情，眼看着他剩的一半气也快消了，连忙哽咽出声："公主倒是无事，可怜我的燕儿，今日床都起不来。都是姓萧的，公主为何下此毒手？"

"起不得床？"萧璃的眼睛微微睁大，对着安阳王说："安王叔，昨日萧燕可是自己站着离开的，说鼻青脸肿，我信，起不得床？可别是太过风流所致吧……"

"萧璃！"眼看着萧璃越说越下道儿，荣景帝按住砰砰直跳的额角，呵止道。

"陛下……陛下！"安阳王被萧璃气得一口气差点儿没喘上来，回过神来，扑通一声跪在地上，老泪纵横道，"长乐公主往日打遍长安勋贵也就罢了，可燕儿，燕儿好歹也算是她的堂兄啊，当年也是一同在崇文馆读书的！便是公主身份尊贵，可也不能如此六亲不认啊！臣这把岁数，也就这么一个儿子。他要是有个好歹，臣……臣也活不下去了啊！"

"安王叔，萧燕他跟我抢歌妓的时候也没念着我是他堂妹啊。"说着，萧璃一脸你是长辈我拿你无可奈何只能好声好气解释的表情说，"论理，我先来他后到，便是他想听同一个歌妓唱曲儿，也没有我给他让道的理吧！论武，他跟范炟两个对我一个还输了个灰头土脸！要是我，当真要臊得不想起床。"

"你……你……"安阳王这回是真的被萧璃噎得喘不上气了。

"皇伯伯，"萧璃扭头，对荣景帝说，"我说得句句属实，不信您叫人去清音阁问嘛，我好好地在那听个曲，他们带了侍卫一大群来捣乱。就算打架，也是我一个人打赢了他们两个！"

"你还挺自豪的是不是？"荣景帝气得把手里的笔扔了出去，萧璃侧侧身子，躲开了。"还躲？还让朕派人去问？去哪儿问？去青楼楚馆问两个皇亲国戚在那里为了个歌妓大打出手？你们两个不嫌丢人朕还嫌丢人！"

他虽然为萧璃的荒唐生气，却也信了她的话，更何况这里面还有显国公的小儿子范炟掺和，若事实并非如此，显国公也不会闭口不言。

看看一脸理直气壮的萧璃，再看看还伏在地上"活不下去"的安阳王，荣景帝揉揉眉心，对安阳王说："我们萧氏的江山是在马背上得来的，便是现在太平盛世，我萧氏男儿也不该被女子打得毫无还手之力才是。就因为是独子，才更应该摔打一下，日后好承安阳王门楣，为国出力。待萧燕养好了伤，叫他去光禄寺报到吧，别整日无所事事惹是生非。"

话都说到这儿了，就算安阳王再傻，也明白今日算是无法给自己儿子讨到公道了。都说长乐公主仗着圣宠在身肆无忌惮，今日也算是领教到了，不过此行，他也不算全无收获。

等安阳王离开紫宸殿，萧璃模样乖乖地对荣景帝笑笑，说："皇伯伯，没事儿的话我就去皇后娘娘那儿了。今儿进宫进得急，我连午膳都还没吃呢。"

而这时，裴晏突然出声了。

"陛下。"

要完！见裴晏要说话，萧璃如是想。

真的要完。

裴晏面向荣景帝，欠了欠身子，躬身道："陛下，皇室中人在平康坊大

打出手，此等不正之风不可纵之。"

站在萧璃身边的太子眼见着她将眼睛瞪大，脑袋一点儿一点儿地扭向裴晏，无声地瞪着他。

那模样就好像只猫儿，还是一只眼睁睁看着盘子里的小鱼干被抢走的猫儿。

裴晏收回扫过萧璃的目光，面色不变，继续说："况且，御史台……"

话未尽，荣景帝也想到了。这次萧璃跟萧燕闹得动静有点儿大，御史台那边肯定听到了风声，指不定明日大朝会又会有御史上折子参长乐公主。一想到那些只会翻来覆去说车轱辘话的御史，荣景帝就一阵头疼。

想了一下，荣景帝说："阿璃，你这次闹得太过，今年减你三个月食邑。至于安阳王世子，郭威，等会儿传朕旨意，让他闭门思过，好好读读圣贤书！"

"可是……"萧璃似乎想到了什么，张张嘴，复又闭上。

"你可是不服吗？"荣景帝板起脸，问。

"倒也不是……"萧璃嘀咕。

"公主殿下想说的大概是……"裴晏素来清冷的眉目好似带上了一丝笑，可那笑却无端带着一丝嘲讽的意味，"殿下今年应当已无食邑可减了。"

荣景帝："……"这才开春吧，竟然已经扣完了？

"咳……"太子偏过头，想用咳嗽声掩住笑声。

在这么多人面前被说破了自己食邑扣光的事情，当真是件极没面子的事，萧璃快气疯了，眼睛瞪得更大了。

"裴！清！和！"

"咳，好了，阿璃。"看见了萧璃眼中的怒火，荣景帝连忙喊住萧璃说，"那便不扣你食邑了。"他真是怕说晚了，下一刻萧璃就挽起袖子把他的中书舍人按在地上暴打。裴晏虽然也通君子六艺，但肯定不是萧璃的对手。没见武将世家显国公家的小子对上阿璃都屡战屡败吗？

"真的吗？"听见荣景帝的话，萧璃果然不再注意裴晏，扭过头看向她的皇伯伯。

"虽然不扣你食邑，可也不能不罚……唔，就罚你跟萧燕一样，闭门思过吧。"

"皇伯伯，要不您还是扣食邑吧？"听见要被关禁闭，萧璃苦兮兮地说，她才被放出来没几天。

"就这么定了，你去立政殿吧，皇后这两天还叨念你呢。"荣景帝摆摆手，又对太子说，"阿煦留下，看看这个。"说着，扔给萧煦一个折子。

无奈，萧璃只好告退，一脚跨出殿门时，只隐隐约约听见"南诏王""身体"几个字。

见萧璃离开了，荣景帝不由得再一次揉揉眉心。

在场几人都是天子近臣，荣景帝也不介意在他们面前表现出糟心老父亲的苦恼，于是苦笑道："阿璃又闯祸，让你们看笑话了。"

裴太傅有些好笑地说："这还不是怪陛下太宠着公主了？"

"谁让阿弟就这么一个子嗣，我不宠着还能如何。"荣景帝说着，叹了口气。

"臣倒是盼着自家女儿能像公主一样，做父亲的，总是希望自己孩儿在外面不被欺负。"显国公摸摸胡子，笑呵呵地说，"前些日子我家大郎还与我称赞公主马上英姿。可惜那日我要出城巡防，没有见到公主是如何打败吐蕃使团的。"

裴晏袖中轻捻的手指顿了顿。

"哈哈。"荣景帝大笑，说，"怕自家孩子在外被欺负？你这是在跟朕抱怨阿璃欺负了你家二郎？"

"怎么会？"显国公连忙道，"以多欺少还败了，若不是我家老太太拦着，我真是想把他逐出家门！现下他应该还在演武场扎着马步呢。"

荣景帝闻言大笑。

荣景帝与显国公自弱冠时相识，到如今已经二十几个年头，除了君臣之义之外还保留些从前的情谊，说起话来自然更随意一些。

显国公见荣景帝大笑，也跟着笑着说："公主殿下这般，才似我们武将家养出的姑娘。"

荣景帝一直以从前的戎马生涯为荣，在三个儿子里也最为喜爱武艺高强的二皇子，听了这话便很是受用。当然，裴太傅与裴晏还在，荣景帝也只好

收收笑容，对太子说："阿璃的性子太过跳脱，还是该好好磨磨才对。"

"儿臣记下了，回去定会押着她读书。"萧煦笑着应道。

立政殿。

"好好地，怎么又被禁足了。"皇后一边让身边女官传膳，一边对萧璃埋怨道，"你何时能让我省点儿心？"

"我也不想啊，皇后娘娘，可范炟他们都欺负到我头上来了。"萧璃回道。

"你少来，我还不知道你？"皇后点点萧璃额头，亲昵地教训道，"范炟和萧燕能跟你动手，八成是已被你气疯了。"

被皇后戳穿，萧璃反倒笑嘻嘻地说："还是皇后娘娘了解我。"

皇后看着面前神采飞扬的萧璃有些恍惚。有那么一瞬间，她仿佛看见了二十年前那个在南境纵马飞驰的少女，那么骄傲又耀眼。

说起来，萧璃容貌更肖先皇，只一双眼睛似她母亲的模样。

且不说容貌，她身上那股骄傲和自由的劲儿，真是与二十年前的先皇后一模一样。

荣景帝一直不曾下狠手管教约束萧璃，除了她是先皇遗孤外，未尝没有这个原因。看着萧璃，总是能让他想起当年在南境的时光。

皇后叹了口气，抚了下萧璃的头发，说："晚膳马上便送来，你少吃些点心。"

"没办法，皇后娘娘这里的东西额外好吃嘛。您不知道，我今日可是空着肚子从太子阿兄那儿进宫的，阿兄连午膳都没给我吃，还是皇后娘娘好。"

"你呀，少跟我撒娇，都多大的人了。"

"是谁说长大了就不能撒娇的？再说，如今我也只能在皇后娘娘这里撒娇了。"萧璃眼巴巴地看着皇后，做出可怜兮兮的模样。

虽知道萧璃九成九在演，可是看着萧璃的眼睛，皇后还是忍不住软了心肠。她管教太子的时候尚能硬下心，对上萧璃，却总会不由自主软下心肠。这一软，就软了十年。

当年抱膝坐在立政殿前那个玉雪可爱的小团子，那个眼眶含泪问她阿娘去了哪里的小姑娘，那个不足六岁就要面对天翻地覆变化的小公主，如今已经长大了。

"皇后娘娘，杨司记到了。"皇后身边的掌事嬷嬷低声禀报，打断了皇后的思绪。

"是阿蓁来了吗？"萧璃喝了口茶，闻言，问道。

朝臣皆知，荣景帝宠爱先帝这唯一的孩子，所以当年萧璃是同几位皇子一起读书的。而公主的伴读，文的是御史大夫之女杨蓁，武的是大内统领郭威之女郭宁。单从这伴读，就能看出来萧璃有多受宠爱。

但凡萧璃上点儿心，不难同两家交好。可偏偏公主向来肆意妄为任性惯了，交好不成，反倒把这两个重臣都得罪了。

萧璃先是帮着郭宁逃离长安，闯荡江湖，被爱女如命的郭大统领追出了几条街；后来又在杨家给杨蓁相看人家时直接求了皇后娘娘的懿旨，召杨蓁进宫当了女官。杨蓁摇身一变，成了尚宫手下第一人，正六品的杨司记。

杨家家风清正，杨蓁又才名远播，还是公主伴读，多次得皇后娘娘夸奖，在长安城里名声极好。当时有隐约风声，说裴太傅有意为裴晏说亲，而杨家便是首选。

裴晏，那可是被整个长安城有女儿的人家死死盯着的人。谁家若是能得裴晏做女婿，真是做梦都能笑醒。杨御史自诩俗人，自然不例外，也想裴晏当他女婿，想得心口都疼了。

可偏偏在这当口，他家女儿却进宫到皇后身边做女官去了。当然，理智上杨御史知道，进宫做女官之事必然是女儿自己的主意，她有不愿嫁人的念头也并非一日两日。

可感情上，杨御史还是忍不住埋怨萧璃。若没有萧璃的帮忙，单凭杨蓁自己，是不可能求到皇后娘娘的懿旨的。也只有萧璃，才能让宠孩子没边儿的皇后娘娘下了那么荒唐的旨意。

如今宫中尚宫已年迈，杨蓁能力出色又得皇后宠爱，眼看着她约莫今年便可接替尚宫之位，成为大周立国以来最年轻的尚宫。

嫁人，那是遥遥无期、摸也摸不到边儿的事。

一心想给闺女寻个好人家嫁过去享福的杨御史没少在半夜对着妻子抹眼

泪，不舍得对自家乖巧听话、文静贤淑、宜室宜家、多才多艺的女儿生气，只好继续迁怒公主。

所以说，长安城行事荒唐的勋贵不只萧璃一个，可御史台却像苍蝇一样盯着萧璃参奏，不是没有理由的。御史台的御史们八成是察觉到了上官对长乐公主的怨念，才都拼了老命盯着萧璃的一举一动。

杨蓁心如明镜，明白自己父亲那复杂难言的心思，很是愧疚。自己的任性，要连累挚友代她受过。

"这有什么。"某一日，萧璃在知道杨蓁所思所虑之后，毫不在意地挥挥手，说，"郭统领好歹还能追我追出几条街，你阿爹也就只能动动嘴皮子，不痛不痒的。"

那一日，宫中阳光正好，微风轻拂，萧璃坐在御花园某一丛假山前的石座上。那是萧璃、杨蓁和郭宁小时时常玩捉迷藏的地方。萧璃穿着骑装，袖口有不知何时何处沾上的泥点子，双腿不老实地荡来荡去，而杨蓁站在她的身边，宫装规矩整齐，目光专注地看着萧璃。

"说起来，我现下挺喜欢瞧着御史台那些人对我咬牙切齿，却又干不掉我的模样。"萧璃坏笑着说，"我有时甚至会故意到你阿爹眼前晃一晃，就是为了看他明明不高兴却又要向我行礼的模样。所以，"说到这儿，萧璃仰着脸，扯了扯杨蓁的袖子，认真地说，"阿蓁，你无须为我担心。在这大明宫，你只需顾好自己。若有余力，帮我看顾一下皇后……娘娘便好。"

"阿璃，我只是不希望你的名声被我所累。"杨蓁低头，握住了萧璃的手，声音低落。

因为你本应该是大周最明亮耀眼的那个存在啊！

萧璃在立政殿美美地用了一顿晚膳，杨蓁也回禀完了宫务。皇后知道杨蓁特地这时来回禀宫务的用意，便顺水推舟命杨蓁送萧璃出宫。

宫墙下，萧璃和杨蓁沉默同行。若不谈身份和行事，两人都该是名满长安，叫其他姑娘嫉妒得撕碎帕子的美人。可萧璃行事张扬，肆意洒脱，英气硬生生地压住了明艳，又常着胡服男装，纵马而过之际，倒是常常引得小姑娘丢香包、帕子。

杨蓁则是另一个极端，她总是肃着面容，眉目收敛，不动声色。正是最适合做氏族当家主母的那一款。

"等阿宁的信到了，我便进宫读给你听。"萧璃先开口了。

杨蓁轻轻地"嗯"了一声，眼中浮上几丝笑意。

"那家伙，不知道是不是在南诏国玩得乐不思蜀了。"萧璃不满地嘀咕。按理说，郭宁的信早几日就该到了，也不知道是因为什么耽搁了这么些时日。

"你呢，可还好？"杨蓁看着萧璃，问。

"你该听说了吧，我昨天又把范炟和萧燕给揍了，今日起又要反省思过。"萧璃摊摊手，颇不在意地说，"没事儿，皇伯伯倒是没生我气，若不是怕御史台烦他，可能都不会罚我思过。"

听见"御史台"几字，杨蓁眼神一黯。若非因为她，萧璃堂堂大周的公主，又怎么会动不动就被御史台抓住不放？

她知道父亲是迁怒，且迁怒得毫无顾忌，无非因为当今在位的不是阿璃的父皇罢了。而且父亲如此咄咄逼人，何尝不是在逼自己辞去女官之位回家，听他的话乖乖嫁人。

她相信，若是她如了父亲所愿，他必不会再如此对待萧璃。

杨蓁抬眼，看向一脸满不在乎的萧璃。可以说，萧璃以一己之力为她、为郭宁扛下了所有家里的压力，让她可以在宫中施展抱负，也让郭宁可以驰骋江湖。

郭宁跑得远远的看不见，而自己，就只能在她身后，眼睁睁地看着她因着自己动辄得咎。

萧璃一瞧见杨蓁的神色就知道她在想什么，连忙收住脚步，说："又钻牛角尖儿了是不是？"眼见着杨蓁眼中的黯然之色越浓，萧璃压低了声音，用只有两人才能听见的声音说道："你该知道的，如今的场面正是我所期望的。你阿爹和御史台的行为，不是落井下石，是正中下怀。阿蓁，我没受什么委屈，你是帮了我，不是欠了我。

"我能帮你和阿宁去做你们想做之事，只会觉得欢喜。

"而且，杨蓁，杨灼华。"萧璃认真地看着杨蓁，目光清澈明亮。

灼华是杨御史为爱女取的闺中小字，其中殷殷期盼不言而喻。可那是杨御史所求，从来不是杨蓁所求。

"有我在，你大可灼灼其华，却不必宜其室家。"

长乐公主又被陛下勒令闭门思过了，这长安城也少了一丝闹腾。

王绣鸾在家冥思苦想新话本子的桥段，揪断了好几把头发。这时候萧璃在闭门思过。

吐蕃使团启程离开长安，行至十里长亭时，赛聂勒马停住，最后看一眼长安的方向，之后策马而去。这时候萧璃还在闭门思过。

礼部试开始，崔朝远和吕修逸掂量掂量剩下的零花，难以决定究竟要在谁身上下注。这时候萧璃在东宫挨罚。

谢娴霏听着自家阿爹阿娘盘点着今年的举子，表情放空，思绪已不知飞到了哪里。这时候萧璃还是在东宫挨罚。

今日日头不错，萧璃不知从哪里翻出来杆钓竿，随意抛进公主府花园的水塘里后，便靠在躺椅上开始晒太阳。

令羽来到公主府，被侍女引到花园时，看到的就是这样一幅场景。

"你这样是钓不到鱼的。"令羽开口。

"无妨，反正我也没下饵。"萧璃睁开眼睛，回道。

"那你这是在做什么？"令羽失笑。

目光一扫，令羽见到萧璃身旁的小几上还摆着信件。信件上面压着一本游记，看名字似乎是介绍南境风物的。

"对南境感兴趣？"令羽问。

"随便看看罢了。你曾去过那里吗？"萧璃问。

"不曾，可能南境与我南诏国太近，风土人情相近，于我而言便没那么新奇吧。"令羽摇头，说，"入长安为质之前，我已游历到回鹘，每日大漠孤烟，炭烤羊肉呢。"

萧璃本随着令羽的话想象着大漠孤烟是怎样的苍茫景象，紧接着就被一句"炭烤羊肉"逗笑了。

见萧璃笑起来，令羽也缓缓露出一个笑容。

"若有朝一日可以离开长安，你要去哪儿呢，回去做南诏王吗？"萧璃歪着头，看向令羽，问道。

"非也。"令羽摇了摇头，说，"若我想做南诏王，当初就不会自请入长安为质了。我好歹是南诏王后之子，护国大将军的外孙。做质子，怎么轮也轮不到我。"

"身为王子，却不想做王，令绝云，你这思想很有问题啊。不做王，你还想做什么？"

"绝云者，负青天，自然当逍遥游于天下，怎可被困在一座小小的南诏王宫里？"令羽看着远方，言语中带着让萧璃羡慕又嫉妒的豪迈。

"真好。"萧璃单手托着下巴，看着水塘里漂荡的鱼漂，说，"我也想逍遥游于天下。"

"这有何难？"令羽认真说，"阿璃，路就在脚下，你只需走出去就是了。"

萧璃依旧盯着那困在水塘里的鱼漂，没有作声。

"你想去南境看看，是吗？"令羽问，"若我没记错，那里是你母后的家乡？"

萧璃的目光落在案几上扣着的那本书上，眼帘低垂，看不清神色。

"等到我哪个王弟成了南诏王，我这质子便也失去了作用。恢复了自由之身，我便带你四处游历如何？我一直想去天竺，我们可以从南境离开大周，取道南诏，从南诏西边入天竺。"说到游历，令羽的眼睛闪着光，脸上也带着真切的期待和笑意。

"可是，你哪位王弟成了南诏王，不就意味着你父王薨逝了吗？"萧璃一边是真的好奇，一边抱着泼冷水的心情问道，"你确定你到时候还有心情四处游玩？"

令羽一滞，随即说道："生老病死，天道自然而已。父王有这一日，你有这一日，我亦有这一日，没什么特殊的。"

"你倒是真的没有辜负你的名字。"萧璃嗤笑。

"你还没说是否愿意一同去游历天下。你我武功剑术皆高超，游历时还可见机行侠仗义，救下个把小娘子、小郎君什么的。"

令羽的声音轻松且明快，一如既往，里面却暗藏着一丝只有他才知道的认真。

萧璃"哼"了一声，站起身伸了个懒腰，接着把鱼竿一提，那未曾挂过鱼饵的鱼钩便落回了掌心。萧璃拍拍袍子，说："这位南诏王子，做梦之前，你先想想如何成为自由身吧！本公主啊，不劳你挂心。"说着，拿起游记和书信，转身欲离去。

"萧璃！"令羽喊住萧璃，继续说刚才未说完的话，"长安再热闹繁华，不过也只是一城，你又为何一定要把自己困在此处？父母在，才不远游，你萧璃……"

"令羽。"萧璃转身，看着令羽，目光微凉。她似乎想说什么，却又忍下了，沉默了半晌，最后只淡淡说道："这世间确实辽远广阔，但我无处可去。"

"所以，就是这些了。"公主府内，王绣鸢合上带来的最新文稿，看向萧璃和谢娴霏，问道："觉得如何？"

"故事先不谈，阿鸢。"萧璃看着王绣鸢，接着捏了捏她的脸，说："你这脸蛋儿看着又圆润了不少，点心就少吃点儿吧。"说完之后扭头对侍女画肆说："画肆把点心盒子撤了，再给阿鸢上杯茶，让她刮刮油脂。"

"你不懂。"王绣鸢像赶苍蝇一样拍开萧璃的手，说："书社那边催得紧，我赶稿子时压力太大，不吃点心不行。"

"阿鸢是压力大，你这又是怎么了？"萧璃问谢娴霏，"也没几日未见，怎的看着就这么憔悴了？"

"阿娘，让我，学着，管家。"谢娴霏手捧着茶，目光呆滞，说话一字一顿。

好吧，萧璃了然。谢娴霏素来懒散，是话都不愿意多说一句的散漫性子，让她管家确实是苦了她了。萧璃曾经暗自猜测，谢娴霏之所以会与王绣鸢成为好友，就是因着绣鸢话多，一个人能说两人份，那谢娴霏便不必再说话了。

"管家不是重点，重点是，谢伯母这是铁了心来年把你嫁出去。"王绣鸢接过画肆递上来的茶水，一口喝干之后，说。

"唉，烦。"谢娴霏往身前桌上一摊。

"那么不想嫁人，回头我求求皇后娘娘把你召进宫做女官？"萧璃开玩笑道。

想了想进宫后可能面对的如山宫务，谢娴霏眼前一黑，最后慢吞吞地说："那，我选择嫁人。"

毕竟不是所有人都如杨蓁一般玲珑，十几岁年纪，就可以将宫务打理得井井有条、上下满意的。而且最重要的是，做女官，太累了。

"对了，画肆。"突然想起什么，萧璃对刚在她身边站定的画肆说："去库房把前些日子皇后娘娘送来的绸缎拿来。"

萧璃不常用明丽的颜色，所以那些艳丽颜色的锦缎便常常拿来送人。画肆点点头，转身去取。见画肆走远了，萧璃凑近两人，低声说："阿鸢，上次叫你拿的话本子你带来了吗？"

"就是那本小娘子主动勾搭小郎君的话本子吗？带来啦！"说着，王绣鸢从左边靴子中抽出半本册子，接着又从右边靴子抽出剩下的册子，合起来，递给萧璃。

"阿璃，你看这个做什么？"谢娴霏不解。

往日看话本，萧璃素来偏爱那些游侠儿打打杀杀的故事，对这些情情爱爱的话本从来不屑一顾。

萧璃接过话本，照葫芦画瓢，把册子分开塞进靴子。谢娴霏看着两人动作，嘴角抽了抽，心想这可真是本很有味道的话本子了。

"自然是要学学里面的桥段，勾搭小郎君咯。"塞好话本，萧璃拍拍袍角，坐直，一本正经答道。

"噗——"谢娴霏一口茶没咽下去，全喷了出来。

"阿璃，我能否知道，是谁有如此殊荣啊？"谢娴霏擦了擦嘴角，问道。

"容我卖个关子，到时你们便知道了。"萧璃神秘一笑，说。

"总不会是裴晏裴大人吧？"王绣鸢想了一圈，不确定地说，"除了他，实在想不出第二个人值得阿璃你费心去勾搭。"

听到裴晏的名字，萧璃一僵，随即皱皱鼻子，嫌弃道："别提他，若不

是他阴我，我也不至于又被勒令居家反省。"

王绣鸾和谢娴霏对视一眼，皆是无奈。

"说起来，那话本子里的小姐可是娇憨可爱那一类的。"回忆着书中内容，王绣鸾不确定地问，"阿璃，你确定里面的桥段适合你？"

她真正想问的是"你当真做得出娇憨可爱之态吗"。王绣鸾总觉得对萧璃来说，"不从了我老娘就打死你"似乎更符合她一贯的风格。

从王绣鸾的表情看出她未尽之语的萧璃：倒也不必如此看不起我。

虽然，她也觉得"不从了我老娘就打死你"的路子更适合她。

"什么桥段，阿璃要用什么桥段？"随着公主侍卫酒流走过来的崔朝远和吕修逸正巧听见王绣鸾的话。向来对什么都好奇什么都想打听一下的崔朝远提高了声音问道。

谢娴霏瞥了一眼崔朝远，慢吞吞地说："我们女儿家的小话，你确定要听？"

"有何不可？"崔朝远反问。别说是女儿家的小话，即便是夫妻闺房间的低语，若有人愿意说，他也是愿意听的。

这，就是他长安城最强包打听崔朝远的操守与骄傲！

吕修逸对姑娘家的私房话没兴趣，故而连连摆手。

"明明约好了午后前来，她们俩却提早来了，必定是要说些小秘密不告诉我们，孤立我们！"崔朝远对吕修逸说。

"既知道我们要说小秘密，识相的话就该装不知道。"王绣鸾回过头，啪的一声将手中的书稿拍在身前的案几上，理直气壮地说。

一见那书稿，崔朝远瞳孔一震，说："原来你是要给阿璃她们读你的故事……那是我多事，我自罚一杯，多谢你特地落下我和修逸。"

吕修逸心有戚戚焉地跟着点头。

"你们这是什么表情？"看到两人一副躲过一劫的模样，王绣鸾有点儿扎心，所以提高声音，说，"你们知道我的话本子在坊市里卖得有多好吗？我每一季的书稿费比你们一年的零用都多！"

刚把零用钱赔了个精光的崔、吕二人觉得心口一痛。

被扣光了一整年食邑的某位公主也觉得膝盖有点儿痛。

"你那些故事话本，本本都是同一个套路。"崔朝远艰难开口，"先是小娘子死心塌地爱着个不爱她的郎君，百般讨好，千般付出，可那郎君却不为所动。然后突然有一日，那小娘子大彻大悟，潇洒放手。那郎君又幡然醒悟自己真爱的是谁，百般痛心，千般悔恨，再回过头来祈求小娘子如从前那般爱他……"

说得这么流利，看来当真没少被王绣鸾荼毒，萧璃一手撑着头，想。

"若有小娘子那般对我好，我定不会叫她伤心。"崔朝远说。可惜没人这么对他。

"若对我那般好我还是不喜欢，那我大约不会喜欢上这小娘子了，故而只会欣喜于她大彻大悟，才不会悔恨。"吕修逸想了想，跟着说。

崔、吕："所以说，这样的故事根本不符合常理，到底为何会卖得好？"

王绣鸾："……"

"因为这话本本来就是给小娘子读的，且重点不在小娘子前面的付出，重点在郎君后面的悔恨痛心和祈求。"谢娴霏说，"看故事走向，可破镜重圆皆大欢喜，亦可让郎君心如刀绞如同被锉骨扬灰。"

"锉骨扬灰……"崔朝远打了个哆嗦，说，"你们小娘子的心好狠。"

"彼此彼此，我们也无法理解你们爱看的话本子，怎么就有大家闺秀对个穷小子芳心暗许，还私下幽会。"王绣鸾翻了个白眼，说，"大家闺秀图个什么，图嫁过去连个丫鬟都没有，亲自洗手做羹汤吗？"

"唉……嫁人……"听见王绣鸾提起嫁人，谢娴霏立刻又蔫儿了。

"阿霏还在伤脑筋啊。"吕修逸好笑道。

"说起来，你们两个也未曾定亲吧。"仿佛想到了什么，谢娴霏的目光投向了崔、吕二人。

崔朝远和吕修逸立刻坐直，僵住不敢动。

"算了。"谢娴霏收回目光，懒洋洋道，"都是自家兄弟，自己人不坑自己人。"

崔、吕：怎么说呢，谢谢阿霏你的不杀之恩？

"对了，殿试已过，你们可押中了登科的举子？"萧璃话音未落，就见到两人如同霜打的茄子，耷拉着脑袋，满脸丧气。

"不会都赔进去了吧？"王绣鸢幸灾乐祸。

"还不是那个章临。"崔朝远低声嘀咕。听到章临的名字，萧璃缓缓坐直了身子。

"哪个章临？"王绣鸢问。

"就是我们那日在清音阁见到的那个狂生。"崔朝远说，"大放厥词的那个。"

王绣鸢恍然。

吕修逸还记得当时嫣娘对其评价为"风姿绰约、才华横溢"。吕修逸喜爱诗文音律，素来引嫣娘为知己，对于她的评判也极为认可。

故而，尽管那日那个名为章临的举子肆意评判圣上治国之策，看起来有些狂妄自大，事后吕修逸还是去寻来他的诗文投卷，仔细研读。

一看之下，吕修逸发现此人确实有狂妄自大的资本，又与消息灵通的崔朝远交换了下信息，两人一致觉得以此人才华，殿试进士及第该是不难。合计一下，崔、吕两人便将重金投注在了章临身上。

结果，不提也罢，一把辛酸泪。

"所以……"萧璃沉吟。

"赌狗不得好……"王绣鸢话没说完，想到面前这两个赌狗还算自己的朋友，遂变了变语气，说，"没有好下场。"

"唉……谁说不是呢。"崔、吕二人共同叹气。

"所以你是说，这章临甚至不在三甲？"萧璃问。

"正是。"

闻言，萧璃与谢娴霏对视一眼。

"可是有何缘由？"萧璃看向崔朝远，问道。

同为好友，她信得过嫣娘和吕修逸的判断。那人看着也不似心理素质不佳，会殿前失仪的，怎会连三甲都无？

"我听说，只是听说噢，"崔朝远舔舔嘴唇，压低了声音说，"本来章临是要被点为状元郎的，可不知怎的，那日我们在清音阁听见的那番妄言被捅到了陛下跟前。且我听说，那番言论他可不仅仅只在清音阁说过。"

"陛下如今本就为江南道那边儿的事情头疼，听到他这番话自然大怒，要夺其功名，被裴太傅拦了下来。"吕修逸也压低声音，说着他听来的小道消息，"裴太傅怜他科举不易，陛下那边却还没消气，听说还僵持着，不曾有个定论。"

"你们可知，"谢娴霏看了一眼萧璃，问，"此事是谁说与陛下知道的？"

"这种宫闱内幕，我上哪儿去打听？"崔朝远瞪大眼睛，说，"阿霏，你未免太看得起我。"

还能是谁，左右不过是与江南道有牵扯的天子近臣。且那日章临所言中真正激怒荣景帝的，无非是一句"不如先皇"罢了。

绣玉楼。

霍毕几人由店小二引着走上三楼的雅阁，刚踏上三楼，正巧一个雅间的隔门被拉开。霍毕闻声望去，正与一人四目相对。

霍毕沉默片刻，刚要说话，却听见那人先开口了："相请不如偶遇，霍大人。"那人本临窗而坐，此时却站起了身，与霍毕见礼，道："有请。"

"多谢。"霍毕未再犹豫，率先迈步进入隔间，并且回礼，"裴大人。"

"阿璃，你究竟要思过到何时？"崔朝远问道，"没有你，喝酒都少了些滋味。"

"是极，嫣娘也曾向我问起你。"吕修逸也说。

"明日，明日我便能出去了。"萧璃回答。

"当真？"

"自然。明日便是皇伯伯设宴为镇北侯霍毕接风的日子。"萧璃说，"我这个公主，于情于理都不应该再被关着了。"

"若没记错，霍毕进京已有一段日子了。现在才接风，是不是晚了些？"崔朝远问。

"不仅接风，"萧璃笑笑说，"八成还要加封。我们大周，估计要有一个新的国公了。"

礼部和织造要赶制朝服、宝印，能现在完成已经算是快的。

"且除了霍毕，其余将领皆是近日才进京。明日大宴，皇伯伯大约会一同大加封赏，以示恩宠。"

"逆境之中绝地反击的边疆将军，不知道是何等的风姿。"王绣鸢托着下巴，面带憧憬。

崔朝远一见王绣鸢的神情便知道她在想些什么，受不了地开口道："绣鸢，阿鸢，王大小姐，算我求求你。霍将军可是镇守边疆的大英雄，答应我，别把他编派在你的话本子里，好吗？"说到最后，声音甚至有些颤抖。

吕修逸随着崔朝远的话把霍毕代入王绣鸢给他们念过的故事里，不由得打了个冷战。

而他们口中的镇北侯霍毕，此刻跪坐在裴晏对面，看着裴晏用如玉般修长的手拿起桌上酒壶，为两人斟满了酒，然后执杯对霍毕说："好久不见了，月离。"

○

第四章

○

相辅而行

　　裴晏自少年时期起，就是冠绝长安的才子，加之本身出自裴氏主脉，是朝中重臣裴太傅之子，所以一直是被人争相讨好的对象。一经科考，直接被荣景帝破格点为中书舍人，他在天子心中地位自然不言而喻。自那之后，这个前途无量的年轻人成了高不可攀之人。

　　裴晏不骄不躁，自持有礼。与之交往，从来不会让人觉得倨傲失礼，却也无人能更进一步。他就如同他的父亲一样，无党朋，且清贵不可越，遵循着裴氏的家训，只做最令荣景帝放心的纯臣。

　　若问裴晏与谁交好，数遍这满朝的勋贵清流也找不出来什么人。即便出身王氏，与裴晏并称"长安双璧"的大理寺少卿王放，也只算得上与裴晏熟识，更深的，却也没有了。

　　所以这满长安城的人也不会想到，清贵无双的裴晏与这位刚回京不久的镇北侯，是相识，且有些交情的。

　　就算是跟着霍毕一同来的袁孟和林选征也没想到，自家将军与这一位竟然有旧情。

　　面对裴晏，霍毕无声地举起酒杯，未说什么，只是将杯中酒一饮而尽。

　　世事变幻，时至今日，已没有几人还记得战死在北境的霍老将军曾经也是长安勋贵，天子近臣。他曾经是禁卫军统领，可佩剑出入宫闱，护卫先帝安全，是先帝最为信任的人。他霍毕也是生于长安城，儿时也曾跑遍长安东西坊市。

　　裴晏先开口："一别十年，你可还好？"

　　"你身在中枢，我的境况，你会不知？"霍毕放下酒杯，回答。

　　这回轮到裴晏沉默。

　　"我可否，"半晌，裴晏又道，"我可否去祭拜霍老将军？"

　　听他提起父亲，霍毕抬眼，看向裴晏。

裴晏抿抿嘴："霍老将军于我有教导之恩。"

"若这么说，那裴太傅于我也有教导之恩了。"霍毕一哂，道。

霍毕儿时是个人憎狗厌的性子，按当时的霍统领的话说，便是三天不打，上房揭瓦。跟他年岁相当的裴晏却正相反，早慧安静、身子单薄，全不似同龄孩童那般天真烂漫、活泼好动。

恰巧那时先皇得了爱女，兴致高昂地想把她培养成一个文武双全的公主，头脑一热，便命大周第一高手和大周第一文豪来给他的小公主开蒙。

彼时的裴太傅和霍统领也正为自家孩子头疼，就搭了个"陪公主读书"的顺风车，把孩子扔给对方教导一番。霍毕被裴太傅押着念了几句之乎者也，而裴晏则被霍统领带着练了些基本功夫，强身健体。

霍毕对裴晏最后的印象，是他父亲生辰时，裴晏随裴太傅来祝贺。霍统领年轻时曾混迹于江湖，身上带着一股子说不上是匪气还是侠气的东西，在朝中不算合群，偶尔甚至有些令人讨厌，故而霍毕对裴太傅来给他父亲贺生辰的事情，印象颇深。

父亲生辰之后不久，先皇驾崩，还未出国丧，他们便举家前往北境，戍守边关，一去十年。

霍毕到底还记得儿时自己与裴晏那微薄的同窗之情，开口道："待大宴过后，我会在大护国寺供奉先父牌位。你若想去祭拜，便去那儿吧。"

裴晏点头。

接着，又是一片沉默。

"裴晏，我有一惑，想要请教一番。"长久的沉默过后，霍毕开口。

"愿闻其详。"

霍毕端坐于裴晏面前，直视着裴晏，目光锐利："四年前，边关告急，我父帅早早求援，为何援军迟迟不至？"以致酿成了那般惨烈的后果，几万北境军，一城百姓，皆成枯骨。

霍毕盯着裴晏的眼睛，一字一句问道。

霍毕身后的袁孟和林选征闻言一惊，互相对视。

他们知道老将军的死一直是将军心中过不去的结，可北境军常年驻守边关，霍家根基浅，在京中并无势力人脉。也是直到去岁，北境初初安定，将军才有余力打探当年的事情。

但时过境迁，将军身在边关，连邸报都收不齐全，又如何去查清四年前的旧事？

他们心中清楚，此次进京，将军必会设法探听当年之事，可却未曾想到他会在裴晏面前问出来。明明军师曾千叮咛万嘱咐，要将军谨慎行事。

面前之人可是裴晏！但凡他将此事传达圣听，必会让陛下觉得他们对当年之事心怀怨怼，甚至会对他们心生疑虑！这可是他们最不愿见到的情况。

可这让袁孟和林选征变了脸色的问题，却好似没有在裴晏那里激起任何波澜。

他神色未变，淡声道："四年前我还是东宫伴读，未曾入仕。"

"所以你不知？"

就在霍毕以为无法从裴晏这里探听到任何消息时，却听见他说："四年前南境杨氏拥兵自重，有犯上作乱之嫌。陛下大怒，命人彻查。"

"南境之事，与我北境何干？"霍毕厉声问。

"当年之事牵连甚广，人人自危。"

"那便可置北境安危于不顾吗？"

"霍毕。"裴晏看着霍毕，说，"你可知陛下当年为何要彻查杨氏？因为杨氏被人揭发欺上瞒下，谎报战事，夸大军需，以此豢养私军。当时被牵连的武将十数，陛下盛怒，无人敢上奏驰援。毕竟南境尚且如此，更何况路途更远的北境。"

"所以，只是因为陛下心有疑虑……"霍毕捏紧了拳头，深吸了一口气，复又问道，"那之后呢，既不信，最后为何又发兵驰援？"

"那是因为有人在紫宸殿前跪了一夜，以其身份地位为北境军担保，也以其身份地位逼迫陛下出兵。"

"那人是谁？"

"太子殿下，萧煦。"裴晏淡声说。

霍毕眯了眯眼睛："裴清和，你本是东宫伴读，入仕后却为何不任东宫官职？"

"伴读是陛下旨意，官职亦是陛下所赐。"裴晏垂下眼帘，淡声道，"裴

氏祖训，只做纯臣。"

这话几乎是明着跟太子撇清关系了。

"可是你现在却告诉我于我有恩的是太子，又是何意？难道不是为太子示好于我吗？"

"你问我当年之事，"裴晏抬起眼，看向霍毕，说，"我便将我所知尽数告知，权当是全了那几年的同窗之谊。"

"太子与我霍家，与北境素无牵扯，又为何甘冒风险，为我父帅担保？"霍毕继续追问。

"自然是因为太子身边有信任霍老将军之人。况且，"说到此，裴晏一直淡然的声音染上了丝不虞，道，"身为储君，又怎可为了明哲保身而置大周百姓于不顾？让殿下甘冒风险的，不是你或者你父亲，是北境十几万百姓。"

"你说，太子殿下身边有信任父帅之人……"霍毕说得有些犹豫，他心中有隐约的猜想，可又不太敢相信。

裴晏看到霍毕的犹疑，眉眼微微放松："你总该还记得，你我缘何成了同窗。霍老将军和家父，又是为了教导谁而伤透了脑筋。"说到这儿，裴晏眼中带上了丝丝笑意。

"当真是因为她？"霍毕还是觉得难以相信。四年前，她也不过十一岁出头。

裴晏看了一眼霍毕，开口道："公主殿下虽然性子顽劣了些，于大是大非上却并不糊涂。若非如此，陛下也不会如此纵容她。"

霍毕想着进京后听见的、看见的种种："我以为你与她关系不睦。"

就他所听说的那些传言，萧璃与裴晏相当水火不容。刚听说时，霍毕心下便觉得怪异，裴晏谦谦君子，却与称得上青梅竹马的公主不和，总透着怪异。

如今见裴晏态度，传言果然并不可信。

"陛下这些年疏于管教殿下，故而殿下行事越发荒唐。身为人臣，我自当劝谏规束一二。"裴晏语气平淡。

"只是如此？"

"至于殿下，大约觉得我背叛了她的太子阿兄，所以偶尔找我些麻烦罢了。"裴晏的语气中带着些长兄般的无可奈何和宽容。他将目光移开，看向了崇仁坊的方向。

话至此，霍毕才觉得之前那些怪异之感逐渐散去。毕竟，裴晏实在不像是个会跟个小姑娘较劲儿的人。纵使那人是身份高贵的公主，却也不过是个刚过十五岁的小姑娘罢了。

霍毕身边的林选征和袁孟闻言，又是互相打着眉眼官司。

这个公主当真不错，人美、会武、会马球，跟将军还有旧情。虽说看起来有点儿刺头，但这才够劲儿，将军也镇得住，可娶！

长乐公主府。

萧璃冷不丁地连打了几个喷嚏。

"倒春寒，殿下小心着凉。"画肆说着，拿过披风为萧璃披上。

"说不定是有人思念公主。"诗舞看着萧璃脸色红润健康的样子，笑着说。

"思念？"萧璃"哼"了一声，"我倒觉得是谁在背后骂我。"

画肆、诗舞：虽然我们不能跟着赞同，但不得不说这个可能性真的不小。

"酒流！把本公主的马鞭拿来！人都快被关傻了，本公主今天要好好松松筋骨！"

霍毕与裴晏绣玉楼相谈的第二日便是宫中大宴。

其目的有二，一是为霍毕接风，二是为霍毕加封。毕竟，北境的安宁是赔上了霍老将军的性命换来的，且这加封已迟了足足四年。

对着亡父的灵位上过香后，霍毕转身，对身后一众士道："进宫。"

"是！"众武将齐声应道。

进了大明宫，所有人都要步行。王、谢两家人一同随着前来接引的内侍安静行走。王绣鸾跟谢娴霏故意落后一步，跟在了最后，彼此挤眉弄眼，窃窃私语道。

"今日就能见到霍毕霍大将军了，啊啊啊啊，想写一个大将军和小孤女

的故事耶!"

"好累。"

"宫宴欸,不知道能不能吃到上次阿璃给我们带的栗蓉玫瑰糖糕?"

"不高兴,不过那个糖糕确实好吃。"

走在前面的王、谢两家的夫人回过头,看着后面打着眉眼官司的女儿,无奈地摇摇头,不约而同清了清嗓子,提醒她们收敛些。

听见自家娘亲的提醒,谢娴霏直接垂头,王绣鸢倒是抬起头,紧接着瞪大了眼睛。

"哎哟。"胳膊突然被王绣鸢捏得生疼,谢娴霏不小心痛呼出声。

只见一人站在不远处的前方,仙姿玉容。不同于往日只随意着男装胡服,今日她穿着月白绸裙,裙面上绣着牙色的云纹,外罩一层茶白轻纱,仿若谪仙,马上便要翩然而去。偏偏她腰间绑着靛青色刺绣腰封,上面挂着一枚玉佩,勉强压住了这好像马上就要飞升的仙人。

这仙子眉眼中不见妩媚之色,反倒带着些许不羁,嘴角还勾出一丝笑,带着一点点儿坏,看得王绣鸢心怦怦直跳。

"啊,我恨!"王绣鸢终于松开了谢娴霏,一手捂住心口,说。

谢娴霏不明所以。

"阿璃为何不是男子!她若是男子,便是要我过五关斩六将,我也要嫁她!"

谢娴霏想:那真是不巧了,拔剑吧,我也想嫁!

这时,王绣鸢见萧璃向她们走过来,衣袖带风。

王谢两家夫人连忙向公主见礼,王绣鸢和谢娴霏也后知后觉地跟着见礼。萧璃摆摆手,免了两家的礼,又偷偷对两位好友眨眨眼睛,从她们身边擦肩而过。

两人的目光不由自主地跟随萧璃而去,动作整齐得像两朵向日葵。

也是因为这样两人才发现,萧璃是向着她们身后去的。十几丈开外之处,站着几个眼生的武将打扮的人。

"臣,霍毕,见过长乐公主殿下。"见萧璃走近,霍毕率先收回投注在她身上的目光,叉手向萧璃行礼。

萧璃背着手，脸上带着些许笑意，绕着霍毕走了一圈，打量的目光大胆而直接。跟在霍毕身边的袁孟和林选征都被看得有些不自在，可霍毕脸色都未变一下。

"我突然有些不太妙的感觉，阿霏。"若王绣鸢手里有瓜子，怕是现在全都要惊得掉在地上，"阿璃要看那话本子，不会就是要……"

"没想到，名震北境、令北狄人闻风丧胆的镇北侯，竟还是个美男子。"绕了一圈，萧璃复又在霍毕面前站定。这时，霍毕抬起头，目光不躲不闪，落在萧璃的脸上。

萧璃顿了顿，继续把话说完："瞧着倒是剑眉星目、浓眉大眼的。"

"用在霍将军身上……"谢娴霏喃喃接上王绣鸢没说完的话。

话说，剑眉星目和浓眉大眼，可以这样用吗？被自家娘亲拽走时，王绣鸢还在思索。

可以确认的是，她没法写大将军与小孤女的故事了，因为大将军要被骄傲的大公主叼走了。

"殿下谬赞。"仿若完全没听出萧璃言语中的调戏之意，霍毕一板一眼地回答。

"哧。"见霍毕没什么羞恼的反应，萧璃似是觉得无趣，没再说什么，便继续往前走了，就仿佛刚刚的相见只是个偶然。霍毕偶然出现在公主的视线里，引来公主的意外与好奇。现下她好奇过了，就各自回归各自原本的路线，交错而过。

萧璃没走几步，又看见了裴晏。他就站在宫墙下，看着他们这边，不知看了多久。

萧璃撇撇嘴，仿佛完全没看见裴晏这么个人，也没有理会裴晏的行礼，径自走了，消失在宫墙转角。裴晏也不以为意，继续走自己的路。

霍毕再次见到萧璃时，已是酒过三巡之后。荣景帝已经宣旨封赏了北境诸将士，说了番感人肺腑的道谢之言，而他，也从镇北侯成了镇北国公。

宫宴之上，一片歌舞升平，君臣相谐。眼看着，霍公爷成了长安城最炙手可热的新贵。

萧璃走进设宴的大殿时，正是一曲歌舞接近尾声之时。殿内的朝臣宗亲

本在三三两两地交谈，萧璃出现时，霍毕只觉得周遭宗亲官员的声音都低了下来。

萧璃容貌盛丽，即便深知她素日行事如同一个棒槌，众人却还是会不由自主地看得失神，哪怕是皇帝也不例外。

荣景帝看着走近的萧璃，有片刻的恍惚，紧接着斥道："又跑哪儿疯去了？怎么才来？"

若是常人，被荣景帝这般训斥，早该跪下请罪了。可萧璃却好像已经习惯了一样，嘻嘻一笑，说："我去寻阿宁的兄长啦，前些日子我老老实实在家思过，没机会替阿宁报平安。"这说的是郭宁的兄长郭安，也是御前羽林军，此刻他正在宫里值守。

这般不着调的回答，在场诸人听了也没露出什么意外和不满之色，看来早就习惯了这位长乐公主的风格。

荣景帝还想训她两句不知礼数，可话还没出口就觉得这场景已经发生太多次，多到他觉得疲惫，深觉训了也没什么用处，遂不再说话，只挥挥手让萧璃入座。

可是萧璃却转了转眼珠，看向了坐在皇子们下手处的霍毕。

她随手从自己的案几上拿起酒杯，对着霍毕举杯："还未给镇北公爷道喜。"

"不敢，臣谢过公主。"霍毕领首，一口饮尽杯中酒。

今日已有太多人恭贺他，萧璃也不过是其中之一。

可这还没完，萧璃像看见了什么好玩的东西一样，眼睛一亮，随即看向荣景帝，说："皇伯伯，我听闻霍公爷练得一身好功夫，可否让阿璃与之比试一番？"

四皇子萧然本是无精打采，一听萧璃的话，眼睛立刻亮了。他近日刚刚熬夜画完阿姐打马球的场景图，今日若能见到阿姐舞剑，便又有的画了！

"你这又是演得哪一出戏？"荣景帝头疼，问。

"谁叫羽林军们都不肯认真跟我比试。"说到这儿，萧璃就理直气壮了，"习武之人，自然要通过对战提升自我，我也不例外。皇伯伯，您便允了吧，就当是我迟来的赔罪。"

你这到底算哪门子的赔罪？荣景帝只觉得太阳穴砰砰直跳。

"将军，既然公主想要比试，那就比试一番嘛！"有北境的将士趁机出声。

北境军内军令如山，其他的规矩却不多，霍毕与麾下部将相处颇为随意，所以此刻北境的将士也敢说话。

一个人出声了，其余的人便也杂七杂八地说开了。

荣景帝见霍毕面色平静，并无不悦之色，终于点头："点到即止。"

同样是个武痴的二皇子见皇帝答应了，一阵后悔，早知道父皇会答应，他应该早些提的，如今又被萧璃抢了先！据说霍毕的父亲曾经是天下第一高手，他也很想去请教一下啊！

"谢皇伯伯！"萧璃开心一笑，然后走到墙角，从花瓶中抽出两根梅枝，抛了一根给霍毕，"御前不可舞刀弄枪，便以梅枝代剑，何如？"

说着，萧璃挽了一个剑花，摆好起手式："还请霍将军不吝赐教。"

霍毕未多言语，面色不变，抬手挡住萧璃的攻势。

"嗯……"大殿之中，萧璃与霍毕有来有回，靠后的一个位置上，王绣鸢一点点歪着身子，偏到了坐着谢氏一家的隔壁的案几，"阿霏，你觉不觉得，阿璃这挥剑的动作，风姿翩然，配着她这身轻纱衣裙，甚美。"

谢娴霏明白她的意思，点头："很是，全然不似她往日打架的姿态。"

"所以，同早些时候一样，这也是阿璃的套路？"王绣鸢不确定地问。

"大概……"

"可是，这衣袂翩翩，我们看着是美轮美奂，与之对战的霍将军当真能注意到吗？"王绣鸢发出灵魂质问。

谢娴霏："……"

萧璃的身形姿态美不美，霍毕确实没注意到，他注意到的是别的。

这与其说是在比剑，不如说是长乐公主换了个方式来调戏他！

也不知怎的，那花枝子不是从自己脸颊旁轻擦而过，就是从下巴那里挑上来！长乐公主就仿佛那街上的登徒子，而他，就是那被调戏的卖花女。

霍毕也不知道为什么自己要将自己比作卖花女，余光看到自己麾下的将士们都看得津津有味，霍毕深觉这剑着实没有比下去的必要了。他的步伐一

快，飞速侧身躲过萧璃再次扫向自己脸颊的花枝，手持花枝一挽，一挑，最后一拍，便卸了萧璃的"剑"。

因着他用上了内力，她手中那根花枝与他的花枝相撞时，花瓣便在两人之中纷纷而落。

此情此景，看在别人眼中，又是另一番景色。

花瓣翻飞之间，萧璃就笑盈盈地看着他，"剑"被挑飞了也不见恼怒。

霍毕猛地回过神来，结束对视，连忙低头道："殿下，承让。"

"多谢霍将军赐教，本宫心服口服。"萧璃也收回手，潇洒告谢，说完，对荣景帝一礼，便走向自己的座位。

"翩翩剑舞，花中对视……"谢娴霏难以置信地说，"阿璃才不需学什么娇憨可爱之态……"

"啊，我恨！"王绣鸢觉得手里的栗蓉玫瑰糖糕都不香了。

谢娴霏又是不懂了。

"阿璃这般风姿，不该是男子，我才该是男子啊！"王绣鸢感慨道。那就可以跟她花前月下，倾诉衷肠。

别说了姐妹，拔剑吧！

"好！不愧是镇北公！"三皇子萧杰拍手，真诚赞叹，"能让我们长乐公主败得心服口服的人，可着实不多。"

这时，殿中众人也都回过神来，跟着纷纷鼓掌称赞。

"三皇兄，你说什么呢？"听见萧杰的话，萧璃嗔道。说话间，还不自然地瞥了一眼霍毕，目露丝丝缕缕的羞恼。

如果没记错的话，军师大人昨日还让将军去勾引，啊不，吸引公主。但看今天这个情况，将军也没做什么，就已经勾引到，啊不，吸引到了公主。

坐在霍毕身后的袁孟看着霍毕和萧璃，这样想。

不愧是公主，眼光真好。

不愧是将军，魅力无边。

"哈哈哈，好了好了，是皇兄不对，我不说了。"见萧璃一脸不高兴的样子，三皇子拍拍脑门，讨饶。

"公主殿下剑锋玄妙锐利，也当浮一大白。"显国公世子范烨却并没有随众人一样赞美霍毕，反倒对萧璃举起酒杯，而后将满杯酒一饮而尽。

萧璃眨了眨眼睛，回想起刚才自己借比剑之名行调戏之事的行为，有点儿心虚，总觉得这范烨在对自己阴阳怪气。对范烨敷衍地一笑，她就自顾自地坐下了。

"阿姐这一剑当真是翩若惊鸿，如羿射九日，见之难忘，无人能及！"萧璃一坐下，四皇子萧然就凑过来激动地夸赞，搜肠刮肚，恨不得把所有美好的词都拿出来用。

四皇子萧然是荣景帝最小的儿子，比萧璃还要小两岁。萧璃还住在皇宫时没少带着萧然玩，还曾因为萧然而跟二皇子萧烈狠狠地打了一架，用的是伤敌一千自损八百的那种打法。

总而言之，不论因何缘由，萧然对萧璃有一种无脑的崇拜和信任。不管萧璃做了多离谱的事，萧然总是能找到一种合理的说法来解释萧璃的荒唐，极为擅长说服和自我说服。

若萧然不是皇子且年龄太小，萧璃真的很想送他去御史台任职，好好说服一下那帮顽固的御史。

"别夸了，别夸了，我方才根本就未认真出手。"萧璃刚才在调戏人家，所以觉得有点儿受之有愧，低声堂弟说。

"阿姐甚至未尽全力就已如此厉害，若是全力出击，又当是何等景象？"萧然顿了顿，目光更亮，说道。

萧璃就知道……

"阿姐，上巳节我出宫找你好不好，你带我去郊外踏春。"萧然眼睛亮亮的，继续看着萧璃，说："我把我新画好的那一幅公主击鞠图送给阿姐！"

"什么击鞠？公主什么？"

"公主击鞠图！画的是那日阿姐在马上勇救队友、脚踢吐蕃使者的英姿。我熬了好些天才画好的，送给阿姐！"

虽然他说的都是事实，但这话合在一起听着就有点儿怪怪的。

萧璃摇摇头，不再纠结这个，瞥了一眼萧然："今年恐怕不行。"

看到萧然面露失望，萧璃一笑，又说："你忘啦，今年春猎便定在上巳前后，你我可都是要随行的。踏春怕是不行了，我给你猎窝兔子做披风如何？"

"真的？"萧然的眼睛又亮了起来，笑得眯起了眼睛，"那我就等着阿姐的兔毛披风了！"

萧然于书画上有着无与伦比的热情和天赋，但在骑射一道上说他平平无奇，都有些侮辱了平平无奇这个词。荣景帝也不是没敦促他多加练习，奈何他一骑上马就仿佛搭错了筋，哪儿哪儿都不对劲儿。

所以，不论是萧然、萧璃还是荣景帝，都不指望他在春猎时能打到什么猎物。

"哼。"二皇子萧烈看萧璃和萧然亲亲密密说话的样子，冷哼一声。

萧烈同萧璃一样，爱武功、爱烈马、爱利刃宝剑，故而这两人从小针尖儿对麦芒地抢过不少东西。从西域进贡的汗血宝马到前朝大师所铸的匕首、宝剑，只要遇见了，都要争抢一番，结局互有输赢。

最近，萧璃先是带队打赢了吐蕃使团，而后又与霍毕比剑，出尽了风头。萧烈自诩不论武艺还是马术都不亚于萧璃，却不得施展，所以憋了一肚子的气。

听见萧烈哼哼，萧璃笑着回过头，故作惊奇道："二皇兄，我家乌云骥每次吃不到麦芽糖气得哼哼时，跟刚才那声儿真是一样一样的。"

"噗——"四皇子缩在萧璃身后，努力憋笑，却还是泄露了些声响。

自觉被这两人合起来欺负过好多次的萧烈鼻子都快气歪了，正想说些什么来反击，却忽然听见主位之上，荣景帝将酒杯重重拍在桌上的声音。

萧烈、萧璃还有萧然都闻声看去，见裴晏站在荣景帝面前。他虽然躬身以示恭敬谦卑，却仍然让人觉得如林中翠竹，可折而不可弯。

"裴清和又做什么怪？"萧烈不跟萧璃吵了，反倒津津有味地低声议论起来。

萧烈和萧璃还有一个共同点，就是都不怎么爱读书，所以对在课堂上能碾压他们两个几个来回的裴晏没什么好感，现在见他不知道怎么惹了父皇生气，萧烈自然而然地放下了内部矛盾，开始观看外部矛盾。

"朕说了，章临一事朕心意已决。仅仅是令他十年不得入京，未夺他举子身份，已是恩典。"荣景帝面色不虞，也就是裴晏，若换个人为章临求情，怕是要直接被撵出大殿了。

这时，大殿安静了下来，所有人都不敢出声，除了一个人——

"逐出京有什么意思？不如来我长乐公主府做个属臣，皇伯伯，你看如何？"

霍毕手里捏着酒杯，看着萧璃一手撑着头，脸颊微红，好似带着醉意，又好似清醒的，语气极其随意，仿佛不知道自己轻描淡写的一句话便能决定一个有状元之才的举子的未来。

被逐出长安，只要不堕读书之志，至少十年后还可再战。可若成了公主府的属臣，那很有可能终此一生，也只能做公主府上的一名管事了。

"你疯了？"二皇子一听萧璃这话就瞪大了眼睛低声训斥。他知道萧璃鲁莽，但他没想到为了给裴晏找不痛快，萧璃能鲁莽到这个程度。这一轮，真的是他败了！

谁知这还不算完，萧璃继续说："那个章临，我听说过，状元之才嘛！据说诗文曼妙，文章也写得波澜壮阔的。"萧璃懒洋洋地动了动身子，换另一只手撑脸。"我府上正好缺个能帮我骂人的，就这么说定了，让他来我府上，给我写檄文。谁惹我，"说到这儿，萧璃意有所指地看了看裴晏，又接着说，"我就让他写文章骂谁！"

说到这儿，萧璃似乎被自己想象中的场景逗笑了，还拍了下桌子。

荣景帝也被萧璃的话震住了，有那么一瞬间甚至忘了自己还在生气。

裴晏看着萧璃，嘴角轻抿，虽面色不变，周身却散发着冷意。

不是每个朝臣都敢在皇上气头上劝谏，但对这个任性妄为的公主，朝臣还是有话可说的。

"陛下，臣以为公主此举不妥。"吏部尚书连忙站起来，走到荣景帝面前躬身道，"按祖制，公主、郡主、县主属臣仅可从明法、明书和明算科乙等中擢选。章临虽有不敬之罪，但请陛下谅他年少气盛，且观其文章，确似有经世之才，求陛下网开一面。"

"年轻怎么了？年轻就可以胡言乱语了吗？本宫比那个章临年幼吧，我骂你老不羞的，外德不修内宅不宁，宠妾灭妻，老色坏子，你很高兴吗？"

没等荣景帝训斥吏部尚书，又被人说行为不妥的萧璃先开口了。

最近刚被御史参了一本内宅不宁的吏部尚书："……"

头一次，荣景帝觉得萧璃说话也有可取之处。没等荣景帝说什么，又见萧璃回过头，说："皇伯伯，这个章临诗文当真不错。反正都是写文章，给谁写不是写呢？"

那自然……还是不一样的。就算荣景帝再气，也做不出让一个可以进士及第的举子变成给萧璃打口水仗的笔杆子之事。

长乐公主荒唐惯了，天下书生举子不会对一个才及笄不久的公主口诛笔伐，只会骂他这个皇帝昏庸。

"好不好嘛，皇伯伯！"那边萧璃还在胡搅蛮缠，撒娇卖痴，荣景帝再一次感受到太阳穴砰砰狂跳的头疼。

这时，裴晏及时开口解救了头疼的荣景帝："陛下，既然章临妄言江南道水匪水祸为陛下用人不当之患，那陛下何不擢他去江南道？"

倒也是个好主意，荣景帝想，他既然大言不惭江南道之乱是朕的错，那便叫他去江南道好了。反正总归比去公主府写文章骂裴晏要来得好。只消想象一下那景象，荣景帝觉得自己整个人都不大好了。

主意已定，荣景帝板起脸对萧璃说："胡闹！哪有让举子去给你写文骂人的？荒唐！"说完，荣景帝对被萧璃馋得满脸通红的吏部尚书说："在江南道寻个有空缺的州叫他去吧，不是有经世之才吗？让他去，让朕看看他是怎么个经世之才！"

说完，摆摆手，让吏部尚书退下了。

"诺。"吏部尚书松了口气，感激地看了一眼裴晏，弓着身子退回到了自己的座位。坐定后，擦了擦额头，又小心地瞧了眼自己夫人，却见她不着痕迹地翻给他一个白眼，嘴角微动，无声地说了几个字。

吏部尚书寻思了半晌，才明白过来，那几个字正是——

"老色坏子。"

第五章

旧人旧事

荣景帝这里一锤定音，下首的萧璃张了张嘴，闭上，又张开。

荣景帝瞪了她一眼，警告她别再瞎说话。

但萧璃什么时候能看懂别人眼色了？所以她在荣景帝的瞪视下，还是开口道："不做属臣就不做属臣吧。"萧璃一脸遗憾，却没有死心，又道："左右离他去任上还得有些时日，他离京之前也能给我写个五六七八篇……"

不等萧璃说完，荣景帝大手一挥："裴晏，找到空缺，让章临即刻启程上任！"

"皇伯伯真小气。"萧璃瘪瘪嘴，神色恹恹地坐了回去。

看荣景帝严词拒绝了萧璃，裴晏周身的冷意也尽数散去，又变成了那林中潇潇翠竹。

只是这翠竹似乎也有些不耐于萧璃的胡搅蛮缠，冷冷瞥了她一眼之后，才从容退下。

"他刚才是不是瞪我了？"萧璃愣了一下，然后扭头问萧烈。

"我说你，差不多得了。"萧烈扶额，说，"你对上他什么时候得过好？别之后他又联合那些文臣给你穿小鞋。"

"哼，学问不知道有多好，装腔作势倒是最能耐。"萧璃冷哼。

谁说不是呢，最烦这些文人，萧烈在心底暗暗赞同。

是夜，敦义坊。

"待吏部任书一下，你便即刻启程前往吉州。"月光下，裴晏负手而立，看着院墙边一棵秃着大半枝子的梅树，突然想起早些时候宫宴之上那生生被打秃了的梅枝，失笑。

"是！"裴晏身后，年轻的举子单膝跪地，"章临谢裴大人护佑之恩。"

"无须行此大礼。"裴晏低头，淡声说道，"不过举手之劳。"

章临本是举人，对裴晏无须行跪礼。可裴晏于他有大恩，他章临，不跪

无以为报。初入京之时，他恃才傲物，因心中愤懑便肆意妄言，却不承想被人捉住了话柄，险些断了前程。他倒也不屑于什么高官厚禄、封妻荫子，只是若一腔抱负无从施展，怕是要郁郁此生了。

之前他便听裴晏身边那个叫梅期的随侍说了今日宫宴上发生之事。现在想起来，他都还是一身冷汗。一个不慎，他日后便要被刻上长乐公主的印记，成为一个靠写文骂人为生的笑话了。真想不到，先帝那般英明神武之人，唯一的女儿却这般荒唐。

幸好幸好，陛下虽宠爱长乐公主，却不至于昏了头脑。他也因祸得福，得了差事，可即刻去吉州任职。

想到这儿，章临忍不住再次谢道："若非裴大人，学生一生所学，怕最终只能用作女子辱骂他人的喉舌了。"章临简直不敢想象那样的场景："若……学生宁愿一死。"

听闻这话，裴晏将目光从梅树上移开。

"沦落至那般境地，宁愿一死？"裴晏勾了勾嘴角，似是一哂，"匹夫之勇。"

突然被骂匹夫的章临："……"

摇了摇头，裴晏无意继续，转而说道："江南道乱象已现，并非你一介别驾便能厘得清的。"说着，裴晏转过身，低头看着章临，清冷的目光让章临感受到了阵阵压迫之感。

"此去江南，戒急戒躁。多思、多看、多听、多忍，勿意、勿必、勿固、勿我。"说罢，裴晏捻了捻手指，道："三年之内，陛下必会清理江南之乱，在那之前，切勿轻举妄动。"

"是，学生知道了！"

"去吧，是时候与你的同期告别了。"

身后，章临已经离开此处院落，裴晏依旧看着那梅树枝子，喃喃道："宁愿一死？"

若一切都可以一死了之，那这世道可就简单多了。

"梅期，回去吧。"

"是，公子。"面目普通得过眼即忘的侍从应声，之后一个闪身，便从小院中消失了，无声无息。

宫宴后第二日，大明宫。

"见过母妃。"萧杰站在春华殿内室之外，躬身给范贵妃请安。

"阿杰快进来，跟娘亲何须如此客气。"范贵妃从梳妆镜前回过头，招手让他进来，明艳的脸庞上扬起开心的笑容。

"礼不可废。"三皇子萧杰回答道。

"你呀，当真是读书读傻了。"范贵妃虚点了点萧杰的脑袋，半是无奈半是好笑地说。

荣景帝后宫并不算充盈。皇后穆氏母仪天下，端庄持重，与荣景帝是少年夫妻，得荣景帝敬重，两人相敬如宾。贵妃范氏是显国公嫡亲的妹妹，当年在南境时便一心爱慕还是大皇子的荣景帝。只因当时范氏一族还不像如今这般显赫，范氏做不得皇子正妃，故而成了侧妃。

与端庄的皇后不同，范氏生得朱唇粉面、娉婷婀娜，声音又天然带着一股娇媚，一说起话来，温言软语，直教人酥软了心肠。

这些年来，前朝、后宫，最得荣景帝宠爱的皆是范氏。倒不知这是显国公沾了嫡亲妹妹的光，还是范贵妃借了兄长显国公的势。

萧杰的面容不像太子那般清雅端方，也不像二皇子那样英伟魁梧，因随了母亲，面相略带了阴柔与雌雄莫辨之美。

平日里，萧杰也不像太子那样如天边明月，只可远观，亦不像二皇子那般暴躁倨傲。他脸上总带着笑意，声音和缓温雅，谦逊有礼。

在朝臣眼里，是一个懂得礼贤下士，且让人如沐春风的皇子，未来当可成贤王。

"我听闻昨日公主又闹了笑话？"范贵妃拿过侍女递上来的一支宝蓝彩蝶镂花簪，对着妆镜在发髻上比了比，问。

"阿璃年少，心性未定，不过顽皮罢了。"

"可我儿不过长她一岁，却已经这般懂事，早就开始为你父皇办差事，可见这有些事情，年龄不过是借口罢了。"范贵妃把簪子放回去，又拿起了桌上的朱玉花鸟步摇。

"阿璃虽有些莽撞，可性子天真烂漫，可能父皇便是因此才格外偏爱她

不算什么，可合在一起却另有含义。

"那女尸可同之前在永阳坊发现的女尸类似？"王放从书桌前绕过，来到主簿面前，一把拿过他手中的信件，迅速打开。

"类似，哎，类似！被水泡过，面目不清，身上一丝衣物也无，根本就无从辨认身份！"主簿抹了把汗，语气颓丧，心想前面的还没解决，这又要多一桩悬案了！

"京兆府少尹说，按着仵作的验尸格目来看，便是伤痕都极为类似！少卿，少尹把验尸格目也誊写了一份送来。"

听见有验尸格目，王放立刻翻到最后一页，细细看起来。

果然，死者尸身上遍布瘀痕，不可言说之处更是伤痕遍布，若非血水被沟渠中的流水洗去大半，伤处很可能血肉模糊，目不忍视。

"这可怎生是好，之前那两具尸体连身份都还没查明，这又出来一具，这可怎生是好啊！"主簿低声唠唠叨叨，还不时看向府衙大门，盼着大理寺卿早些回来，他们好一同商议。

他估摸着，京兆府尹和少尹他们也是愁得直掉头发。府尹也就罢了，早过了不惑之年，儿孙都有了。那少尹可还是个未娶亲的，若没了头发，怕是亲都说不到。

那边王放还在看验尸格目，这边主簿已开始想些有的没的。这也没法子，他一紧张，就只能靠这些胡思乱想来释放压力，这么多年了，也改不掉。

"待大人回来，我们走一趟京兆府，我想再亲自看一看尸体。"王放捏着手中书信，眉心紧蹙，说道。

这时，霍毕正在大护国寺里，将其父霍老将军的牌位供奉于佛前。

"霍将军？"清亮而熟悉的声音自他身后响起。

霍毕回头看去。

目光尽头站着的，是萧璃。

"公主殿下？"霍毕倒是没想到，他这么快就可以再次见到萧璃。

"霍将军。"萧璃点点头，抬步跨进这间禅堂。她的脸上本就不带什么笑意，目光越过霍毕看到他身后灵位时，神情越发庄重。

"可否容我祭拜一番？"萧璃在霍毕身前站定，不见半点儿往日的轻佻之色，认真问道。

"殿下怎会在此？"霍毕未置可否，反倒问了另外一个问题。

萧璃不以为忤，只平静地说："又长了一岁，我来与父亲说说话，续长明灯。"

霍毕这才注意到萧璃今日着练色素服，既无精……饰。

"大护国寺最深处有一间禅堂，供奉着大周历代帝后灵位，……不会不知道吧？"萧璃看到霍毕目光中的狐疑，有点儿好笑。

人护国寺的历史并不长，大周开国不久之后才有了大护国寺。

其之所以地位超然，一是因为这里供奉着周朝历代帝后灵位；二是因着第一任住持落发出家之前，与开国护国大长公主的种种传闻。

护国大长公主是他们大周第一战神。即便到了现在，大周已传了六个皇帝，世事更迭，大长公主却仍是说书先生最为钟爱的那一个。书市里大长公主的野史外传层出不穷，就跟韭菜一般，一茬之后又一茬，割来割去无穷尽也；兵器行则更离谱，若是能同大长公主贴上边边角角，那价钱就高到了连萧璃看了都要扼腕的程度。

霍毕儿时在长安大街小巷地窜，大长公主的传奇和桃花逸事自然没少听。他抿抿嘴，说："我已十年不曾回长安。"

"所以，可否容我祭拜一番？"萧璃将刚刚的问题又重复了一遍。

霍毕侧过身子，做了个请便的姿势。

萧璃低低道了声谢，接着，目光落在了眼前的牌位之上。想起故人音容笑貌，鼻子一酸，眼眶不由得红了。

她记事极早，这些年又总会回想，故而幼年时很多事记得都很清楚。

她还记得最初霍统领是被父皇押到她面前教她武功，帮她打基础的。被押过来时霍统领嘴里还唠唠叨叨嘀嘀咕咕个没完，跟父皇喋喋不休地道："你知不知道我是大周第一高手，让我教个三岁小孩儿？她能听明白人话吗？再说，习武，男娃还行，女娃？能吃苦吗？哭了怎么办？老子……臣只会吼不会哄。"

"本宫一岁半就已经不哭了，二岁已经不尿床，现在已经三岁，可以吃苦！"小小的萧璃努力站得笔直，让自己显得高大一点儿，但再挺直身子，她也就比小马扎高那么一点儿。

萧璃忽然出声，让才瞧见她的霍统领瞬间收声。他看着萧璃，好半晌才对永淳帝说："我的天，小娃娃都这么好看的吗？为何我家那个一天天像个泥猴子？"

当时萧璃就觉得，他能当上大统领，定然是因为他武功很高，弥补了不太好用的脑子。而且父皇喜欢他，八成是因为他跟父皇一样，都喜欢唠唠叨叨个没完。

"你先给她看看根骨。"永淳帝温和地笑了笑，说，"可达到你收徒的标准？"

"我收徒的标准可高呢，这一般的根骨我根本就……"霍统领嘴上喋喋不休，手上也没闲着，还是认真给萧璃摸骨，话说到一半，手和嘴一起停住了。

"怎样？"永淳帝看到霍统领的表情，也不意外，只是继续笑着问，"这徒弟你收不收？"

"收！收收收！"霍统领忙不迭点头，一个激动，他直接把萧璃抱起来，往高一扔！向来老成持重，无论遇到什么都面不改色的紫宸殿内侍都被吓得惊呼起来。

萧璃倒是没觉得怕，反倒觉得好玩。她也看出这个霍统领应该很喜欢她，于是也不再板着小脸，咯咯笑起来。

"好徒弟，好好练武，等你长大了，师父带你去江湖上踢馆，啊不，比武！叫那帮老不死的羡慕死我，哈哈哈哈，老子就是又当了大官，又收到了天赋异禀的徒弟！"

这一激动，他也不"臣"啊"臣"的了。

"老霍，你先等等。"永淳帝无奈地笑了笑，连忙打断霍统领的幻想。

"怎么了？"霍统领瞪圆了眼睛，手里抱紧了萧璃，仿佛对面站着的不是他的主君，而是个即将拆散他和他好徒儿的恶霸。

"父皇的意思是，我还没好好拜师。"萧璃叹了口气，整个人被夹在霍统领胳膊底下，觉得这个师父确实是有点儿笨笨的。

"还需找个好日子，让阿璃好好行个拜师礼。"永淳帝说，"就循你师门之礼来。"

"这……不太好吧。"霍统领搔了搔头发，说，"毕竟阿璃是公主。"

嘴上虽说着不太好，可萧璃见他表情可不是这个意思，明明很高兴的样子。所以，最终萧璃是穿着她整齐的公主冠服，端端正正地跪下磕头，敬茶，恭恭敬敬送上拜师礼来拜师的。

萧璃到现在还记得，第一次扎马步，她是咬着牙硬生生挺下来的。计时的香烧完了以后，她直接向前一扑，扑腾了半天都爬不起来。那时霍师父一把把她抱起来，让她坐在他脖子上，大笑着说："我们小阿璃果然是最棒的，走，师父去带你飞飞！"

旁边候着的宫娥内侍阻拦不及，只能直直伸着手，徒劳地看着霍统领驮着大明宫唯一的小主人，几个起落就消失不见。

那一天，霍统领带着她从这个屋檐飞到那个房顶。过程中她似乎听见了父皇的喊声，又或许是她听错了。

最后他们落到了一座塔楼之上，那时日头马上就要落下了。整座大明宫，整个长安城都笼罩在金红色的光辉之下。

她看着长安城一百零八坊，愣愣出神。

那是萧璃第一次知道，大明宫、长安，原来可以这样美。

"好看吗？"霍统领蹲在她身边，笑着问她。

"嗯！"萧璃重重点头。

"这就是你父皇守护着的地方。"刚才飞得太快，此刻霍统领虬髯凌乱，可他的声音和笑容却让萧璃觉得温柔又郑重，"这也是以后你要守护着的地方。"

"嗯！"

萧璃闭上眼睛，深吸了一口气，再睁眼时，神色已恢复了冷静。那一瞬的失态，快得仿若幻觉，并未引起霍毕的注意。

萧璃点燃了供香，在牌位之前，缓缓跪下。

霍毕瞳孔一缩。

再重来一百次，他也不会想到这个嚣张跋扈，即便在荣景帝面前都敢呛声的公主，竟然会在他父亲的灵位前跪下。

那一瞬间，霍毕是真的感到震惊了。

实话实说，前日裴晏近乎明示地告诉他，当年增援北境之事上有长乐公主的影子，他是不太信的。

他尚且不知裴晏这般毫无顾忌地告知他当年之事是否存有什么私心，自然不能尽信于对方。单说当年他们霍家离京之时，长乐公主还不足六岁。十岁之前的事他都记不太清，一个六岁的孩子又能记得什么？

可萧璃如今的举动，又让他不那么确定了。

要么，她确实记得他父亲；要么，作此情态，她所图更大。

想到这儿，霍毕微微冷了脸色。

礼毕，此时萧璃该起身了，可她只是偏过头，看向霍毕："可否请你回避一二？"

"我？回避？"有那么一瞬间，霍毕不确定他是否听懂了萧璃的意思。

"殿下，你该知道的吧，即便我走到外间院落，以我的耳力，依旧能听见你的声音。"霍毕向萧璃确认，是不是真的要他出去。

"无妨，我只想要说几句话而已，也不是什么秘密。"此刻的萧璃仿佛格外的好脾气，解释着。

"诺。"霍毕无奈，只好行个礼，移步禅堂之外。

他刚踏过禅堂的门槛，便听见萧璃的声音。

"霍师父，你还记得我吗？我就是那个据你说天赋比你儿子还好的阿璃啊。你说过，等我练好了武功，就要带我去江湖上揍个儿踢馆，不是，挑战的。"

门外的霍毕脸一黑，冷脸差点儿就维持不住。他深吸了一口气，继续往远走。他一点儿都不想听这个奇怪的公主在他父亲的牌位前胡言乱语。

禅堂内，萧璃的耳朵动了动，察觉到霍毕已经走远，应该再听不见她所言所语，低声笑了笑。

接着，她抬起头，注视着面前牌位。

良久，面色露出一丝悲戚。

"师父，让您孤立无援，腹背受敌，为护佑我大周，战死异乡……"

萧璃将手中供香缓慢而郑重地放进香炉，两手触地，头缓缓低下。

"萧璃无能，愧为弟子。"

额头触地，发出"咚"的一声响。

"在此，给师父请罪。"

已走到禅堂院外的霍毕若有所觉，回头看去，却只看到紧闭的大门。

他猛地想到，他小时候，父亲确实在家叨念过那宫里的小徒弟武学天赋要胜于他。他再不好好练武，到时候就会被比他小五岁的小姑娘打趴在地，丢尽脸面。

他父亲也确实心心念念，有朝一日要带着徒弟去江湖上踢馆。所以……

霍毕的目光好似穿过了院落墙门，落在了禅堂深处跪着的少女身上。

那些旧事，那些旧人，她当真都记得吗？

身后传来了禅堂门被打开的声音，霍毕闻声回头看去，正正对上了萧璃望过来的目光。

看着她，霍毕恍然发现，原来之前几次见到萧璃，她总是笑着的。

或者轻佻，或者戏谑，又或是爽朗，虽各有不同，可都是笑着的。

是以他一直不曾发现，当她肃着脸时，整个人竟然是凛然清冷的。那双漆黑的眼，深不见底，却仿佛能看到人心里去，令人心颤。

这般念头刚刚在他脑海中闪现，却见萧璃又笑了起来，便也随着这笑容消失了。

"殿下。"霍毕颔首。

"霍将军要一直这么多礼吗？"萧璃笑笑，说，"叫我名字就好，阿璃，萧璃，都可。"

霍毕皱了皱眉。

"若是仍觉得不妥，直接唤我公主吧，别殿下来殿下去了。"

"是，公主。"

"要走走吗，霍将军？"萧璃向一个方向指去，"这里有一条小径，直通后山，那边有一片梅林，颇有一番景致。"

"既是公主邀请，霍毕却之不恭。"

说着，霍毕便随着萧璃走上了那条小径。现在仍春寒料峭，萧璃披着一件狐裘，纯白的毛领在脸颊边围了一圈，却并不显得厚重臃肿。

"霍将军没有什么想问我的吗？"萧璃率先打破沉默。

"公主……"霍毕沉默了片刻，说，"今日似乎与从前所见不同。"

马球场上张扬肆意，平康坊里放纵不羁，宫宴之上大胆妄为，还有今日，沉静有礼……

霍毕不懂，为何同一人，前后可如此不同。

萧璃并没有回答这个问题，反倒认真地看了看霍毕，反问了他一个问题："霍将军，你真的不记得我了吗？"

霍毕偏了偏头，以眼神表示他的疑惑。

"可我还记得你。"萧璃像是想到了什么好笑的事，抿嘴笑了笑，说，"我还记得第一次见你时的场景，霍统领提着你的后衣领把你丢给裴太傅。"

无视霍毕黑下来的脸，萧璃继续说："不仅丢了你，霍统领还丢了根藤条给裴太傅，说那是他在家揍你用的。"

好了，我知道你记事早，但是请你闭嘴。猝不及防被谈及黑历史，霍毕的脸黑得不像样子。

"公主与我说这些，又有何用意？"霍毕是武将，素来不喜欢学那些文臣，一边揣测他人言语用意，一边又要拐弯抹角，让别人猜测。

对于霍毕的直接，萧璃似乎也不惊讶，只道："我只是想告诉霍将军，在这长安城里面，本宫与霍将军，是友非敌。"

"是友非敌……"霍毕玩味地重复着这几个字。

"将军不信？"

梅林已在眼前，萧璃站在一棵梅树之下，抬头看去。

"父亲便是太过相信长安，才会落得那般下场。"霍毕声音平淡，萧璃却能听出其中厉色。

她本欲伸手触碰一个花苞，动作便顿住了。

霍毕在萧璃的身后，看不见她的表情，可莫名其妙地，他觉得那一刻这小姑娘心里很是难受。

他摇了摇头，将这个念头从脑中驱逐。

萧璃转过身，脸上依旧带着微微笑容："霍将军在我面前直言不满，不

也是信我不会向别人多言吗？"

"公主应该也不愿意让别人知道你在寺中这一面吧？"

"原来霍将军不是信我，而是觉得互握其短，也罢。"萧璃说罢，继续行走在梅林间，似是在认真欣赏美景。

"我又该做些什么，才能让霍将军知晓我的诚意？"萧璃问。

霍毕注视着萧璃的背影，沉思了片刻。

"公主可否回答我一个问题？"

"愿为将军解惑。"

"四年前将门杨氏之祸，是因何而起？"

萧璃站住了，她歪歪头，说："杨氏欺上瞒下，谎报军需，豢养私兵，意图谋反。霍将军，你都不读邸报的吗？"

"我想知道更多细节。"霍毕说，"公主身在宫廷，知道的应当比我这个在北境镇守的边兵将士要多吧。"

"可这并不是一个很短的故事。"萧璃说。

"我有耐心。"霍毕说。

对那日裴晏的话，霍毕并不敢尽信。但杨氏谋逆之事是上了邸报的事实，而北境也确实是在那时遭围。他有心弄清当年之事，并不愿因时过境迁，便将这疑问放置不理。

"好吧。"萧璃无奈地笑了笑，说，"为表诚意，我愿意将我所知尽数告知。这里有些是我所知事实，有些是我的推测，霍将军可自行判断真假。"

"霍毕先谢过公主。"

萧璃脚步不停，同时开始述说，只是她却并没有直接说起四年前之事。

"将军应该知道，剑南道林氏、岭南道杨氏便是世代镇守在南境的两个武将世家。二十几年前，南诏王一统了南诏及周边各部族，将部分吐蕃、林邑，甚至天竺的国土纳入版图。

"南诏王想收复与我大周交界处的云岭七州，于是与我大周展开了长达近二十年的战争。剑南、岭南均被牵扯其中，而我皇伯伯也是在那时被派至南境，与杨氏、林氏一同领兵。

"南境地域辽阔复杂，有高原雪山，有辽阔水域，亦有丛林烟瘴。两军交战，各有胜负。"

"这与我的问题有何关系？"霍毕皱了皱眉，问。

"霍将军不是说自己很有耐心吗？"萧璃扬眉一笑，说，"我早就说了，这不是一个很短的故事。我告诉你杨氏欺上瞒下，豢养私兵，你不满意，想知道前因后果。刚刚，我正是在给你叙述前因。"

"你这前因倒是长。"长到要追溯到十几二十年前。

"霍将军，万事有因有果。这果，有时确实是要长十几二十年才能长成的。若细论起来，我萧璃也算是一个果。"

霍毕不解。

"两国交锋，互有胜负，最惨烈的一战发生在剑南道昆州。那一战，我大周林氏父子和南诏将门高氏三兄弟，于昆州一役中同归于尽。南诏那边如何我不清楚。那一役之后，林氏满门，只留下一个孤女。"

霍毕心中若有所感，便见萧璃回过头，说："那个孤女，便是我的母后。"

"先皇后竟然是……"霍毕心神一震，正要细问，却听见熟悉的一声喊。

"将军！"

是袁孟和林选征。

霍毕惊讶，原来不知不觉，他们已经下山，来到了山门之处。上山前，他正是吩咐了袁孟和林选征在此处等他。

看到霍毕，袁孟和林选征显然也很诧异，不知道他为何会同长乐公主在一处，还相谈甚欢的样子。

"看来今日只能讲到这里了。"萧璃笑了笑，说。

"那后面……"

"放心，我自然会找机会登门拜访，将我所知尽数告知的。"萧璃笑语嫣然，哪有半点儿前日见到的嚣张跋扈，看得袁孟有些傻眼。

萧璃的乌云骥就被拴在山门外的林中，见她了，侍卫便将那匹漆黑烈马牵了过来。萧璃接过缰绳，翻身上马。

"对了，霍将军，我又想起一事。"萧璃忽然回过头来，嘴角噙着坏笑。

霍毕直觉不好。

"我还记得最后一次见你，是在霍统领的生辰上，我阿爹阿娘带着我去给霍统领庆祝。也不知为何，你似乎对我心怀恶感。"

不祥的预感成真。

"我还记得我跑去找你玩耍，你却一把把我推开，径自跑开，害得我摔了满身泥。"

甚至不用扭头看，霍毕都知道袁孟此刻定是满脸震惊，说不定等会儿还会说什么"不愧是将军啊，连公主殿下都敢随便推，可见将军从小就不凡"之类的鬼话！

"公主殿下！"猝不及防又被曝光了黑历史，霍毕从牙缝里挤出几个字。

"霍毕，我当时可没有告状，只说是自己不小心跌倒的。不然按照霍统领的脾气，你定要被他揍得屁股开花。"萧璃脸上带着掩都掩不住的眉飞色舞。

霍毕："……"

"所以你给我记着，你可是欠着本公主一次！"萧璃神采飞扬地说完，大笑一声，便策马离开。

霍毕能说什么，他只能盯着萧璃的背影，看着她逐渐远去。

半晌——

"不愧是将军啊，连公主殿下都敢随便推，可见将军从小就不凡！"袁孟赞叹道。

霍毕："……"

他深吸一口气，对因目睹了上司黑历史而尴尬不已的林选征说："过两日你上山去寺里打探一下，看看长乐公主是否真的经常来大护国寺。"

"将军是怀疑……"林选征目露疑惑。

"我今日来供奉父亲灵位，她就这么碰巧也来祭拜先皇，不觉得太巧合了吗？"霍毕沉吟。

"将军！我们可没有泄露你的行踪啊！"袁孟赶紧表忠心。

嫌弃地看了一眼袁孟，霍毕只淡淡道："回府吧。"

另一边。

"殿下，宁小姐急信。"侍卫酒流策马而来，追上萧璃，将火漆信筒递出。

　　"阿宁？"这才相隔几日，怎么又来了信件，用的还是火漆急件。萧璃一把捏开竹筒，取出里面的薄纸。看罢，眉头紧皱。

　　"酒流，速去寻令羽，城郊茶亭见！"萧璃命令道。

　　"诺！"酒流言罢，转身欲走。

　　"还有。"萧璃喊住策马掉头的酒流，沉吟片刻，又道，"将花柒也叫回来。"

　　"是！"

○

第六章

○

秦晋之盟

城郊茶亭。

等待令羽的时候，萧璃又将信件拿出来细细地看了一遍。

前几日郭宁的来信是随着一个商队抵达长安的，并非急件，洋洋洒洒地写了许多张纸。

萧璃拿到了信，就进宫找杨蓁读给她听。萧璃一口气读完，而杨蓁也放下了正在核算的账目和内造名册，两人相对而视。

"南诏国朝堂，听起来并不平静。"杨蓁微蹙着眉，回忆着郭宁信中种种。

郭宁是个心思简单的性子，看到什么新鲜便写什么。杨蓁却可见微知著，敏锐地察觉到其表象之下的种种可能性。

"阿蓁也是这样认为的吗？"萧璃道，"并非天灾年份，可粮价飙升，文官武将相继被弹劾……"

"南诏国朝堂内部应当斗得厉害。"杨蓁说，"只是我们对于南诏朝堂并不了解，无从得知更多了。"

"若我告诉你，南诏王身体有恙呢？"萧璃撑着脸，把她在紫宸殿听见的只言片语告诉杨蓁。

两人对视一眼，都没再言语。

"阿宁最后说，打算去夜探南诏王宫，是在说笑吧。"杨蓁又拿起内造名册，随口问道。

"没有吧。"萧璃看着信，说，"你看她写夜探时的字迹格外认真，且以她的性子来说，这应该不是玩笑。"

杨蓁抬头盯着萧璃："……"

"阿蓁，是阿宁要去探王宫，你盯我做什么？"萧璃觉得自己怪无辜的，她这次可什么都没做啊……

"真是的……"杨蓁扶额,"你和阿宁何时才能稳妥些。"

"阿蓁……"萧璃表情严肃,"请你精准打击阿宁,我萧璃一向稳妥得很。"

杨蓁:"……"

"放心啦,阿宁别的不成,逃命的功夫可是练得一等一。就算打不过,也定然躲得过。"萧璃对郭宁的实力了解得很是透彻,所以还算放心。

"真不知你当初为何昏了头,竟然帮她逃了出去。"杨蓁揉揉眉心,道,"若她还留在长安,总不会叫人如此心惊胆战。"

"可是,在外人看来,大明宫一样是豺狼虎豹之地,阿蓁也待得很好。"萧璃歪歪头,笑道,"所以我们也给阿宁一些信任吧,好不好?"

杨蓁愣了愣,接着自嘲一笑,说:"是我糊涂了。"

整个朝堂都知道,郭宁逃离长安是长乐公主殿下帮的忙。可是萧璃所做的,也只是给了她出城的令牌,外加上假扮了她去寺里相看。

无人知道,出城之后的路线,包括如何甩脱追兵,如何掩人耳目,都是杨蓁帮她计划好的。

临行前,三人在宫中花园中聚首。郭宁对两人说:"这江湖,我先替你们去探上一探,想必要比长安城有趣许多。"

"凡事当心。"虽然杨蓁已经细细考虑过所有可能的情况,可还是担心。

"放心啦!"三人中郭宁的身量最高。她一手揽着杨蓁,一手揽着萧璃,笑嘻嘻道:"你看着,我肯定能在这江湖混出个名堂。"

"是啊,从此长安城再没郭宁你这个人,只剩江湖上无门无派的郭女侠,是吗?"杨蓁凉凉地说,"你就这样弃我二人而去,有良心吗?"

"孟尝君门下尚有可鸡鸣狗盗的食客,阿璃身边又怎能只有你这般板板正正的人做帮手?"郭宁说着,看向萧璃,"虽说鸡鸣狗盗我可能学不会,但阿璃,到时候已经称霸江湖的我,可做你的一支奇兵。"

"你先成功逃出去再说吧,别明日前脚出城,后脚就被郭统领叉回来了。"萧璃好笑地摇摇头,回道。

"阿璃?"令羽的声音自身后响起,萧璃回过头,这才从回忆中回到现实。

她转过身，看着眼前的人。

或许是曾经四处游历的缘故，令羽虽为南诏王族，可矜贵之中却带着爽朗与侠气，像山间奔跑的鹿，空中自由的鹰。

这一点，是她几个皇兄都没有的，也是她一直都羡慕着的，嫉妒着的。

萧璃认真地看着令羽，像是想要把他记住似的，然后说："令羽，你应该回南诏了。"

"什么？"令羽本以为萧璃只是找他出城打猎踏青，没承想却听见这样的话。

"我刚得到的消息，你父王病重，二王子与三王子之间的王位之争越烈，令羽，"萧璃又重复了一遍，"你应该回去了。"

在听见南诏王病重的时候，令羽有一瞬间的失神。萧璃的话说完，他则已经回过神来。

他没有问萧璃是打哪儿来的消息，他相信萧璃总不会拿这种事情来骗他。

可是……

"我要怎么回去？连夜潜逃长安吗？"令羽脸上甚至还带着散漫的笑，刚才听见的消息似乎完全不曾在他心底激起任何涟漪。

萧璃没想到令羽是这样的反应，怔了怔，也迅速反应过来——

"你不愿回去。"萧璃语气肯定。

从最初开始，萧璃与令羽便是以武论交。因着双方身份，一直有意地回避着朝堂政事，直到今日。

"为何？"萧璃不懂。

她知道令羽天性喜爱自由，无贪恋权势之心，也不在意南诏王位，可南诏王是他父亲。得知父亲病重，他却好似无动于衷。

"我……并不想见他。"令羽的目光向南边看去，半晌，才低声说道。

萧璃站在令羽身后，没有作声。

又是许久过去，令羽长出了一口气，回过身，看向萧璃："阿璃，你可还记得《武帝纪》中的几句话？奢侈无限，穷兵极武……"说到这儿，令羽停顿了一下。

"百姓空竭，万民疲敝。"萧璃轻声接上了下一句。

"这前面一句，也可以用来评判我的父王。这后面一句，便是我南诏百姓写照。"令羽抚摸着他的佩剑，像是回忆起什么，神色变得温柔。

"我幼时，父王连年在外征战，我是跟着几个舅舅长大的。他们教我习武，带我上山打猎、下河捉鱼。那几年，是我人生中最快乐的回忆。"令羽说着，拔出他身侧佩剑，那剑身寒光四射，一看便是一柄宝剑，"这把剑，是几个舅舅出征前送给我的。我最小的舅舅还说，待他回来，便带我去突厥寻一匹汗血宝马。到时候，我便是南诏国最英武的儿郎。"

萧璃闭上眼睛，她想，她已经知道了后面的故事。

"可是，我的三个舅舅，再没回来。"令羽负手，看着天空，声音淡淡的，"因着父王的独断专行，刚愎自用，昆州一役，高氏一门三兄弟，尽数阵亡。那时我小舅舅才十六岁，尚未娶亲。大舅母身怀六甲，因忽闻噩耗，心神俱碎，于生产时血崩而亡……一尸两命。"

令羽回过身来："这就是昆州一役中，南诏将门高氏的结局。至于这一战的另一方如何，阿璃，你应该比我清楚。"说到这儿，令羽笑了，笑容中带着无尽的自嘲，眼中也露出了悲意。"阿璃，你与我相交，从来回避南诏大周旧事，是否因为你知道，你我二人之间，实是隔着国仇家恨的。若说破这些，便再做不成朋友了。"

其实他一直知道，萧璃的母族，就是剑南林氏。

"令羽，你可会因那些旧事而在心中恨我？"萧璃没有回答令羽的问题，反而问道。

"怎么可能？"令羽惊讶，"那些旧事与你何干，我又怎么会因此恨你？"

"那我又为什么会因旧事而疏远于你？"萧璃说，"令绝云，你这是看不起我。"

"这……"令羽失笑。

"国之交战，是非对错根本无法说清。林氏高氏各为其主，立场不同。若易地而处，未必会是那样的结局。"萧璃用手指轻敲面前的石桌，抬眸，直视着令羽说道。

"于国而言，确实无对错。可连年征战使人妻离子散、家破人亡，终究还是战争之过，君主之过。"令羽喃喃。

"所以，这就是你自请为质的原因？"萧璃沉吟，"你心中怨恨你父王，不愿见他，又自觉愧对高氏。来大周为质，一可逃避南诏种种，二可止息兵戈，一举两得。令羽，你并非想要游历天下，你只是不愿回南诏！"

令羽被骤然道破心思，将心中那些连自己都未曾面对的心思扒开晒在阳光之下，觉得有些难堪。

半晌，令羽重重地吐出一口浊气，应道："是！"

他只是不愿回南诏。

"阿璃，我知你视我为至交好友，才会违背立场将南诏之事告知。令羽感激涕零。"令羽深深地看着面前蹙眉望着他的少女，说，"可我有心结未解，今日之事，我会当作不知。"说完，令羽转身，上马离开。

"令绝云！"看见令羽就那样头也不回地离开，萧璃怒极，大喊。

当日，有长安城守军见到长乐公主萧璃和南诏质子于城外茶亭说话，虽不知说了什么，却知道两人不欢而散。

不过几日，萧璃与令羽闹掰了的传闻四起，传得有模有样。

"按照下官打探到的，公主殿下确实会时不时地去大护国寺，只是时间不定，有时间隔大半年，有时又只间隔几日，并无规律可言。"林选征回禀。

"所以说，那日遇见公主殿下确实是巧合喽？"袁孟听完，说，"将军，你是不是想多了，你可以祭拜老将军，人家公主也可以去祭拜先皇啊！"

真的是他想多了吗？霍毕思索着林选征的回报，回忆起当日的种种。

可为什么他心中还是觉得哪里不是那么对劲儿？

而这时，下人的禀告打断了他的思索："将军，长乐公主来访！"

"你说什么？"霍毕猛地回神问。

"长乐公主，来访，此刻就在府门外，将军。"

萧璃被仆从引着，走到了霍府花园中的凉亭里。

霍毕就等在亭中，燃着的炭火盆上放着一个铸铁的茶壶。壶中茶水已经煮沸了，可是霍毕并没动，就任那水沸腾着。

萧璃紧了紧身上的披风，看着这四处透风的凉亭，还有那小小的炭火

盆，说："霍将军，你不嫌这里冷吗？"

"公主今日为何来访？"霍毕抬头，看向萧璃，探究地问道。

萧璃却不答，环顾了一周，说："你家倒好似没有变过，我记得原来这花园……"

霍毕现在一听萧璃说"我记得""原来"这样的话就觉得脑门疼，不知她又会翻出他儿时什么事拿出来说，于是赶紧出言打断，对旁边候着的侍从说："再取来一个炭火盆，要大的，还有，取挂帘来。"

闻言，萧璃满意地点点头，这才跪坐在霍毕对面的席位上。

"公主今日为何来访？"霍毕再一次问。

一墙之隔的内院，袁孟嘀咕道："将军真是不解风情，公主都亲自上门来看他了，还能是因为什么，当然是因为想念将军！"

"嘘——将军能听见！"齐军师手拿着本册子，卷起来敲了敲袁孟的脑袋。

耳力过人的霍毕听见墙那边的对话，眉心抽了抽，不着痕迹瞥了眼萧璃，见她没什么反应，松了口气。而这时袁孟又出声了："我知道将军能听见，公主听不见就行了呗。"

萧璃突然笑了笑，那个笑容让霍毕几乎以为萧璃能够听见袁孟的声音。她淡然开口道："我往日读话本，若遇到了那未写完的，总会有抓心挠肝之感，恨不得冲到笔者家里，把他关进天牢，让他日日专心写文，直至写完。那日我的故事才说了个开头就中断，将军就不好奇之后吗？"顿了一下，萧璃慢悠悠说道："将军倒是好定力啊。"

"好奇自然还是好奇的，那么公主今日是来为霍某解惑的？"

"那不然呢？来与将军风花雪月吗？"萧璃挑挑眉毛，反问。

在另一边偷听的齐军师、袁孟还有林选征心道：我们倒确实是这样以为的。

"咳，公主殿下果真不同寻常。"齐军师清了清嗓子，低声说。

"那日说到哪儿了，哦，对，林氏。"萧璃伸手，为自己倒了一杯茶，继续说道，"再说回杨氏。杨氏扎根于岭南，几十年前将一个女儿嫁给了岭南的一个穆姓刺史。杨家女婚后与穆刺史感情甚笃，很快便有孕，继而产女，只可惜杨氏女产女后血崩，直接去了。穆刺史素来忙碌，后院也再无其他女眷。杨家怜惜这个外孙女无人照管，便将她接到杨府，将她视作亲女，教养长大，一直到说亲的年岁，这才让她回到穆家。"

霍毕不知道萧璃为何要从那么久远的事情说起，却没有打断她。

"而这个由杨家养大的穆氏女，就是当今皇后。"

萧璃好整以暇地看着霍毕，果不其然看到他扬起的眉。

墙外也传来了袁孟的吸气声。

"昆州一役之后，我母后北上长安，剑南道的兵权大部分由林氏的几个属将接管，余下的则交给了当时在南境领兵的皇伯伯和杨氏，令他们能继续同南诏作战。后来我父皇……"萧璃说到这里，顿住了。

霍毕将萧璃空了的茶杯倒满，递给了她。

"总之……皇伯伯登基之后，南境兵权便由林氏旧将、杨氏，还有曾在皇伯伯麾下的显国公掌管。一直到五年前，杨大将军与林氏旧将于交州大败南诏，绞杀南诏军十一万。南诏再无力与大周相争，只能退出云岭七州，送出大王子来我大周为质，向我大周俯首称臣。自此，南境安稳，杨氏在南境的威望空前绝后，百姓间甚至有'南有杨林，蛮夷不侵'的说法。"

"然后呢？"霍毕放下手中茶杯，说。

"然后？"萧璃点了点石桌，说，"还需要我往下说吗，霍将军？"

"哎！"袁孟拿胳膊肘戳了戳齐军师，问，"公主这是何意？"

还没等齐军师说话，霍毕就开口了："公主是想告诉我，杨氏之祸，是因为陛下忌惮杨氏？"

与其说忌惮杨氏，不如说是忌惮太子阿兄。萧璃垂眸，心中想，但是她并未将这话说出口。

捧着茶杯，看着杯中上下浮沉的茶叶末，萧璃没有作声，似乎也并未听见霍毕的大逆之言。

"那么公主此行，又所为何事呢？"霍毕盯着萧璃，问。

"就找你说说话，把剩下的故事讲完呀。"萧璃歪歪头，笑眯眯地说。

"哦？"霍毕双手置于腿上，上身却前倾，缓缓地凑近了萧璃，一直到两人鼻尖与鼻尖之间不过两拳的距离，才骤然停下。

霍毕看见萧璃的瞳孔微微放大，呼吸屏住，整个人却较劲儿一般，倔强地一动不动。

霍毕见了，心中觉得好笑。

终究还是个小姑娘。

"大护国寺我姑且算作偶遇，那么余下的呢？宫宴大殿之上借比武戏弄于我，今日又大庭广众之下来我府上拜访。公主殿下，你心中有何成算，又想要霍某为你做什么，何不直截了当说出来？霍某一介武夫，学不来弯弯绕绕。"

"既然霍将军如此盛情，"萧璃依旧没有后倾哪怕一点儿，就保持着这样的距离，任由霍毕盯着她，"那我就直说了。"

"请。"两个人依旧对视着，仿佛在比着什么，谁先动或是谁先移开目光谁就输了一样。

"霍将军尚未成家吧，想尚公主吗，人美武功好的那种？"萧璃的眼睛亮晶晶的，里面仿佛落了满天星河。

霍毕："……"

"噗——"若袁孟此时在喝水，定能喷出个三尺远。但现下也没有多好，他被自己的口水呛到了。

霍毕眯了眯眼，率先动了，他坐直了身子。

萧璃见状，笑得眯起眼睛，得意得像只小狐狸。

"说实话，"霍毕慢吞吞地说，"不怎么想。"

"不想？"听到霍毕的回答，萧璃瞪大了眼睛，问了句风马牛不相及的话，"霍将军统领北境军，竟落魄得连个军师谋士都没有吗？"

墙外，霍毕的谋士兼军师停住了摸胡子的动作。

"此话何意？"霍毕问道。

"霍将军入京前，你的谋士难道不曾对你说，此行最好可娶一个陛下信任又没什么势力的长安贵女。那最好的选择，不就是长乐公主我吗？"萧璃指着自己，说得理所当然，"若将军的谋士不曾提过，那我觉得将军该换个谋士了。"

墙外的齐军师：怎么办，看中的未来当家主母还没进门就想换掉他。

"陛下信任又无势力……"霍毕玩味地重复着萧璃的话，说，"公主殿下对自己的认知倒是准确。"

"那是自然。"萧璃抬抬下巴，又扬扬眉，一脸"你说得全对"的莫名其妙的骄傲表情，看起来天真烂漫，"我是先帝的公主，空有无与伦比的高贵身份，却无可倚仗的母族，在朝堂上更无党朋势力，所有荣宠皆来自我皇伯伯。难道不是你最优的成婚人选？"

"于我而言，确实如此。"萧璃已经把话说到这份儿上了，霍毕只能点头承认，"那么你呢，为何执意要嫁我？"

"若我说仰慕你已久……"萧璃犹豫了一下，说。

"不信。"霍毕啪的一下放下茶杯，说。

"那……将军英武，我对将军一见钟情？"萧璃一点儿不害羞，张口就来。

"萧璃！"霍毕有点儿恼，在宫宴上她已经戏弄他一次了，他不想给她机会再戏弄他第二次。

"将军，你只需要记得娶我于你有利便好了，我的想法，重要吗？"萧璃有些苦恼，问。

"娶你是最优选择，我承认，我的军师也确实这样向我提议过。"霍毕看着萧璃，认真地说道。

齐军师：多谢将军为我正名！

"可是，我并未想过娶你。"霍毕接着说道。

今天才知道原来霍毕不想娶公主的齐军师：……

他总觉得这份差事大约可能真的要保不住了。

"为什么？"萧璃不解。

霍毕比萧璃要高上不少，他看着萧璃仰着脸，固执而认真看着自己，不由得叹了口气，缓下了声音，有些无奈地问："公主殿下，你当真知道嫁给我意味着什么吗？"

"我知道。"萧璃依然盯着霍毕不放，她脸上带着那天真烂漫的笑容，口中却说，"那意味着我成了皇伯伯拴狗的链子，不仅要拴狗，还要时刻留意着狗的动静，注意着他是不是要反咬主人。"说到这儿，萧璃无视霍毕黑

下来的脸色，犹豫地问："你是不愿意被拴？可你要知道，不乖的狗，都要被杀了炖狗肉火锅的。"

听到萧璃的话，霍毕久久地看着她，半晌忽然笑了。

这好像是萧璃第一次见到霍毕笑。霍毕本来就是剑眉星目的长相，这一笑，于锐利的气质中又多了一丝温和。

"所以这就是你给我讲这个故事的理由？若我不肯低头，便是下一个杨氏？"

"那倒不至于，顶多是此生回不去北境了吧。"萧璃耸耸肩，说。

"那么公主殿下呢？你应当知道狗是不会喜欢拴着它的那根链子吧。"霍毕问，"你作为狗链，注定得不到夫君的信任和喜爱，两人一生仿如陌路。这，对你来说也无妨吗？

"这，就是公主所求吗？"

"得不到夫君的信任和喜爱……"萧璃缓缓重复，仿佛品味着霍毕的话。即便大周民风相对奔放，可这话叫一般女孩子听见，也是会羞红了脸的。

萧璃却仿佛听见霍毕讲了什么好笑的话，半晌，阴阳怪气地说："不会吧，霍将军不会认为我是那种期盼着什么'一生一世一双人'的人吧？"萧璃指指自己的鼻子，问："我像吗？"

"像。"霍毕点点头，很快答道。

萧璃一滞，然后扭过头，赌气般道："哧，那都是小娘子才会相信的东西。"

"可你也是个小娘子。"霍毕有点儿好笑。

"本宫，大周长乐公主，可不是什么普通的小娘子。"

"对，你贵为公主，若好好谋划一番，未必不能谋得个如意郎君。"霍毕接着说。

闻言，萧璃叹了口气，说："将军有所不知，这长安城适龄的未婚公子，已经被我揍了大半。剩下的那三四成，要么是自己人不能祸害，要么与我相看两厌，要么像个弱鸡。若同那样的人成亲，我都怕他婚后被我不小心打死。"

霍毕双臂交叉置于身前，安静地听萧璃说。

萧璃一边说，一边瞄着霍毕的脸色，见他还是不为所动，终于垮下脸，认真起来。

"其实是我得到了消息，皇伯伯有意将我嫁给我不愿嫁的人。"

闻言，霍毕终于放下手，问："是谁？"

"显国公世子，范烨。"

"你为何不愿嫁他？"

"我是疯了吗？我与范烨的弟弟范炟向来不合，我为什么要嫁去范家，给自己找不痛快？"

"只是这样？"霍毕眯眼，问。

"再者，"萧璃顿了顿，说，"显国公是宫中贵妃的亲哥哥，三皇兄萧杰的亲舅舅。我不愿与他们家有什么牵扯。"

霍毕没有说话。

萧璃这次说的应当大部分是实话。从他所见所闻，萧璃确实与皇后和太子更为亲厚。荣景帝春秋正盛，以显国公和贵妃的受宠程度，未来还不知是何等情况。况且，荣景帝能那般毫不留情地处置杨氏，可见对太子萧煦也未见得有多信任……

以她与太子的感情，不愿未来因夫家而被牵扯进夺嫡争斗，合理。

想到这儿，霍毕已经信了萧璃的话。

"所以你就找上了我？"霍毕问。

"你贵为国公，将我下嫁，不会有言官说皇伯伯苛待先皇遗孤。我再无亲族，除了徒有其表的高贵身份，于你无半点儿助力，皇伯伯也不需担心养虎为患。皇伯伯只需再想想，便可意识到将我嫁给你是个两全其美之举。

"你，可以取信于皇伯伯，守军权保荣华，而我，可以不必嫁给范烨。霍将军，于我而言，你是及时雨。对你来说，我亦是保命符。对于你我而言，彼此皆是最好的选择。"

萧璃看着霍毕，说话语气相当诚恳。

"嗯，是这个理儿。"墙外的袁孟已经被说服了，跟着点头道。

霍毕未作声，安静地同萧璃对视，萧璃也不避不闪，就任霍毕这样看着。

半响，霍毕拿起炭盆儿上的茶壶，稳稳地给萧璃倒了一杯茶。

122

"霍将军同意了？"萧璃端过茶杯，喝了一口，问。

"公主诚意如此，霍某却之不恭。"霍毕淡声说。

霍毕没有说谎，进京之前，他确实不愿采纳军师的建议，向荣景帝求娶长乐公主。他不介意拿自己的婚事作为谋划筹码，却不愿做戏欺骗一个女子，尤其那人还是萧璃。

萧璃终归与其他人是不同的，不论她认或是不认，知或不知，霍毕心里都知道，她一直是父亲心中牵挂的人，也是父亲心中至交好友遗留世上的唯一的血脉。

他霍毕可以不做磊落君子，但他日九泉之下，他不可无颜面对父亲。

不过，既然萧璃对自己的境况这般清醒，霍毕也不介意多一个盟友，护一护她。若裴晏所说属实，萧璃也不是在他面前做戏，那么至少证明，父亲心中牵挂的那个人，在长安城中同样记得他。

见霍毕终于松了口，萧璃的眉目明显放松了，整个人又变成了在外时那轻佻不羁的模样。

霍毕见了，心中暗暗好笑。

清醒确实清醒，小姑娘也确实是小姑娘，这般沉不住气。

"虽说不太可能，但有些事我还是先问明白比较好。"又喝了一口茶，萧璃放下茶杯，说道，"霍将军，你可有什么人生挚爱、心中明月？可有与人许下白首之约、终身之盟？"

"没有如何？有又如何？"霍毕挑眉，问。

"我原来看书中写的，有些男子，或因国仇家恨，或因家族利益，总之因着千奇百怪的原因，需要与旁的女子缔结婚约，背弃原本心中所爱。那男子心中痛苦，不承认自己无能懦弱，只认为自己有苦衷，一切皆为不得已。痛苦着，痛苦着，便将一腔怒火发泄在与他缔结婚姻的女子身上，认为是她毁他终身幸福。"

霍毕：这都是什么跟什么？

听入戏的袁孟：这男子当真是个懦夫！

齐军师：哪里的话本子，有点儿想看。

"你我将来的婚事也大抵是这样，不过是形势所迫，各取所需，权宜之

123

计。"萧璃说着,"所以我想先确认一下,我可不想背负莫名其妙的怨恨。"

"若我说我有这么一个女子,你便要放弃与我结盟吗?"霍毕问。

"虽说你是我的最优选择,可也不是唯一选择。我对你来说亦是如此。"萧璃说,"若你心中已有所爱,且有白首之约、终身之盟……那还是不要做怯懦之人,辜负他人了吧?"

袁孟:"我就说,这个公主将军可娶!"

林选征和齐军师也点头。

"况且,这世道于女子来说尤为不易,我固然想要得到将军帮助,却不愿因此毁了旁的女子一生。"萧璃的目光清澈见底,声音平静。

霍毕看着她,觉得她并不在乎他是否为怯懦之人,最后这句才是她真正在意的。

这世道于女子而言更为艰难,而萧璃在意那个素未谋面,甚至不知是否存在的女子。

"所以,将军的回答呢?"萧璃问。

"公主殿下还是少读些话本子吧。"霍毕瞟了一眼萧璃,凉凉说道,"我本无意婚娶,也没同什么人有过白首之约。哦,不对。"

萧璃闻言,瞪大眼睛。

"今日倒是有个身份高贵的姑娘,跑到我面前来要我娶她。"看到萧璃着恼的脸色,霍毕又悠悠改口,"哦,口误,是结盟。"

萧璃忽略了霍毕后面那句,嘀咕道:"想也不会有什么女子喜欢你吧。"说完,还翻了个白眼。

就这般不肯吃亏吗?霍毕失笑。

他见萧璃非要逞这口舌之利,想了想,决定不跟小姑娘计较。

"那公主殿下呢?"今日天气不错,霍毕的心情也难得不错,起了闲聊的心,随口问道。

"我什么?"

"你可有什么此生挚爱、心中明月?"霍毕将这句话原封不动地还给了萧璃。

他本没指望萧璃会回答,只是随意调侃,却见萧璃缓缓地坐直了身子。

"既是要缔结婚姻之盟，那萧璃当据实以告。"

此时一阵风吹过，扬起了挂在亭子三侧的帘，萧璃抿抿唇，使原本嫣红的唇失了血色，开口认真说道："我确有心仪之人，但以我之境况，注定与他无缘，故而从未言明心意。"

霍毕心有微讶。

而这话说完，萧璃原本严肃的表情消散，复又显出了有些调皮，还有些甜的笑容，微微歪头，说："所以说，嫁给将军，我不算负心之人，要负，也不过负了自己。我清楚我的选择，不会像话本子中的怯懦之人一样，最后怨天怨地怨将军的。"

说到这儿，萧璃故作轻佻之色，眼波流转，道："况且，谁知我这份喜欢能留多久。书上都说了，下一个郎君，总是更好的郎君！"

这一通乱打，让霍毕都分不清楚哪句是真哪句是假。

不过……

"殿下。"霍毕揉揉眉心。

"怎么？"

"殿下当真该少看些话本子了。"

送萧璃出府时，霍毕想，萧璃与那南诏质子令羽志同道合，意气相投，郎才女貌。若不考虑身份地位，确实是天作之合。

可偏偏这世间之人，最不能不考虑的便是身份地位。且令羽和萧璃，中间隔着国仇，隔着家恨，隔着昆州一役战死的几万将士。

这世上萧璃可选择任何人，却独独不能选令羽，也难怪她连心意都无法言明了。

想到这儿，霍毕叹了口气。

迈出霍府的大门，萧璃见自己的马已被牵来，便回身对霍毕说："就到这儿吧，将军无须远送。"

"公主保重。"霍毕颔首，道。

"哦，对了。"翻身上马，萧璃拽了拽缰绳，然后扭过头，居高临下地望着霍毕，扬起了一个有些坏的笑容。

霍毕直觉不好。

"我毕竟也是霍统领亲自鉴定，习武天赋要高过你的人。"说到这儿，萧璃俯下身子，凑近霍毕，说，"那么近的距离藏着三个人，将军不会当真以为我发现不了吧？"说罢，萧璃得意地扬了扬下巴，说："将军可别小瞧了我！"

已经鬼鬼祟祟跟到大门后的三个人闻言一惊。

接着，他们就听见萧璃大笑着说："不过也多亏了他们，叫我知道府上还是蛮欢迎我的。哎，谁叫本公主这么讨人喜欢呢？"说罢，也不等霍毕回话，径自驾马离开。

"将……将军？"偷听到最后才知道早就被发现了的三个人一时间从头尴尬到脚。见萧璃已走远了，这才犹犹豫豫地走到霍毕身边，期期艾艾地叫了声将军。

霍毕闭着眼睛，深吸了一口气，不想搭理这三个人，直接转身回府！

"林选征和袁孟，自即日起，训练加罚一倍。军师，每日校场多跑五圈！"

霍毕的声音远远传来。

唉……完了……

齐军师、林选征和袁孟站在门口，垂头丧气，楚楚可怜。

马上，萧璃已走出了一段距离。回头看一眼，霍府早就离远了。萧璃闭上眼睛，轻轻地呼出了一口气。

这人啊，对轻易得来的答案大多会质疑，尤其是在对提供答案之人并不信任的情况下。可若是对再三追问得出来的答案，就会多相信那么一些。

她回忆霍毕的神色，他应该是接受了自己的说法。

而且萧璃也没有欺骗霍毕。

她确实得到了消息，不愿也不能嫁给显国公世子，这些是事实。

甚至，她有心仪之人，一样是事实。

只是不是全部的事实罢了。

萧璃用力搓了搓自己的脸，自嘲一笑，她自觉现在就如同戏台上的戏子，有时，已经演得不知是真是假。

坊间传来食物的香味儿，应该是卖暮食的食肆和小摊开摊了。萧璃突然

有些想吃怀贞坊的烧鸡，看了看天色，便打算骑马过去。

抬起头，却看见离自己不远的前面，立着一匹雪白骏马。

那马萧璃很熟悉，毕竟一同打猎，也一同打马球，还无数次郊外赛马。

她目光上移，令羽在马上，注视着萧璃，似乎已有一段时间了。

见萧璃看见了自己，令羽微微笑了。

一黑一白两匹骏马并驾而行，街上有归家的百姓和出摊的小贩，所以萧璃、令羽两人也都没有策马，只任马儿随着自己的节奏慢悠悠地走着。

萧璃偏头，仔细地看了看令羽。

也不过两日不见，他好像憔悴了不少，下巴上也冒出了青色的胡楂，看起来已几日不曾好好打理。

虽然令羽从来不肯承认，但萧璃知道他相当看重自己的外貌。令羽曾经一本正经地对她说："你瞧绣鸢写的话本子里，那被人救了性命的小娘子，遇到好看的才会以身相许，不好看的都是来生再报。由此可见外貌的重要性。"

像今日这般胡子拉碴的样子，萧璃与他相识这些年，一次都没见过。

"阿璃，我可否……问一下你是如何得到南诏消息的？"令羽犹豫了一下，还是问出了这个有些出格的问题。

"也没什么。"萧璃握着缰绳，说，"郭宁她某一夜去探了探南诏王宫。"

"她闯了南诏王宫？"令羽难以置信。

"是啊，还活着逃出来给我传了信。"萧璃沉吟，道，"以她的武功，在不动用易容术的情况下，竟可以出入南诏王宫如出入无人之境。令羽，这件事本身就已经告诉你很多讯息了。"

是啊，萧璃说得没错。他知道郭宁的武功深浅，寻常情况下，根本不可能不惊动王城卫。能这般轻松，只说明一件事，南诏王宫，乱了。他那征战一生的父王，对南诏王宫已经失去了掌控力。

"阿璃，你可知收复云岭七州乃我父王一生所愿。"令羽长叹一声，说，"只为了君王一愿，葬送了我三个舅舅，还有数万大好儿郎！就，只为了君王一愿！"

"所以呢？"萧璃面无表情，问。

"所以，我只想离那一切远远的。"令羽自嘲地一笑，说，"我知道我若回去，父王定会要我承他志向，与大周为敌。我外公身为南诏护国大将军，一生对我父王忠心耿耿，昆州之战后，对大周恨之入骨……可能我确实懦弱，只想着眼不见心不烦。我不愿承我父王志向，也不愿对大周发兵，不愿生灵涂炭，最不愿，我治下百姓因我而死。"

不知不觉，他们已走到一片荒芜的树林。萧璃猛地一拉缰绳，连人带马一起停下。

"怎么了？"令羽又往前走了一步才停下，他看着在后面一动不动的萧璃，掉转马头，与她相对而站。

"令羽，你可知为何你那两个王弟会在南诏斗得你死我活，不分上下？"萧璃的面色冷如冰霜，是令羽从未见过的样子。

"为了……南诏王位？"令羽犹豫道。

"自然是为了王位，可之所以要如此争斗，是因为他二人皆名不正言不顺，才要争得破了头，才要争得你死我活。他们心知肚明，南诏唯一万众归心，可以名正言顺继承王位而不挑起过大纷争的，是中宫王后嫡长子，护国大将军外孙，为了南诏安稳入长安为质五年的你！"

令羽怔住。

萧璃继续说："我来告诉你，你那两个好弟弟会做些什么。待某一个胜了，不论哪一个，登基之后便会立刻以'承父王遗志'之名，撕毁盟约，向大周发兵。其目的有二。一、使你于长安无立足之地，最好能逼得大周皇帝杀了你祭旗，从此南诏再无正统继承人。二、在作战之际，趁机收拢兵力，剪除另一方人手，最终巩固王权。

"令羽，你想逃？你身为一国王子，根、本、逃、不、了！"

令羽愣愣地看着萧璃，嘴张开又闭上，却什么都说不出。

"当然。"看着令羽的表情，萧璃冷笑，"你令绝云武功高强，想离开长安，去一个远离南诏的地方隐姓埋名了此残生怕也不是什么难事，但是，你要记住。"

萧璃盯着令羽颜色浅淡的瞳仁，一字一顿地说："他日南诏挑起纷争，边境生灵涂炭，水深火热……皆是你令绝云一、人、之、过！"

萧璃的语气冷淡且残忍。

"绝云气，负青天……你也不过只是负起自己的青天罢了。"

休沐日，东宫。

书房里，太子看着不远处的萧璃，她飞速地把各地奏折分门别类地码好，神色专注。

太子轻叹一声，开口："阿璃。"

"嗯？"萧璃把目光从满目的奏折上移开，看向太子，见他又面带病色，皱皱眉，说："阿兄，最近又没有好好休息吗？"

"你……"太子失笑，说，"你还管起我来了？"

"你不好好养身体，我自然是要管的。"萧璃理直气壮。

"都被你带偏了。"萧煦揉揉眉心，然后问，"霍毕他答应了？"

"看样子是的。"萧璃面色不变，说，"于我无害，于他有利，为何不应？"

"你……"太子犹豫，问，"当真要如此吗？霍毕也并非好相与之人。这一步迈出去，就无回头之路了。"

"阿兄。"萧璃放下手中的奏折，走到萧煦的面前，在他身边跪坐而下，像小时候那样，睁着琉璃·般的眸子望着他，轻声说，"从六年前开始，我就已经没有回头之路了。"

萧煦看着萧璃，久久不能言语，声音亦染上悲色："是阿兄无用。"

是他无用，从一开始就没有护好阿璃，让她目睹那件事情。他宁愿萧璃真的是一个每天只知胡闹闯祸的公主，也好过像如今这般。

有时他甚至会责怪母后，为何一定要让萧璃知道，还是以那样的方式？

"阿兄，你和皇后娘娘已经将阿璃保护得很好了。"萧璃抬眸，认认真真地说，"从今往后，我也想护着你们。"

大明宫，立政殿。

"此为上月尚宫、尚仪、尚服、尚食、尚寝、尚功六部明细记录，请皇后娘娘过目。"杨蓁躬身，向皇后呈上六部记录汇总。

大明宫内设尚宫、尚仪、尚服、尚食、尚寝、尚功六部，其中以尚宫局为尊。在后宫没有皇后时，便是尚宫掌管整个后宫，其地位甚至高过一般宫妃。

现在的老尚宫在宫内兢兢业业地做了三十年的女官，已到了出宫荣养的年岁。今日她身体不适，告了假，便由杨蓁代她来向皇后娘娘回禀宫务。左右，各部记录汇总之事，半年前便已由杨蓁代替老尚宫来做了。

皇后接过身边掌事女官递上来的汇总，放在身旁，说："你做事向来谨慎，想来不会有什么错漏。"说罢，皇后浅浅地饮了一口茶，继续说，"待老尚宫的子侄将她养老的府第修好，她便会卸任离宫，到时就由你来接替尚宫之职。"

"谢皇后娘娘。"杨蓁行跪礼，谢恩。

"按照宫规，新的尚宫上任，也当去向陛下谢恩，你到时好好准备一下，陛下素来更器重端庄持重之人。你既然求了阿璃进宫做女官，应当有你想做之事，望你坚守本心。"皇后放下茶杯，淡淡地说。

杨蓁垂眸，脑中回想着皇后的装扮。

整座大明宫，大约找不出第二个如皇后这般端庄持重之人了。皇后重礼，行事稳重，挑不出半点儿错处，得荣景帝敬重。即便是四年前杨氏获罪，也没有牵连到她，皇后之位依旧坐得安稳。即使范贵妃椒房独宠，仍未动摇后位半分。

杨蓁微微一笑，俯下身，叩首："杨蓁谢皇后娘娘指点。"

大明宫，春华殿。

"陛下尝尝，这是陛下昨日赏的葡萄，妾叫人冰镇了，可甜了。"涂着红色蔻丹的纤纤玉指拿起一粒葡萄，递到了荣景帝嘴边。

荣景帝抱着范贵妃，目光从她上挑的眼尾，落到丰润的胸口，然后一口吞下嘴边的葡萄。

"比起葡萄，朕倒想吃些别的。"咽下葡萄，荣景帝轻笑一声，说道。

"陛下还想吃什么？妾叫宫人去备。"范贵妃睁着柔媚的眼睛，痴痴地看着荣景帝。

荣景帝低下头，凑到范贵妃的耳边，低低说了句什么。

范贵妃一下从脸红到了脖子，羞恼地捶了一下荣景帝，娇嗔："陛下荒

唐！"

荣景帝哈哈大笑一声，接着抱起范贵妃，大步迈进内室。

候在外面的宫人垂着头，红着脸，轻轻关上宫门，并吩咐内侍去准备热水。

很多的热水。

或许因着最近萧璃总是在霍毕面前提起他小时的丑事，这一夜，霍毕破天荒地梦见了离开长安之前的事。

这感觉很奇怪，霍毕恍恍惚惚知道自己是在梦中。他不是梦中人，也无力左右梦境，只能在梦中看着。

他看见小时候的自己穿得整整齐齐、干干净净，蹲在地上摆弄着石头，假装那些石头是交战的两军，自己是大将军，玩得正开心。

他一看便知道这是什么时候，因为他儿时很少会那般干净整齐。

"你在干什么呀？"一个故作稳重实则奶声奶气的声音在耳边响起。

突然被打扰，小霍毕觉得有点儿烦，扭头看去，见身边不知何时站了一个粉雕玉琢的小女娃。

这个小女娃穿得金尊玉贵，努力板着脸，但因着她胖乎乎的又只有三头身，所以显得特别可爱。

"你是谁？为什么在我家？"看在她很可爱的分上，小霍毕没有无视她，问道。

"今日是师……霍统领的生辰，我随父……父亲、母亲来贺寿呀。"小女娃认真说。

"哦，来拍老头子马屁的。"听见答案，霍毕瞬间没兴趣了，又扭回头看他的石头。

"你还没说你在干什么。"小女娃蹲下身，伸手戳戳小霍毕的石头。

"你别乱动！"小霍毕急道，"这边，是我们大周军队，那边，是北狄军队。"

"噢。"小女娃不出声了，托着胖乎乎的脸安静看他摆弄。

见小女娃不吵不闹，小霍毕颇为满意，又起了炫耀的心思，说："我大周兵强马壮，若北狄敢来犯，必诛之！"一边说，一边拿着代表"大周"的石头冲破代表"北狄"的石头。

小女娃看着那一大堆"大周"和那么几块"北狄"，问："是北狄来进攻我们吗？"

"当然。"

"可我们有这么多兵，将近十倍于北狄，他们为何要想不开寻死？"小女娃指着石头堆，问。

"这……"小霍毕语塞，转而说，"是我们反击！"

"可是《孙子兵法》里面说十则围之，五则攻之，倍则分之……你有这么多人，为何不围之？"小女娃按照书里讲的，继续发问。

小霍毕目光呆滞了那么一刻。他很想说这小女娃什么都不懂，净瞎说，可又隐约想起来这话那姓裴的老头好像也给他说过……

"小哥哥，所以你为什么要强攻呀？"小女娃拽了拽他的袖子，锲而不舍地问。

在那一瞬间感觉到自己被某种东西碾压了的小霍毕恼羞成怒，看这小女娃也不可爱了，一把推开她，转身跑了。

跑了……

霍毕看着儿时的自己，傻了。

这个时候他忽然觉得，他小时候没被他爹打死，着实是他爹脾气好。

他回过头看了看远处被推倒在地的小女娃，见她并没有哭，只是面上有点儿呆，似乎不明白自己为什么突然就被推了。

之后，霍毕就醒了。

霍毕睁着眼睛，瞪着房梁，破天荒想拿被子把脸捂起来。

只说了他将她推倒，萧璃当真是给他留面子了。

看来他确实得对她好些。毕竟当年之事，她若是如实跟他父亲说了，他霍毕怕不是得被他爹打死，就活不到这么大了。

深吸一口气，霍毕起身，穿戴洗漱好，走去校场。

"袁孟！来跟我对练！"

"是，将军！"

裴府。

"公子。"书房门口,侍从梅期轻唤裴晏。

"进来。"裴晏放下手中毛笔,伸手接过梅期手中的信。

梅期递了信之后就一直低头候着,他耳中听不见什么声响,余光却瞄见公子那骨节分明的修长手指逐渐捏紧。

梅期咽了咽口水,心想也不知这信里写了什么,应当是大事。

半晌过去了,裴晏终于开口:"我知道了,你下去吧,把鹤梓叫来。"说完,便又提起笔,不知在写些什么。

"是,公子。"

"哎哟,哎哟喂,林选征你轻点儿!"花厅里,袁孟赤着上身歪着,林选征在旁边给他上药酒。虽说这里是霍府后院,不过整座霍府就连灶头上的都是大老爷们儿,袁孟也不怕被人看见。

"袁大哥,你给我上药酒时可是说过,不用力的话可推不散瘀滞。"林选征一脸的纯良,说。

"哎哟,谁知道将军今早发什么疯,这下手也忒狠了。"袁孟一滞,继续絮絮叨叨。

"可是袁大哥,上次我被将军操练的时候你说不是将军下手狠,是我自己实力不济呀。"林选征继续说。

袁孟:小老弟你到底怎么回事?

在一旁看热闹的齐军师闻言偷笑,这时,清洗完毕的霍毕走了进来。

"将军。"几人连忙行礼。

霍毕摆摆手免了他们的礼,几人落座开始吃早饭。霍府没什么食不言寝不语的规矩,袁孟转了转眼珠,开口问:"将军,你怎么想的啊?"

"什么怎么想的?"

"就昨日公主的提议啊。"袁孟嘿嘿一笑,说。

霍毕知道袁孟是故意打趣他,却也没恼,反倒是沉吟了片刻,转头问齐军师:"你怎么看?"

齐军师不紧不慢地咽下口中的粥,擦了擦嘴,方才说:"若将军不介意公主殿下'有心仪之人'，这婚约自然可结。"

霍毕刚想嗤笑，说他有什么可在意的，便又听见齐军师说："毕竟，萧氏皇族多情种，也并非什么秘密。"

"什么？"袁孟向来喜欢听这些有的没的，眼睛一下子亮了，这下子连粥都不喝了，问，"军师，详细说说，快！"

就连霍毕也向齐军师投来诧异的目光。齐军师装模作样地咳了咳，摸摸胡子。

"军师，喝茶，您喝茶。"袁孟讨好地说。

"这……我大周开国皇帝，与其发妻相守一生，传为佳话。这事儿当无人不知吧？"

几个听众并无讶异神色，这事儿确实众所周知。

"我大周自开国以来，较前朝来说，后宫一直空虚。传至第三代景帝时，景帝也一生只娶一位皇后。"齐军师继续说，"待到了先帝，在迎娶先皇后、先皇后诞下长乐公主之后，更是在朝臣劝谏广开后宫以诞下皇嗣之时，直言此生不二色。"

那便是萧璃的父皇和母后，霍毕心中暗自想。

"先帝膝下只有公主殿下一女，视若珍宝。现下看来，当初先皇怕是做着让长乐公主殿下继位的打算。"齐军师摸着胡子，幽幽说道。

霍毕想到了先皇给萧璃请的启蒙师父，心想军师所言，怕真是先皇所想。

"女子继位？"袁孟瞪大眼睛。

"女子有何不可？"齐军师摸着胡子的手一顿，瞪了一眼袁孟，又继续说，"当年护国大长公主护佑幼帝长成，对内吏治清明，对外护卫河山，何其英明神武。虽说是景帝亲政后一意孤行，破例追封大长公主为武帝，可谁能说一句大长公主不配？有护国大长公主先例在前，以先帝对朝堂的掌控，想让长乐公主登基应当不难。"

行吧，这又是一个公主的拥趸。袁孟咧咧嘴，不说话了。

"可惜天妒英才。"齐军师叹了口气。

"那为何先帝去前会传位给当今圣上？"林选征问道。

"主弱臣强，本就为大忌，更何况公主身为女子，若年幼继位，怕是更为艰难。"霍毕回答，为人父母，应当更想子女安宁一生，"况且，先帝不仅是公主的父亲，更是大周天子。行事当为江山社稷考虑，而非一己之欲。"

"其实，有件事现在回想起来，怕也是先帝用心良苦。"齐军师沉思片刻，说。

"何事？"袁孟追问。

"先帝驾崩前一年，宣召了今上嫡长子，也就是如今的太子殿下进京。当时有人猜测是先帝忌惮在南境领兵的兄长，所以才让他的嫡长子进京为质。可太子殿下进京后先帝便将其带在身边，随身教导，更是让裴晏做其伴读。现下看来，未尝没有知道自己天不假年，故而培养储君的意思。"

"我说……"袁孟摸着下巴，面色深沉，"老齐啊，先帝驾崩时你也不过才二十几岁吧，怎么知道这么多朝堂之事的？"

齐军师的手一僵，然后有些尴尬地说："都说了我是落榜的举子，屡次不中。这读书人之间，你不懂，最爱议论朝堂之事。我当年就在长安，知道这些有什么奇怪的。"

"还读书人的事我们不懂，老齐，我看你就是这些杂七杂八的东西了解得太多，才屡第不中的。"袁孟挤对道。

"这……哈哈……说得也不无道理。"齐军师尴尬一笑。

"哎，好了好了，我是开玩笑的哈，军师别在意。"见军师真的尴尬，袁孟连忙补救。他们四人可是四年前刀山血海杀出来的交情，可不能让他嘴贱破坏了。

他和林选征自是一早就跟着将军了，不过那时候将军还是少将军，而齐军师则是在北境危急时来投的。那时老将军刚战死，有能力的人早就往南逃了，也不知老齐是怎么想的，竟在那时找了来，为他们出谋划策。

当时他们所剩人手不足两万，惶惶如丧家之犬。说实话，军师建议于澜沧山设伏阻拦北狄时，他觉得军师简直疯了。

不知为何，军师认为朝廷一定会援军。

出战之时，袁孟以为他们是要埋骨澜沧山的。

幸好，幸好，他们最终还是等到了朝廷的援军。

袁孟一边感慨，一边猛地想起来："对了，我们到底是为什么要讨论皇室来着？"

噢，想起来了，公主！

袁孟、林选征、齐军师一同看向霍毕，等待他的回答。

霍毕清了清喉咙，说："我对公主亦无男女之情。既是合作，她是否有心仪之人，与我无关。"

"哈！"袁孟一拍手，说，"等公主殿下嫁过来，我可以跟她比武，还可以赛马！还有她那匹乌云骥，当真是百年难得一见的良驹，不知道殿下能不能看在将军的面上，让我摸下那马儿。"真是开心得仿佛是他要娶新妇。

齐军师闻言，又瞪了他一眼。

真是荒唐。

○

第
七
章

○

春
猎
惊
变

平康坊，清音阁。

好不容易寻到了个空隙，崔、吕、王、谢四人又一次相约清音阁，去听嫣娘的琴。

嫣娘走进隔间时，不着痕迹地环视一圈，才问："阿璃还不曾来吗？"

"我就说嫣娘最喜欢的是阿璃。"王绣鸢连忙吞下嘴里的点心，对崔朝远和吕修逸说。崔朝远倒是无所谓，吕修逸则陷入了失落的黑云之中。毕竟他一向视嫣娘为知音的，往日他不曾来时也不知嫣娘会不会特地为他一问。

"阿璃她啊，重色轻友，今日怕是不会来了。"王绣鸢皱皱鼻子，说。

"阿璃若知道你背后这般说她，春猎定不会给你捉兔子了！"崔朝远嗤笑道。

看见王绣鸢和崔朝远又开始斗嘴，嫣娘把目光投向了唯一看起来还正常的谢娴霏。

"阿璃此刻怕是正被太子殿下押在东宫读书。"谢娴霏慢悠悠地说，"你知道的，前阵子她又被陛下罚了。"

"原来如此。"嫣娘浅笑。

"不过，绣鸢说得也不算错。"谢娴霏继续说，"阿璃最近得了空闲都不找我们玩耍了。"

"就是就是，阿璃为什么总去找镇北公，就因为他武功更好吗？"王绣鸢接着说，言语间颇为愤愤。

"好了，马上便是春猎，到时候你就能见个够了！"崔朝远受不了地开口道。

"春猎？"嫣娘问。

"是呀！往年春猎阿璃都会给我捉兔子，运气好的话，还能捉到狐狸。"王绣鸢开心地说，"我最喜欢春猎了，你不晓得，阿璃骑着她的乌云骥、手

持弯弓射箭时……啊！我每每看到，都心动得不能自已！"

"行了，你也稍微收敛点儿吧！"想到萧璃又要在春猎上大出风头，崔朝远又开始了日常饮醋。

正被几个人念叨的萧璃在东宫打了个喷嚏。

今日是大朝会，太子要去上朝。上朝之前太子把萧璃叫了来，还布置了功课。

萧璃一大早赶来东宫，连早膳都还未用，就要在东宫做功课，当真是苦恼。若非陈公公给她拿了些吃食，她怕真的要饿死累死在东宫。

就在刚刚，萧璃美美地用了午膳，正在花园里消食儿，冷不丁地连打了几个喷嚏。

"又是谁骂我？"萧璃揉了揉鼻子，嘟哝着。

"你怎么还是老样子？"带着温柔笑意的声音响起，"打喷嚏就是有人骂你？为何不是着凉了？"

听到这个熟悉的声音，萧璃的眼睛微微睁大，立在原地不敢动。她看着身披大氅，虽带着一丝病容却难掩英气的女子，半晌，才期期艾艾地开口："墨姐姐……"

杨墨走近，看着萧璃，笑着说："小阿璃又长个子了啊，都已经跟我一般高了。"

她说话时是笑着的，可是语气带着一丝怅惘。

萧璃的眼圈一下子红了。

她小时候最爱听的话就是"阿璃又长个子了"，每每听到，都能开心得多吃一碗饭，因为等她长高了，就可以跟墨姐姐比武了。

五年前，她最爱做的事情就是跟在杨墨身后舞枪弄剑。

墨姐姐的枪法剑术皆承自岭南杨家，刚猛暴烈，气势逼人，正是萧璃最爱的那一款。

那些日子，萧璃和裴晏总是会跟着太子兄长去寻杨墨。太子和裴晏课业重，四人便常常练武的练武，该读书的读书。

裴晏手不释卷，无论何时何地都能专心投入。太子却总是会被自家表姐吸引了注意力。然后寻些事情由头去同杨墨说话。

　　每每那时，萧璃总觉得有些没眼看，还隐约觉得她阿兄有点儿丢人。她坐在裴晏的书案上，晃悠着小短腿，低声问："阿兄若是没完成功课，挨罚的是你还是阿兄啊？"

　　毕竟裴晏是太子的伴读，看兄长的傻样，萧璃很担心裴晏因为太子完不成太傅留的功课而被惩罚。

　　裴晏慢悠悠翻了一页书，说："太子殿下不曾完不成功课。倒是你，抄完书了吗？"

　　"早背下来了，抄什么抄？不抄！"萧璃自觉相当霸气地挥了挥胳膊。可无奈胳膊略短，霸气没看出来，可爱倒是有八九分。

　　裴晏眼中溢满笑意，摇了摇头，不再说话了。

　　杨墨每日苦练弓马枪剑，日思夜想着要去南境同她父兄共同御敌，做个威风凛凛的女将军。

　　萧璃也一样醉心武学，总是仰着头追问："墨姐姐，我何时才能像你一般厉害？"

　　杨墨俯下身点了点她的鼻尖，宠溺地笑道："小阿璃武学天赋远胜于我，只要不松懈，勤学苦练，等你长到我这么高时，定能超过我了！说不定呀，还可打遍长安无敌手，二皇子殿下再也不能欺负你。"

　　萧璃听得正心花怒放，就听裴晏凉凉的声音："长到杨大小姐那么高？"说罢，他看了下萧璃现在的身高，诚恳道："怕是有些难。"

　　萧璃将拳头紧了又松，松了又紧，最后深吸一口气，转头问太子："阿兄，我可以揍他吗？"

　　太子正忙着忍笑，裴晏却又说话了，依旧是平静却惹人烦的语气。

　　"我的殿下，若你习武只是为了欺凌手无缚鸡之力的书生，那便……打吧，左右我也不能还手。"裴晏摊了摊手，无奈说道。

　　从第一日扎马步便被霍统领定下规矩不可欺凌弱小的萧璃被裴晏这一句话噎得极为憋屈，却又不得不咽下这口气，最后只能恨恨地一跺脚，扭头跑开了。

　　"裴晏啊裴晏，你说你总欺负阿璃做什么。"太子头疼不已，却又在心中暗暗觉得气鼓鼓的小阿璃可爱极了。

自那以后，萧璃更盼着长高，好去跟墨姐姐比试，却未承想……

再也不会有那一日了。

这个世界上已经没有那个一心做女将军的骄傲的姑娘了，只有东宫不起眼的角落里一个卑贱的侍妾，甚至连姓氏都不配拥有。

而这，已经是兄长倾尽全力才勉强保下的杨家最后一丝丝血脉。

"我如今刚过十五岁，还会继续长高呢。"萧璃吸吸鼻子，努力扬起一抹笑，说道。

"我听闻你已经打遍长安无敌手了？"杨墨笑了笑，打趣道。

萧璃也没问这听起来就不是什么好话的话是谁说的。"离打遍长安无敌手，嗯，还差了那么一二三四个人。"萧璃倒也没有反驳，而是乖乖地说。

只站在庭院中聊了一会儿，杨墨便面露疲色。萧璃连忙扶着杨墨，将她送回了她居住的那处院落。一直等到那小院子的院门被侍女关上，萧璃努力维持的笑容才骤然消失。

她转身，抬眼看去，萧煦就站在她的身后，望着那间院子，久久不愿移开目光。

他的目光让萧璃觉得，他想把一切都放弃，只为了能走进那个不起眼的小院子，看那院中女子对他张扬地笑。

可事实是，他 步都不敢再靠前，而那个女子，也不会再对他笑。

"阿兄。"萧璃默默走了过去，以她如今的武功内力，自是早就知道萧煦的存在，可墨姐姐却半点儿察觉都无……

"回书房吧。"萧煦收回目光，仿佛什么都没有发生一样，对萧璃温和地笑了笑，说。

萧璃抿抿嘴，点头说好。

回到书房，萧煦的目光从屏风上扫过，接着关上了门。

回过身，萧煦又是往日那个端方的储君，公主的好兄长了。他对萧璃说："阿璃，你的婚事，我和母后都不能开口，你明白吧？"

萧璃点头，她当然明白。

她的婚事必须是荣景帝自己的决定，兄长和皇后娘娘插手，反倒会弄巧成拙。

"怎么做，你心中可是已有了章程？"萧煦问。

"阿兄，我心中有数。"萧璃回答。

萧煦知道萧璃自小聪慧，见她如此，便也不再纠结于此。他咳了咳，目光落在远处的舆图上，想了很久以后，开口道："阿璃，或许你该离开长安了。"

萧璃闻言一惊："阿兄说什么，我怎么能……"

"阿璃。"萧煦没有在意萧璃下意识地拒绝，他收回的目光落在了萧璃的脸上，平和而深邃。

"你应当出去看看。去看看我大周的秀丽河山，黎民苍生，去看看百姓的喜乐苦悲，去看看农夫、兵将、走商、匠工，看他们因何而喜，看他们因何而悲。若都不了解，又何谈心怀苍生呢。"

"我……"萧璃咬着嘴唇，不肯应声。

前些日子是她赶别人离开长安，今日就变成了兄长赶自己。

何其可笑。

"这是你父皇曾经对我说过的话，现下我原原本本地说给你听。"萧煦见萧璃别扭的样子，笑了。

"那宫中怎么办……"

"你便是一直留在这里，又能有什么办法呢？"萧煦叹了口气，上前抚了抚萧璃的头发，温声说，"去看看这个世间吧，阿璃，别被困在长安城里。长安有我，宫中有母后，不会有事的。而且，"萧煦低下头，对萧璃眨了眨眼睛，说："离开便是一个天然的屏障，你也无须这么快便定下婚事。"

离开东宫时，太阳已经将落未落。萧璃骑在马上，走出几步复又停下回头看。

夕阳下的东宫，仿若一只沉睡着的怪兽，等着吞食来往过客。

深吸一口气，萧璃扬声："驾！"

不论如何，先过了春猎再说吧。若令羽决定回南诏，春猎是他最好的也是唯一的机会。

到时，还有一场硬仗要打。

"又是一年春猎时！"范烜，也就是之前被萧璃胖揍了一顿的显国公二公子，站在自家校场的兵器台上，双手叉腰，大声喊道，"去年因伤遗憾错过，今年我定要大显身手，给那些贵女瞧瞧，到底谁才是英俊少年郎！"在他身前不远处，立着一个草靶，上面有几支正中红心的羽箭，正是范烜射出去的。

这段时间在家养伤，范烜显然没少训练弓马箭术。

"二公子去年为何没去春猎？"在校场边上候着的小厮们交头接耳。

"二公子去年被公主殿下打了脸，故而在家养伤。"另一个小厮低声回答。

"原来如此。"问话的小厮恍然大悟，看来是二公子觉着丢人，才没去春猎的。

毕竟公主殿下跟二公子打架都是按照季度来的，就像那猫儿狗儿换季要掉毛一样。若是有些日子二公子没有鼻青脸肿、骂骂咧咧地回府，府中小厮都会觉得奇怪。

当然，那伤总是看着吓人，实际不过皮肉小伤，连伤筋动骨都不曾，可见公主下手还是有轻重的，所以显国公和世子范烨见过一次后，就再没管过范烜，任他被萧璃摔摔打打。

毕竟，这事儿说出去也是他们没脸。而且范烜也是轴，明知道打不过，偏还要往上莽。

这时，一个小厮飞快地跑进校场，直奔范烜身边。

"二公子，打……打听出来了。"小厮跑得上气不接下气，一边说还一边大喘气。

"哦？"范烜一听，立刻跳下兵器台，问，"打听出来萧璃那日打算做何打扮了？"

春猎时，仪仗队伍都会自朱雀门集结，西行自开远门出城，行上两日方能抵达皇家猎场。

每年这时候，长安城里，路两侧的茶楼酒肆都会被看热闹的小郎君小娘子们占据，也是长安这些王孙贵胄、五陵年少展现自己英俊潇洒的好时机。

虽说大家表面都云淡风轻，仿佛一点儿都不在意小娘子们的欢呼雀跃，但实际都在暗暗比较到底是谁接到的香包、绣帕更多一些。

范烜去年脸上受了伤，赌气没去春猎，后来听兄长说萧璃骑着她那匹汗血宝马很出风头，竟然收到了不少的香包、绣帕！那时范烜就暗暗较起了劲儿，心想今年他一定要好好准备，要艳压群芳，不，超群绝伦！

当然，兄长说过了，知己知彼方能百战百胜，所以他提前叫小厮去打听出城那日萧璃的着装打扮，打算从头到脚都压过萧璃！让她知道谁才是长安城最该被追捧的贵公子！

看着范烜满脸兴奋一溜烟地从面前跑过去，一个做妇人打扮的年轻女子轻轻皱起眉头。

"他又要做什么？"年轻女子转头看向显国公世子范烨，问。

"八成又是什么胡闹的点子。长姐不知，他这些年来越发胡闹了。"范烨揉揉眉心，对女子说。

这个年轻的女子便是显国公的长女范烟，三年前嫁给了江南道的一位洪州刺史。如今夫君回京述职，她自然也随夫君一同回长安探亲。

"罢了，他胡闹也不是一日两日了。"范烟叹了口气，对范烨说，"走吧，父亲还在等。"说罢，率先往书房方向走去。范烨点头，随即跟上。

出发当日，范烜早早地找到他的小伙伴，安阳王世子萧燕。这对难兄难弟前阵子一起被萧璃打了一顿，之后养伤的养伤，禁闭的禁闭，竟然再没见到对方，所以今日一见，便格外亲切。

两人互相打量一番，都在对方身上看出了精心打扮的痕迹，故而了然地相视一笑。

范烜一身宝蓝色骑装，配着纯白的高头大马，相当地惹眼；萧燕则是玄色胡服，骑着枣红色的马，身边还跟着一条看着很是威风的猎犬。

"对了，我听说萧璃跟令羽闹翻了？"萧燕凑近范烜，压低声音问。

"真的？听谁说的？"范烜眼睛一亮。

萧璃那群狐朋狗友里面，就令羽一个能打的。往日他们对上，都是令羽给萧璃压阵，制住随从打手，留萧璃对付他们两个。

这以后若是没了令羽，那他们的胜算可就大了。范烜的脑海中已经浮现出萧璃被他们打败求饶的场景，不由得嘿嘿笑了起来。

"我说，你们两个又在编派我什么？"那个熟悉而又可恶的声音懒洋洋地在身后响起，萧燕和范炟两个人同时一僵，缓缓回过头。果不其然，萧璃就骑着她那匹乌云骢立在他们身后。

她的马儿似乎有点儿不耐烦，重重打了个鼻响，挪了两下蹄子。

范炟觉得自己座下这匹马似乎抖了抖。

"怎……怎么？说话你也要管？"范炟硬气地说道，同时目光也不由自主地落在了萧璃的身上。

她今日穿着薄蓝色的骑装，就如同范炟打探到的那般，从款式到布料都没什么特别的，完全比不上他这一身。可发髻却同往日的不一样，她好像是先梳了细小的辫子，发丝里面穿插着蓝色的细丝绳，最后辫子、头发，还有蓝色的细丝绳一同被束成了男子的发髻。长长的丝绳随着发辫在脑后荡来荡去，好看极了。

更讨厌的是，骑装之外，她还穿了银制的轻甲，背着一把弓，佩着一柄剑，威风又俊朗。

可恶……范炟和萧燕在心里暗自说道。

感觉好像被比下去了。

不远处，正跟同僚寒暄的范烨见弟弟又跟萧璃对上，不由得揉了揉眉心，策马过去。

"父亲叫你过去。"范烨骑马到范炟身边停下，对范炟说。

范炟向来听长兄的话，见他这样说，不疑有他，转身便走了，难得没有开口对萧璃阴阳怪气。萧燕见范炟走了，自己更加气短，所以也找了个借口走了。

一时间，原地竟只剩下范烨和萧璃两人。

范烨对萧璃温和地笑了笑，行了礼，仿佛萧璃从来没有胖揍过自己弟弟一样。

伸手不打笑脸人，萧璃也只能点点头。

她本以为这样也就算了，谁知范烨并没有离开的意思，竟然掉转马头，从两马对立变成与萧璃并肩了。

萧璃微微露出了诧异的神色，就听见范烨说："臣会好好管教范炟，叫他不再来惹殿下生气。"

成天这样打来打去的，也确实不成体统。

"不用了吧。"闻言，萧璃慢吞吞地说，"要管教你们显国公府早就管了，还能等到现在？"

范烨正要解释，就听见萧璃又说："再说，没了范烜来挨打，本宫岂不是少了不少乐子。"

范烨：这话突然不知道该怎么接了。

说实话，他也不是很理解为什么范烜那么热衷于上门找打，这真是他们范家的孩子吗？

见范烨说不出话，萧璃得意地"哼"了一声，抓起缰绳，策马掉头走了。

范烨一人在原地苦笑，他也不知为何父亲那么笃定陛下会将公主下降他们显国公府，毕竟在他看来，萧璃本人是一百个一千个不可能愿意嫁给他的。

这时，范烨听见身后萧璃的声音响起："哟，这不是裴大人吗？"

范烨闻声回头，见正是裴晏骑着马迎面而来，将将与萧璃错身而过。

范烨知道自从四年前杨氏之乱以后，萧璃和裴晏的关系便日渐恶化。

公主每次与裴晏对上，但凡开口，都不会说什么好话，果然这次也是一样——

"裴大人可小心慢行，别被马儿摔下来，丢脸事小，断胳膊断腿可就事大了。"她一边说，一边还上上下下打量着裴晏。看在范烨的眼里，就是萧璃在思索怎么才能让裴晏坠马摔断腿。不过好在，萧璃也只是上下打量，裴晏没像自家弟弟那样上门找打，她自然也不能无缘无故当街殴打朝廷命官。

最终，萧璃只是冷哼一声，一蹬马肚子，加速走了。

裴晏面色不变，恍若未闻，除了初见时的行礼，其他时候是真的将萧璃无视了个彻底，像是早就习惯了被这般对待。

他身边那个叫梅期的侍从倒是张了张嘴，好像想说什么的样子，但见主人不语，也只好悻悻然闭上嘴。

仪仗队的后方，袁孟远远地看见前面那几人的眉眼官司，凑近霍毕身边

低声说：“将军，这几日我们也打听过了，有关公主殿下的婚事，当真一星半点儿的消息都没有。”

这长乐公主殿下口口声声说荣景帝要将她许配给显国公世子，到底是从哪里来的消息？

袁孟百思不得其解。总不会是骗他们将军的吧？

不过袁孟很快就没心思去想这些有的没的了，他看见，马背上萧璃走来的方向，正是他们将军这里！

“霍将军，好久不见啊。”此刻萧璃可完全没了刚刚横眉冷对的样子，笑吟吟的样子让人觉得天气好像都更好了一些。萧璃拍了拍身侧佩剑，说：“宫宴那日只是以梅枝代剑，不够尽兴。等今日扎营后，霍将军要不要再同我比试一番？”

霍毕他们离前面的裴晏和范烨并不远，所以萧璃的话不仅霍毕一行人，前面的两人同样听得清楚。

范烨的眉心微不可察地蹙起。裴晏却仿佛只是清风过耳，没引起半丝涟漪。倒是他的侍卫，回头看了看萧璃，又看了看自家主人，见裴晏脚步不停，便也赶紧拍马，跟了上去。

崔朝远和吕修逸在仪仗队中更靠后的位置，毕竟这两人一无官职，二不受荣景帝宠爱，能跟着来，完全是沾了家族的光罢了。

这两人在后面，远远地瞧见前面萧璃与霍毕并肩而行，还有说有笑很是开心的模样。

“总不会真像他们说的那样吧？霍将军打败了阿璃，便叫阿璃对他上了心？”吕修逸凑近崔朝远，小声嘀咕。

往日萧璃若是得了空闲，总是会来找他们玩耍，又或是同令羽跑马练武，最近却不这样了，新得公主宠爱的显然是那位新晋的国公爷。

崔朝远想得却要再多一些。

他知道萧璃同他们交好，固然有玩得来的关系，更为重要的是他们几人虽都出身世家，却并不是汲汲营营的性子。换句话说，都没什么本事，不掌实权，更非家族继承人。

崔朝远也是某一日独自盘算他们都招惹过谁时才猛然发现，长乐公主萧璃，不曾同任何握有实权之臣交好。有的，甚至还被她狠狠得罪了。

比如宫城的统领郭威，比如御史台的杨御史，又比如……御前的红人，裴晏。

唯一从不曾被萧璃或有意或无意得罪，依旧关系亲密的，便只有当今太子殿下。

但……崔朝远嘲讽一笑。

观陛下近几年所行，太子的势力应当也被削弱不少，以致了今日，有显国公作为后盾的三皇子看起来仿佛势力更胜一筹。

本该是东宫左膀右臂的裴晏，现在是站在陛下身边的。

至于太子的外家……太子哪儿还有外家？

崔朝远大概能猜出萧璃的用心，也愿意跟着萧璃胡闹。反正他出身崔氏，再怎么闹，只要没杀人放火，欺压良民，强抢民女，旁人也不能把他怎么样，最多指着他鼻子骂他纨绔罢了，不痛不痒。

但霍毕跟他们可不同。在这个当口，萧璃却去亲近他……总不会真如旁人所想，霍毕打败了她，便让这个像凤凰一样骄傲的公主，如话本子里写的一样喜欢上那人了吧。

不可能的，崔朝远心如明镜，萧璃可不是王绣鸾笔下话本子里那些不知所谓的女子。

她从来都不是。

崔朝远想开口骂一句吕修逸糊涂，这时余光瞥见了令羽，险险停住要说出口的话，转而同令羽打起招呼来。

吕修逸听见，也跟着一同打招呼。

令羽收回落在前面萧璃身上的目光，转向两人，笑了笑。

崔、吕两人看见令羽眼下的青黑，心下默然。

啊这……看令羽这憔悴的模样，总不会阿璃当真做了话本子中的负心人，有了新欢就忘了旧爱吧？

吕修逸本来还想絮叨两句阿璃重色轻友的，见到令羽这番模样，也说不出口了。

毕竟比起他们这两个狐朋狗友，令羽显然要更惨一点儿，喜欢谁不好，偏偏要喜欢没心没肺的阿璃。

是的，令羽心悦阿璃，这是他们四个私下讨论后得出的结论。令羽不论对谁都是彬彬有礼、爽朗豪迈的，唯独萧璃能让他露出无可奈何的笑容，也唯独萧璃能得令羽近乎没有底线的纵容。

可能令羽自己都没发现，往日他们去郊外踏青跑马，他的目光总是跟随着萧璃的。萧璃说比武就比武，萧璃让指导就指导。

每每那个时候，吕修逸都很想问问令羽，你还记得你质子的身份吗？你还记得萧璃于你而言，是敌国的公主吗？你这个样子，真的很难让我们相信你内心对萧璃如你表现得那么霁月清风。

当然，这些话他也就敢在肚子里嘀咕嘀咕，至多在背后嚼嚼舌根，当面说是不敢说的。

毕竟，每个人都知道，萧璃和令羽，此生没有任何在一起的可能。

陛下即便为了名声着想，也不可能把公主嫁给别国王子。不然，同拿公主和亲何异？

总之，今日就算没有霍毕，明日也会有张毕、李毕。终归，令羽只能做个伤心人了。

另一边，御辇中，萧璃与霍毕同行之事也传至了荣景帝的耳中。

"都及笄了，怎么还跟个小孩子一样，没个大人的样子。"荣景帝无奈地摇摇头，笑斥，"前些日子还整日跟南诏质子鬼混胡闹，这些日子就又缠上朕的镇北公了。"

"公主好武，喜欢找这两人倒也不奇怪。"范贵妃在一旁说。

此一行，皇后留守大明宫，荣景帝点了范贵妃随行。

"好在她还没荒唐到底，若只是好武便罢了……"荣景帝说着，却忽然想到了与吐蕃比赛马球那几日的情形。

他知道马球那日，萧璃于万千花雨之中，偏偏接了令羽投下的那朵花。

彼时他才刚刚开始考虑萧璃的亲事，她就给他来了这么一出，他自然心中不虞。

之后一日，他留裴晏在紫宸殿中草拟几份圣旨，忽而心血来潮，笑着问裴晏可愿尚公主，当时裴晏正执笔写字的手蓦地顿住，对荣景帝任何问题都可以从容对答的他这一次并没能及时回话。

"你可是不愿？"见裴晏那僵住的神色，荣景帝故意沉下声音，问道。

裴晏放下笔，缓缓起身，然后走到荣景帝面前跪下，道："若此为陛下旨意，臣不敢不从，只是……"

"只是什么？"荣景帝追问。

"只是公主性子活泼，臣性子沉闷，恐公主不喜。况且……裴氏宗妇事务繁重……"

"行了行了。"荣景帝摆摆手，打断了裴晏明面上自谦，实际上是拒绝的话，说，"朕知道你们裴氏对宗妇的要求高，不然你爹也不至于左挑右选找不到合适的。你既然不愿意，朕也不会勉强你。"

对于自己宠爱的臣子，荣景帝向来宽容。

而且看裴晏如临大敌的样子，荣景帝也是一阵暗自好笑，刚才的话题也就此作罢，不再深聊。

这本就是一句玩笑加试探之语，荣景帝知道萧璃和裴晏两人关系日渐疏远，又怎么可能给两人胡乱拉郎配。他是要赐婚，不是想结仇。

裴太傅和裴晏，可都是他倚重的肱股之臣。

且即便裴晏愿意，他也不可能把萧璃嫁给文臣之首的裴家。

"朕这个公主啊，实在是让朕头疼。"荣景帝笑着摇摇头，"身子骨不够硬朗的郎君们，那定是不能考虑的。"

裴晏见荣景帝似乎断了让他尚公主的念头，轻轻松了口气，又变成了往日那个从容淡定的中书舍人，迤迤然走回案几，跪坐下来继续草拟圣旨。

荣景帝瞥见裴晏那躲过一劫的表情，又是一阵想笑。

"公主年纪尚小，心思不定，待成了家，有了夫君子女，自然不会像如今这般了。"范贵妃的声音将荣景帝拉出了自己的思绪。

荣景帝看了一眼范贵妃，没有说话。范贵妃也仿佛这句话只是随意闲谈一般，没再继续，低下头继续为荣景帝泡茶。

这一低一动之间，白瓷一样的脖颈与皓腕便露了出来，落入荣景帝的眼中。

荣景帝的眸色深了深。那抹瓷白让荣景帝想到了大明宫，又想到了二十几年前那纵马飞驰在南境山道的耀眼少女。

他喉头上下一动，一把便将范贵妃拉进了怀里。

"陛下！"范贵妃虽然娇嗔，身体却顺势倒在了荣景帝的怀里。

御辇之外，负责此次行猎的三皇子萧杰正打算向荣景帝问询晚上扎营之事，还未走近，便被御辇的护卫拦住了。

那个拦住萧杰的羽林卫什么也没说，只是闷声不吭地低着头，耳后和脖子却全红了。

萧杰见状，嘴角温润的笑容一僵，接着马上点了点头，没有为难那个羽林卫，只是安静掉转马头离开，仿佛从没来过一样。

此时仪仗队已经出了城，萧璃正给霍毕细细讲解平康坊哪家歌好，哪家舞美，哪家酒菜一绝，又有哪家的舞娘那一手水墨舞冠绝长安。

说的人头头是道，听的人却眉毛都不曾动一动。不过萧璃也不管，继续兴致勃勃地说，看架势仿佛几天几夜都说不完。就在萧璃随口约霍毕改日一同去吃酒赏舞赏美人时，霍毕终于抓住机会开口了。

"殿下是……约臣一同去喝花酒？"霍毕的声音平静中透着一丝难以言喻的意味。

正滔滔不绝讲着的萧璃一顿，看了看霍毕的神色，挠了挠头，问："不行吗？"

是啊，一旁听得津津有味、跃跃欲试的袁孟也很想问自家将军，这有什么不好的？他也很想要一个能一同去赏花喝酒的娘子啊！

霍毕深吸一口气，很想对萧璃说，他知道她来找他说话，大约是想跟他拉近关系。可这世道上是不会有未婚妻子约未婚夫君去平康坊喝酒的。但是，霍毕还没来得及开口，就被一个豪迈的声音打断了。

"萧璃！这队伍慢得让人心烦，走，我们去赛马！"是二皇子萧烈，他正打马往萧璃这边走，一边走一边大声喊。

"好啊！"一听这个，萧璃就来了精神。要动时，想到此刻她正与霍毕联络感情，便扭头问了句："霍将军可要一起？"

霍毕深吸一口气，拱了拱手，道："霍某便不扰二皇子与公主雅兴了。"

言外之意，你们疯去吧，别带我。

"那好吧。"萧璃耸耸肩，然后立刻打马跟上萧烈。

远远地，霍毕还能听见萧璃和萧烈两人的声音。

"二皇兄，只赛马没彩头实在无趣，我们赌点儿什么？"

"你又看中我什么了？说在前头，你别打我宝剑的主意！"

"赌你新得的那条马鞭如何？"

"行……若我赢了，便要你那匹雪云骥！"

"就这么说定了！"

之后的话，霍毕就听不见了，因为两人已如一阵风一般冲了出去。

仪仗队前方的范烨看到弟弟范炟怔怔出神，顺着他的目光望去，正好看见萧璃驭马飞驰而过。她发丝飞扬，嘴角噙着笑意，那一身银色轻甲反着光，晃得人睁不开眼睛。

更前面一些的裴晏也听见了飞驰的马蹄声，可他只是微微侧头看了一眼，便又目不斜视地骑着马，稳稳当当地跟着仪仗队伍缓慢前行。

余光中，萧璃的身影渐渐地远了，裴晏握着缰绳的手也逐渐捏紧。

霍毕随着仪仗队伍赶到了当日的扎营地时，看见的是早就等在那里的萧璃和萧烈。

只不过，萧烈黑着脸坐在一块大石头上，仿佛在跟谁赌气；而萧璃则坐在一旁的树杈上，两条腿晃来晃去，很是开心的样子。

霍毕觉得他应该也不需要问赛马的结果了。

"就知道争强斗胜。"霍毕听见不远处的嘀咕声，扭头看去，见是范炟和萧燕。这两人撇着嘴，俱是不屑模样。

萧璃同样也瞧见了霍毕，只是这一次她没有走过来缠着他说话，而是远远地眨了眨眼睛。这时，才被马车带来的萧然朝萧璃跑了过去。

"阿姐！"萧然一看两人情形就知道怎么回事了，笑容大大地道，"我就知道阿姐肯定会赢！"

虽然脸上不在意，可耳朵却诚实地偷听的萧烈看四弟萧然那狗腿的样子，气得鼻子都快歪了。

152

银鞍白马度春风

萧璃得意一笑，从树上跳下，带着萧然去找她那些小伙伴了。

一直到他们行至皇家猎场，萧璃都没再来找霍毕。

"月离，你之前一直在边关，怕是不曾来过皇家猎场。"春猎第一日，荣景帝把霍毕召到身边，和蔼地说，"朕跟你说，他们年轻人，每年春猎时都铆足了劲儿比试，非要争出个一二三四。"

荣景帝身边，每年都要争个高下的萧璃和萧烈彼此对视一眼。

"父皇，儿臣是想打到最大的猎物献给父皇。"萧烈赶紧说。

"我也是啊，皇伯伯，说了要给您猎头熊回来的。"萧璃也赶紧表态。

荣景帝简直要被这两个只有四肢发达的人气笑了，指着两人说："行了，朕还不知道你们？今年有月离，这第一怕是没你们什么事儿了！"

"臣在北境并不常打猎……"

霍毕话还没说完，就被荣景帝打断："别自谦了，你的弓马是在军中练出来的，这两个花拳绣腿，肯定比不过。"荣景帝指着萧烈和萧璃两个说。

萧烈想反驳，但想想，自己不曾去军中历练，可能确实比不过霍毕，所以只是张张嘴，却什么都没说。

可萧璃就不一样了，她相当棒槌地开口："手底下见真章，到时候比一比就知道喽。"一看，就是不服气的样子。

"比比比！"荣景帝点着萧璃的脑袋，说，"成日里跟这个比跟那个比，姑娘家，怎可如此争勇斗狠？"

"我……我这不是不想给皇伯伯丢脸嘛！"萧璃相当无赖地反驳，一下子把荣景帝身边的人都逗笑了。

"行了行了。"荣景帝摆摆手，对萧璃和萧烈两人说，"朕知道你们这两个皮猴都等不及了，自己玩去吧。"

荣景帝虽然也曾领兵作战，可如今毕竟上了年纪，春猎时只是象征性地第一个打下几头猎物，便放弓下马。之后就留给年轻的郎君们去大展拳脚。

他自己则留在大帐同朝臣们叙叙旧，联络联络感情。

谢娴霏和王绣鸢都不太愿意留在营帐里面听各家夫人闲话交际，所以一起找了借口偷溜出来在外面溜达。

谢娴霏觉得，她宁愿听阿鸢讲那些"她逃，他追，她插翅难飞"的故事，都好过听那些夫人你来我往，互相恭维。毕竟阿鸢的故事又不费脑，听到不合理之处，还可以探讨一番。

"我现在想写的是将军会逐渐动心，可是却一直不知他动心了……阿霏，你在看什么？"王绣鸢正说着她下一个故事的脉络，一扭头却看见谢娴霏在看着远处出神。

顺着她的目光看过去是裴晏和他的侍从。不知裴晏吩咐了什么，那侍从俯身接令，然后转身离开。

"阿霏一直不愿嫁人，不会是因为……"你爱慕裴大人吧？

看见谢娴霏那"你实在想太多"的表情，王绣鸢把后半句吞回了肚子。

"阿鸢，你以后便想一直这样写话本子吗？"谢娴霏收回了目光，看着面前的王绣鸢，温声问。

"是呀，我想写出各式各样好看的故事，传奇、风月，我都想写。"王绣鸢笑着，眼睛眯成了可爱的小月牙。

"那倒是……真的很好。"谢娴霏扑哧一笑，说道。阿鸢不像她，看什么都觉得无趣，还累。

这一边是小姐们之间的闺中闲话，那一边是郎君们飞鹰走马。

营帐之内，是各家夫人互通有无，交际恭维。

主帐里面，荣景帝和王公大臣们则在把酒言欢。帐外，郭威郭安两父子行护卫之责，一并巡防整个营地。

没有人发现南诏质子令羽的营帐内多了两个陌生的小厮。

"殿下！王上密旨，请您回南诏！将军特派我等来护佑殿下离开。"小厮打扮的人单膝跪地，低声恳求。

虽是小厮打扮，可若是霍毕，或者郭威这样懂得内家功夫的人在此，不难发现此人内功深厚，绝对是个能叫出名号的高手。

令羽坐在卧榻上，单膝屈起，一手置于膝盖之上，看着摆在身前的诏书出神。

"殿下！"见令羽不出声，来人又急急喊了一声。

令羽侧了侧耳，隐约能听见猎场那边的声音，似乎还夹杂着萧璃的挑衅

说笑声。

"殿下，南诏的境况已经隐瞒不住了，消息随时可能传来。若是周皇知道了，到那时便不好脱身了呀，殿下！"

"他日南诏挑起纷争，边境生灵涂炭，水深火热……皆是你令绝云一、人、之、过！……"

这几日，萧璃的话一直反复在他的耳边回响，令他夜不能眠。

闭了闭眼，令羽深吸一口气，终于做了决定。

他起身，对来人说："设法通知在外接应的人，掩藏好行迹。你与高十二做好准备，晚些时候……我们离开大周。"

"是！殿下！"来人一喜，却又露出迟疑之色，"为何不趁早……"

晚一分，便多一分的危险。

"我，尚且有事要做。"令羽一把将佩剑拿起，掀开营帐的帘子，向猎场方向走去。

林间，萧璃本已经瞄准了一头公鹿，弓已张满，不知为何，却突然收弓，掉转马头。

马蹄踢踏的声音惊走了不远处吃草的公鹿，萧璃却浑不在意。

草丛后，林子中，令羽的身影从一棵树后出现。

"这就被你发现了，果然如我所料，阿璃的内力不似表现出来的那么平庸。"令羽望着马上的少女，微笑着说。

这时，又有两人出现在令羽身边，呈护卫之态。

"高九，高十二。"令羽偏了偏头，对萧璃介绍说。

"你要走了。"萧璃没有什么惊讶之色，只是平静陈述。

令羽没有出声，只是看着萧璃。

"还以为你会不告而别。"萧璃笑笑，从腰间拿下一只水囊，扬手扔给令羽，"不枉我给你带了饯行酒，清音阁最好的翠涛酒。"

令羽一把接住水囊，却没有拿下塞子，而是说："阿璃，我此来并非告别。"

"不是告别？"不仅萧璃疑惑，便是那两个高姓护卫也面露惊异之色。

"阿璃……"令羽直视着萧璃的眼睛，轻声问道，"你可愿同我去南诏？"

"殿下！"高九和高十二闻言低声惊呼。

萧璃握着缰绳的手一紧。

"令绝云，你疯了吗？你可知我是什么身份？"半晌，萧璃一字一句问道。

"阿璃，你在大周已无血脉至亲。"令羽说，"只为了一个公主的身份，便要一生困守长安，一辈子如履薄冰、装疯卖傻吗？"

仿佛在报复前些日子萧璃犀利的言语，今日令羽的话同样不留情面。

萧璃面无表情地看着令羽，忽然从背后箭筒里拔出一箭。手腕一翻，那羽箭便如离弦一般朝令羽飞来！

高九下意识想去阻拦，却慢了一步，眼睁睁地看着那羽箭飞向令羽。令羽一动未动，那支箭便擦着他的面颊插进身后的泥土了。

高九这才明白令羽之前对萧璃内力的一番评价是何意思。

"你我莫逆之交，你知我，我又何尝不知你。"令羽却仿佛什么都没发生，继续说，"至少在南诏，我可护你此生逍遥自在。萧璃……阿璃，到那时，你可以只做你自己。"

"呵……"萧璃本来面无表情，闻言却突然笑了，仿若冰雪突然融化，姿容动人心魄。

高九和高十二在令羽身后对视，突然就不太奇怪大殿下为何这般行事了。

这位大周的公主，确实有可让人痴迷的容色。

这时，萧璃收了笑，脸上重新覆上凛冽霜雪之色："令绝云，此行南诏，你自身难保，又何谈护我？笑话！"

"你！"见萧璃如此践踏令羽一番真心，高九和高十二都面露恼怒之色。

"况且，我萧璃，不需任何人护着。"萧璃盯着令羽，说。

"我只是……"令羽想要解释，却看见萧璃忽然侧耳，仿佛听到了什么。

这时，令羽才注意到，远处隐约约传来了些许枭鸣之声。

萧璃闭了闭眼睛，复又睁开，对令羽说："南诏的消息传过来了，皇伯伯马上就要得到消息。阿羽，你现在就走！"

大营主帐，荣景帝正和几位王公大臣饮酒，霍毕这位新晋的国公也在其中。

"陛下。"帐外，裴晏求见。

"何事？"荣景帝放下酒杯，问。

"南诏急报。"得了允许，裴晏手持一封密信，快步走了进来，将密信呈上。

荣景帝眯了眯眼睛，前些日子他们接到南诏传讯，说南诏王身体不佳。这么快又来了急报，不知是不是南诏王已经……

荣景帝打开密信。

"郭威！"一目十行地看完，荣景帝道，"速速派人看住令羽的营帐！不可令其随意走动！"

"末将领命。"

"陛下，这是……"安阳王觑着荣景帝的脸色，先开口问。

"南诏王病危，二王子与三王子两相争斗，朝中大乱。"荣景帝缓缓说，"高氏已派人来我大周，打算迎令羽回南诏继位。"

"这……"显国公一愣，随即大喜，"陛下圣明！令羽断然不可回南诏，就让他们自己狗咬狗，届时南诏内乱，我南境再无战乱之忧！"

而这时，郭安大步走进营帐，单膝跪下，急切地道："陛下，南诏质子令羽……不见了！"

○

第八章

○

开心见诚

"从这条路下山，穿过落雁峡，便可抄近路直达灵州。"在一条羊肠小道前，萧璃勒马停住，对令羽一行三人说道，"此路艰险，非武功傍身者不可轻易通过。即便到时羽林卫追来，也无法快行，你们抓紧时间早日渡江。"

令羽凝视着萧璃，没有说话。

"这个给你。"萧璃扯下腰间挂着的令牌，扔到了令羽的手里。

令羽看着手里的令牌，怔怔出神。

当年，郭宁就是拿着这枚令牌离开的长安城，一年后，它才随着商队被送回长安。虽说是送回来了，可萧璃却再未在人前佩此令牌。如今，它竟然到了他的手里。

"你早有准备？"先是送行的酒，再是令牌，现在令羽也不得不承认，萧璃早知道他会在此时离开。

"你若是我认识的那个令羽，还有半丝担当，自然是要回南诏的。"萧璃随意一笑，说，"春猎是离开最好的时机，这又不是什么难猜的事情。"

萧璃看着令羽手里的令牌，接着说："若你们脚程快的话，我这枚令牌能护你畅行四州。四州之后，皇伯伯的手令定已传达至各个州府，到时我的令牌怕是不会好用了。"

令羽的手握紧。

"我不会用它的。"

若用了，岂不是暴露了她相助之事？令羽又怎么愿意因自己之事陷她于如此境地？

高九和高十二对视一眼，都有些出乎意料。

原本以为是大殿下单方面对周朝的公主情深义重，却不承想……萧璃竟然愿意为大殿下做到如此地步！

"随你。"萧璃一副不太在意的模样，随意笑了笑，然后拿过水囊，取

下塞子，抬首饮了一口酒，之后将水囊递给令羽。

"事出突然，只能以薄酒为你送行。"萧璃的笑容和话语，让令羽恍惚间觉得他不是即将逃命，而是要去江湖游历，看世间风景。而萧璃就是个不怎么靠谱的友人，只随便拎了壶酒来给他送行。

沉默地接过水囊，令羽仰头，一口饮尽了剩下的翠涛酒！

"萧璃，若有朝一日，南诏朝局已定，你愿不愿……"

"那便等到那一日再说。"萧璃打断了令羽的话，"令羽，记住你说过的话。

"你不愿生灵涂炭，更不愿治下百姓受争战之苦。

"来日再相见，望君可言本心不忘，若不然……"萧璃说到此处，抬眸看着令羽，面容如霜雪一般冰冷，"若不然，就只能兵戎相见了。"

"我不会……"令羽望着萧璃，失神，但片刻后，他的神色逐渐坚定了起来。

"我明白了。

"既为公主所愿，令羽莫敢不从。"

令羽翻身上马，握紧了缰绳，看着萧璃道："待到他日相见，再续前缘。"

此时此刻，令羽之前的犹疑尽数散去，又变同了那个带着侠情豪气的英俊少年郎。

他既得南诏王室供养，自然也当承担南诏王室之责。可笑他之前竟然不如一个小姑娘看得更透彻。

他深深地望了一眼萧璃，将萧璃的令牌珍而重之地放进怀中，然后转身离开。

"阿璃，保重。"

高九和高十二对萧璃抱拳行礼，紧接着也跟随令羽离开，他们已经耽误了太久了。

萧璃坐在马背上，看着令羽的身影逐渐消失。

"阿羽，保重。"萧璃低声自语。

营地。

"这是怎么回事？怎么好端端地忽然戒严了？"王绣鸢挽着谢娴霏的手臂，找到刚从林中打猎回来的吕修逸和崔朝远，看着四处走动的禁卫军羽林卫，低声问道。

"我们刚回来，还想问你们呢。"吕修逸也满脑袋的疑问。

"阿璃呢？"王绣鸢四处张望，却没见到萧璃的身影。

"你这么一说，好像也没见到令羽。"崔朝远眯起眼睛，说。

"说起来，今日令羽身边的侍从，我从未见过。"谢娴霏突然开口。

"你确定？"崔朝远问。

"你在质疑我的眼睛和记忆吗？"谢娴霏斜了崔朝远一眼，说。

一时间，四个人静默片刻。虽说平日里谢娴霏懒得做这懒得做那的，但过她眼、入她耳的东西，她基本不会忘掉……所以说……

这两个人……总不会私奔了吧？

"吕郎君！崔郎君！"郭安大步流星地走过来，在他们面前站定。他额上有薄汗，似是刚刚狂奔了几里地的样子。

"公主殿下可跟你们在一起？"郭安问道。

"未曾，先前公主说要去猎狐狸，便去了林子里。"

听到崔朝远的回答，郭安本就不太好的脸色变得更差了。

"郭兄，出了何事？为何营地戒严了？"吕修逸趁机问道。

"令羽失踪了，公主也……"说到这里，郭安停住，没有再继续说下去。

四人暗暗对视。

"你们常常同殿下来这里打猎，可知道山林之中是否有什么小径……可南下的？"犹豫了片刻，郭安问道。问话时，他看着的是向来消息最为灵通的崔朝远。

此时崔朝远感觉身后不知被谁踢了一脚。

暗暗在心底对踢他那人翻了个白眼，崔朝远呵呵一笑，说："郭兄，若是说哪里公鹿狐狸多，我还能道出个一二，但小径……我还真的不知道。"

没得到答案，郭安也不见失望。本来他也只是随口一问，没指望能问出来什么。郭安对四人点点头，转身便走了。四人沉默地目送着他逐渐走远。

"郭安是往陛下主帐那边去的？"确定郭安听不到了，吕修逸这才开口。

"我说，阿霏，你踢我做什么？"崔朝远回过身，对身后的谢娴霏不满地说。

"当然是提醒你别乱说话。"

"我崔朝远在你看来就那么蠢吗？"崔朝远生气，"我知道不能乱说话，免得坏了阿璃的事。"

"难道你还真的知道这样的小径？"王绣鸢惊讶。

吕修逸与崔朝远对视一眼，然后对王绣鸢和谢娴霏点了点头。

皇家猎场等闲进不得，可里面猎物却最多。崔朝远既然号称"长安百事通"，那自然三教九流的人都认识。不知怎的就从采药人嘴里得知了这么一条路，能从山谷中进入猎场。

"只是那条路颇为崎岖艰险，其一侧为陡峭山坡。行那路，须得会些轻身功夫，或是如采药人那般工具齐全，不然有些危险。"

采药人因时常要于绝壁之上采摘药材，所以会随身携带麻绳、钩锁。崔朝远当时好奇，也弄了几套来玩，可他四肢不算灵活，一直也没找到什么窍门，所以尝试一次之后也就放下了。

今日郭安一起，崔朝远这才想起这么一条道来。

"阿璃不会真的走了吧？"王绣鸢担忧道。

"不会。"谢娴霏笃定地回答。

不会的，萧璃不会这样一走了之。只是……

谢娴霏的目光看向营地中央，荣景帝的那个大帐。

只是不知道，待萧璃回来，等着她的是什么了。

"陛下，已搜查过整个营地和猎场，都没找到令羽。"郭安单膝跪地，向荣景帝回禀。

"哼！"荣景帝一拍桌子，显然很是不悦。

一时间，营帐内众人皆噤若寒蝉。

霍毕也垂下了头，可他心中想的却是那个跟他说她有心仪之人的姑娘。

她知道令羽已经离开了吗？又或者……她……

"郭护卫，公主殿下现在何处？"清如山泉的声音自营帐的一角响起，霍毕闻声猛地抬头，见裴晏如青松翠竹般立在那里，沉声发问。

郭安本不算紧绷的身子猛地一僵。

"是啊，萧璃呢？"荣景帝跟着追问。在整个长安，与令羽交好的当数太子和公主。太子此刻仍在长安，未曾随行，确实应该招来萧璃问询一番。

"公主殿下……"郭安只觉得额头冒出了细汗，终于还是顶不住压力，低声说，"臣刚才未曾见到。"

"混账！"听到郭安的回复，荣景帝大怒，抄起面前的茶碗便扔了出去。

"这个混账东西！"扔了茶碗，荣景帝仍旧没有消气，"她往日胡闹也就罢了，她这是要干什么？要干什么？"

帐子里没人敢出声。

霍毕微微侧过头，看向裴晏。只见他依旧平静如水，仿佛完全不知荣景帝的怒火都是他这一问引出来的一样。

也仿佛完全不知，他只一个问题，就给长乐公主使了好大的一个绊子。

似乎觉察到了霍毕的目光，裴晏抬眼，眼神淡淡地从霍毕脸上扫过，目光滞了一滞，又平淡地移开。

"去给我搜！"荣景帝喘了两口气，然后说，"去给我搜山！把萧璃和令羽给我抓回来！"荣景帝又深吸了一口气，似乎恢复了一点儿理智，说："勿伤了公主性命，至于令羽，生死不计！"

"末将领命！"

帐子外，郭安开始集结可用的禁卫军，身后，裴晏掀开帘子走了出来。

"郭护卫。"裴晏欠了欠身子，说，"令羽此行必然取道剑南直接南下，郭统领不妨着重搜寻那边的山林。"裴晏指着东南方向，说："若在下没记错，猎场外向东南行，有一山谷，虽山壁陡峭，却多生珍稀药材，应当有山民开辟的路径。"

"你为何……"郭安看着从容淡然的裴晏，神色复杂地开口。

"我如何？"裴晏抬眸，看向郭安，神色却并未变。

"没什么。"郭安垂下眼，说，"多谢裴大人指点。"说完，不再看裴晏，匆匆地走向集结完毕的禁卫军。

"他想问的是，你为何要将公主牵扯其中？"不知何时，霍毕也走出了大帐，站在裴晏的身后。他们两个离得并不算近，远远瞧着，根本不像可以

对话的距离，可霍毕的声音却清晰地传进了裴晏的耳朵里。

闻言，裴晏并未作声。他看见郭安已经上马，往他所说的方向行去，便好似放了心，转身回到营帐。

擦身而过时，霍毕听见裴晏的声音。

"裴氏只为陛下分忧。况且，若此事与殿下无关，那殿下自会无碍。"

只为……皇帝分忧吗？

霍毕看着裴晏的背影，又转身看向郭安，皱起眉。

"郭大人，前面有人！"

郭安带着禁卫军搜查到山上时，自然发现了那条采药的山路。沿着小径一路向上，不久就看见了前面的人影。

再近些，发现那人正是公主殿下，萧璃。

见是萧璃，郭安心中松了口气。

在未找到她时，郭安心中一直隐隐担心，忧心她真的跟令羽一同离开。如今见她未走，他心想如此一来，公主殿下也不会受到陛下责罚。

听到马蹄声，萧璃转头，见到是郭安，扬了扬眉。

"倒是比我预料的要早些，是得人指点了吗？"萧璃说话的模样，仿佛这只一场偶然的相遇，随意的叙旧。

不知出于什么心理，郭安回答："幸得裴大人指点。"

听到裴晏的名字，萧璃"哼"了一声，撇了撇嘴。

"殿下，令羽可是从此处逃走的？"郭安指着萧璃身后的路，问。

"是呀。"萧璃毫不犹豫地点头称是，"附近也就这么一条可通人的路，不是从这里，又是从哪里呢？"说话间，竟还轻轻笑了笑。

"多谢公主。"郭安心下更安。有了公主这句话，他回去便可禀告陛下是公主殿下帮忙指了路。这样一来，她受责罚的可能性便更小了。

"还请殿下先行回营，臣去追令羽回来。"郭安一直紧张的神色也略微放松。

"唔。"闻言，萧璃点了点自己的下巴，好似很苦恼，"这恐怕不行。"

"殿下？"郭安心里升起一种不祥的预感。

"想追过去，应当先问过我手中的剑。"说着，萧璃抽出腰间佩剑，挽了一个漂亮的剑花，脸上带着理所当然的笑意，说道。

"公主殿下！"明白了萧璃要做什么的郭安心头一震。若不是尊卑有别，他当真想让公主不要再疯了。

他本打算对陛下模糊回禀，甚至谎称萧璃帮了忙。可萧璃这般行径，且此刻随行的禁卫军并非都是他的人，他便是舌灿莲花说破了天，也无法帮萧璃脱罪！

"阿安，你一直不曾好好同我比过剑。现下这般情况，容不得你不认真了吧？"萧璃好像全不知情况紧急，仍像一个骄纵任性的公主。

知道这一回郭安一定会认真跟她比，她好像还挺高兴的模样。

郭安被气得心一抽一抽的，便是当年知道妹妹郭宁跑了都没这么气！

深深吸了一口气，郭安问："殿下不肯让我等过去，是吗？"

"嗯。"萧璃点点头。

"那……"郭安也一把抽出佩剑，低声道："臣职责所在，如有冒犯之处，请公主恕罪。"说罢，起手率先向萧璃攻去！

郭安的剑法与郭统领一脉相承，都走大开大合的路子。郭安一剑，带着速战速决的意思，也存了雷霆万钧之势。

萧璃举剑，却并未直接格挡下郭安这一剑，反而微微侧身，以身带剑，巧妙地卸了这一剑的力道。

郭安这一剑力道过于刚猛，即便是被卸了力，余力仍在，萧璃后退了好几步才稳住了身形，郭安亦然。

"好剑法！"萧璃握剑的手紧了紧，眼睛一亮，是见猎心喜的表情。

一击未中，郭安眯了眯眼，复又举剑攻去！

天色渐晚，山林中，霍毕骑着马，一边分辨着郭安他们追击时留下的痕迹，一边回想着裴晏的话。

裴晏说完裴氏只忠于陛下之后，霍毕以为他会直接回到营帐，却不承想裴晏站住了。

他似乎想到了什么，轻笑一声，对霍毕说："以我对我们这位公主殿下

的了解，令羽出逃，定有她的帮忙。"说完，也不管霍毕是否还有话说，径自回营帐了。

霍毕一个人站在原地，心中疑惑，不知裴晏为何偏偏要对他说这句话。可很快，他就无暇顾及裴晏的用意了，因为他越是想，就越觉得裴晏说得对。

裴晏不知，可他霍毕却是知道令羽乃是萧璃心仪之人的。

萧璃即便再灵慧通透，却终究还是个十五岁的小姑娘。面对心上人之事，又怎可能从容理智？

霍毕回想着萧璃的种种言行，还有她的武功……总觉得她会仗着武艺做出些蠢事。越想，越是担心，反应过来时，人已经在山林中追踪禁卫军的痕迹了。

当马匹踩踏的痕迹越来越清晰时，霍毕也听见了前方打斗的声音。霍毕提了一口气，纵身一跃，使出轻身功夫，飞速往前去了。

此刻，山上。

在萧璃又一次将将破解了郭安的剑招之后，郭安看着萧璃已显得凌乱的发丝，忽而反应过来："公主，你在拖延时间？"

"你才反应过来吗？"萧璃扑哧一笑，说。

郭安一窒。

"公主！你可知此事事关重大，非可供你玩乐之事？"郭安恼怒，大声道。

此刻萧璃一人一马，依旧挡在路中，是一夫当关、万夫莫开的架势。

萧璃闻言，举剑正对着郭安，收了笑容，说："正是因为事关重大，才不能让你们过去。"

郭安闭了闭眼睛，再睁开时，又是一招凌厉刚猛的剑招！

这一次萧璃没有闪避，手中之剑灵巧一旋，便缠着郭安的剑而上，一把挑飞了郭安的剑！郭安未及震惊，趁机捉住了萧璃的手臂往后一扭，然后对身后的禁卫军们大喊："我拖住公主，你等速速追击！"

"是！"禁卫军们见公主不再拦路，便纷纷准备策马而去。

萧璃的眼睛微微瞪大，身子灵巧一动，便脱离了郭安的桎梏。可为时已晚，禁卫军们已冲破了这道由她一人所铸的防线，向山谷追去了！

萧璃回头瞪了郭安一眼，深吸一口气，然后——挥剑！

剑锋所过之处，气劲外放，花草树木皆折！

领先的那几个禁卫军的座下之马在剑气冲击之下接连跪倒，再不能起！

郭安震惊地瞪大了眼睛。

内劲外放！公主才多大？其境界就已经远超于他了！公主习武天赋如此惊人，为何他从未听说过？陛下呢，陛下知道吗？

就在郭安震惊到不能言语时，萧璃一手撑在剑上，一手捂住胸口，喷出一口血来。

郭安这才回过神来，想来，刚刚那一招是公主情急之下使出来的，不然也不会反噬至此。

这一招当真是伤敌一千自损八百，禁卫军的马一时半会儿是爬不起来了，要继续追，也只能靠着自己的两条腿去追了。

再看萧璃的模样，肯定也无力再战，只能束手就擒。

郭安挥了挥手，让禁卫军们继续去追，而自己向萧璃走去。

"殿下，结束了，臣送你回营医治。"郭安微微放缓了声音，说。

萧璃不着痕迹地瞥了眼自己身后的山壁，然后往后退了一步。

"殿下小心！"见萧璃离山壁越来越近，郭安心中一颤，连忙停住靠近的脚步，喊道。

"没了你，剩下那几个虾兵蟹将，应当追不上令羽了吧。"萧璃擦了擦嘴角的血迹，声音中带着满意，说。

"殿下，不过一个南诏质子，殿下何至于此！"郭安心里一苦，低声说道。

长安众多儿郎才俊，难道就无一人及得上令羽吗？

郭安很想这样问一问萧璃，可他终究记得身份有别，便没问出口，只是再次说："殿下请随我回营。"说罢，又试着上前了一步。

霍毕抵达此处时，见到的便是郭安与萧璃对峙的场面。萧璃好像受了伤，从来挺直的脊背微微弓着，似乎是靠着剑的支撑才能勉强站立。

霍毕在心中轻叹，他所担心的事情终究还是发生了。

这个傻姑娘，到底还是为了令羽做了傻事。

此事，还不知道如何收场。

他之前倒是看出来这个郭安对萧璃有维护之意。可陛下身边还有一个裴晏，都不需三言两语，只一个问题就能挑动荣景帝的怒火……

不过，眼下还是先将萧璃从崖边拖下来吧。霍毕叹了口气，借着树丛的遮挡，无声地接近萧璃。

而这时，他也听见了萧璃虚弱却倔强的声音。

"他是南诏质子，却也是我的至交好友。

"阿安，我信他，也信我自己，放他回去是最好的选择！"

说完，萧璃似乎放弃了抵抗，直起身，打算将剑收回剑鞘。郭安见状，也放松了下来。

可萧璃似乎高估了自己的状况，没了剑的支撑，她的身子不由得晃了晃，脚下一个趔趄。而她也忘了，她正站在山壁边上！

"殿下小心！"郭安一惊，连忙上前！

可是，已经晚了。

萧璃脚下一空，身子失去了平衡，向后仰去——郭安连忙伸出手，但是，有一个身影比他更快！

"抓紧我！"霍毕一个纵身，比郭安更快地靠近萧璃，对她伸出了手。

萧璃看着突然出现的霍毕，瞳孔一缩，她伸出手，可却差了那么一点儿！

霍毕见状，继续向前，想要抓住萧璃！

待郭安冲到崖边，伸出手，却只能见到两人下坠的身影了。

猎场营地。

"坠崖？为何你要安排坠崖的戏码？"左等右等也等不到萧璃，王绣鸢心中紧张，便开始滔滔不绝地说着她的话本子，说到某一处时，崔朝远打断，问。

"这……自然是因坠崖是一个绝好的推进故事的机会！"王绣鸢顿了顿，然后说，"阿璃还赞过这个桥段好呢！"

崔朝远垂下眼，然后又往山谷的方向看去，猛地想起临行前，萧璃让他准备一副采药人用的绳索、钩爪来……

绣鸢只是在纸上疯癫一些，实际上却是个连马都不敢快骑的姑娘。

可阿璃……别是真的去疯吧……

这边霍毕终于拉住了萧璃，可两人已经跌下山壁，止不住下坠的趋势。

霍毕一手紧紧拽着萧璃，一边飞速扫视崖壁，想攀住个巨石树枝之类的。

令他既惊又喜的是，他见到一块凸出来的岩石上挂个钩爪，钩爪下面连着根十来米长的麻绳。

他立马拉住麻绳，减缓了下坠的速度。片刻之后，两人便悬在了山壁之上，上，上不去，下，下不来。

这时，他听见被他揽在怀里的萧璃出声："下面三尺有个树根，可以挂着钩爪。"

霍毕低头一看，确实见到一个树根，看起来颇为结实。于是他拽着绳子的手使了个巧劲儿，牵动了钩爪上面的机栝，那抓着岩石的钩爪一松，两人便继续落了下去。

霍毕眼疾手快，钩爪松开后便朝着树根一抛，那钩爪便又抓住了树根，于是两人下坠的速度再度缓了缓。

"左前方有块突出的岩壁。

"正下方五尺有一矮松。

"右下六尺有个枯木。"

就这样，两人凭借着一个钩爪，一点儿一点儿地下降，越到下面，坡势也就越缓。眼看着两人就要下到谷底，这时麻绳终于承载不住两人的重量，蓦地断裂开来！

所幸这里已经不算很高，霍毕把萧璃拉进怀里护住，两人就滚了下去。

其间似乎撞到了什么，萧璃听见霍毕闷哼了一声。

滚了几圈，等两人停稳了，萧璃连忙从霍毕怀里爬起来，动作轻柔地扶起他，一脸关切地问道："霍将军，你没事吧？"一边说，一边查看霍毕身上的伤势。

还好，他们坠下的地方不算太陡峭，凸石、尖枝不算多，虽然霍毕后背、腿上都被划破了，但看着只是皮肉伤，未动筋骨。

还好，还好，萧璃松了口气，然后抬起头，看向霍毕，一脸感动地道："多谢霍将军救命之恩。"

看着面前少女一脸动容神色，霍毕的脸色反而越来越黑。

他一把推开萧璃，踉跄地站起身。萧璃不防，跌坐在地，愣愣地看着他。

霍毕站稳了，忍着腿上和后背上的疼，铁青着脸说："霍某可不敢认这救命之恩！"

这一句话说得很是咬牙切齿。

他霍毕确实不算聪明，但也不蠢，发现钩爪时确实只觉得幸运，没觉得不对。可是在萧璃一而再再而三地指出落点的时候他再察觉不到不对，那他可以直接一头撞死了！

那钩爪，分明就是萧璃故意留在那里的！她甚至连落点都一一找好了！这说明什么？说明她一早就算计了这么一次"落崖"！

是他蠢！才会为了救她跟着一起掉下来！

霍毕心里充斥着对自己、对萧璃的恼火，却也说不清为什么恼火，只能气自己蠢。

萧璃睁圆了眼睛，无辜地看着霍毕，没有出声。

霍毕见她还跟他装傻，咬牙道："公主殿下，想好怎么解释你为什么每次都能在刚刚好的位置找到落点了吗？总不会是这山壁也喜欢你喜欢得紧，生生为你造出合适的落点吧？"

萧璃眨了眨眼睛，见霍毕铁青的脸色，扑哧一声笑了出来。

霍毕顿时被萧璃笑得一佛出世二佛升天。

他想走，可他一动身上伤口就疼得厉害。而且现在天色已经彻底黑了下来，他就算夜视再好，也不可能在这种环境下寻到出路。此时，当真是一动不如一静。

"霍将军！"看霍毕被气得不行，萧璃终于憋住了笑，喊住霍毕。

"公主殿下还有何吩咐？"霍毕冷着脸问。

这时萧璃也已经站起了身，走到了霍毕左侧，把他的胳膊架到了自己的肩膀上，说："我知道这附近有个浅窄的山洞，勉强可抵夜间寒风。我们先去那边吧。"

很好，连哪儿有山洞都知道，她果然早有准备。

霍毕冷着脸想收回手，却没抽动，反倒被萧璃重重一拍："好了！大腿和后背流了那么多血，不疼吗？别逞强了，我扶着你走。"说完，她另一只手还绕过他的后背，扶住他另一侧肋间。

霍毕身子一僵，这姿势，就好像他被萧璃抱住了一样。

撑着萧璃的肩膀，霍毕一瘸一拐地走到了萧璃说的那个山洞。他被萧璃扶着，靠着石壁坐在了一堆干草之上，看着萧璃熟门熟路地捡了干柴，配着干草，点了把小小的篝火。

火光灼灼，驱散了一些夜里的凉意。

之后萧璃出去了一趟，回来时手上拿着白布，甚至还有一捧被油纸舀着的水！

她把水递给霍毕，霍毕闷不吭声地一饮而尽，干渴的感觉算是得到了缓解。这时，他看见萧璃在他身前蹲下。

"你干什么？"霍毕虽然不想跟她说话，可还是开口问。

"你说做什么，当然是给你包扎伤口。"说着，萧璃一把扯下了他已经破烂不堪的左裤腿。

"殿下！"霍毕惊呼，想收回腿，可那条腿却被萧璃压着动弹不得。正想让萧璃放开他，却见萧璃已经拿着浸湿的白布，清理起他腿上的伤口了。

跳动的火光在她脸上一明一暗地闪烁着，却掩饰不住她神色里面的专注。霍毕愣了愣，此刻萧璃脸上完全没有常带着的轻佻不羁，动作轻柔，神色认真。

她就只是在认认真真仔仔细细地为他清理伤口。

萧璃的动作很快，没有因为血肉模糊而退却，而是毫不迟疑地除掉碎石草屑灰尘，然后麻利地用干净的布条包扎。

不过片刻，他腿上的伤就被包好了。萧璃站起身，对霍毕说："衣服脱了，我给你清理后背。"

她这话说得毫无羞色，就仿佛只是随口说一句"喝水，吃饭"一样简单。

霍毕自问还知道些男女大防、君臣礼仪，瞪着萧璃，不肯动作。却见萧璃哧地一笑，说："大腿都包扎了，还差个后背吗？霍将军，你对你军中将士会如此扭扭捏捏吗？"

霍毕长到这么大，还是第一次被人嘲笑扭捏，嘲笑他的人还是个才及笄不久的小姑娘！

霍毕一咬牙，半是不肯示弱，半是破罐子破摔，将上身的衣袍褪了下来，脸撇到一边，不肯看萧璃。

萧璃见达到目的，也没再继续刺激霍毕，只是安静地蹲到霍毕的背后为他清理伤口，然后用布条包扎起来。

包扎后背，自然免不了绕着身躯一圈圈地缠布条。萧璃不是长臂猴，只能一次一次靠近霍毕，将布条绕过他的前胸。

于霍毕来说，就是一缕一缕的香气涌入他的鼻尖，想忽略都难。

不过幸好，萧璃的动作很快。等萧璃包好，一退开，霍毕立刻忍着疼飞速把衣服穿好。系衣带的时候，霍毕动作一顿，然后抬起头看着萧璃，问："你从哪里弄来的白布？"总不至于这都被她算计到了，提前备好布条吧？

"霍将军，你说我是从哪里来的布？自然是身上穿的。"此刻萧璃就坐在霍毕对面，一边伸手烤火，一边随口说。

身上穿？她腰带腰封都在，还哪里会用到条状的布？总不会是……

霍毕一边想着，一边瞪大眼睛，脸上也跟着开始冒火。

萧璃刚才回答完就一直觑着霍毕的神色，此刻见他满脸通红，且有越演越烈的趋势，忍不住放声大笑。

霍毕被她笑得一愣。

"霍将军，你在想什么？"虽然还没太笑够，但萧璃强忍着，干咳一声，终于说，"那是我绑在胳膊上的布，用来护臂的。"

霍毕一呆，转眼就见萧璃满眼的笑意，戏谑地问他："霍将军以为是什么？"

他以为……

"萧璃！"霍毕羞恼，忍不住喊道。

"好了好了，不逗你了。"萧璃也怕她真把霍毕气死，忍着笑，总算说了句正经话，"小心别牵动伤口。"

霍毕深吸一口气，终于恢复了冷静。他低头看看被包扎得甚好的伤口，低声说："多谢。"

"应当是我道谢才是，毕竟你这一身伤是为我而受。"萧璃笑了笑，正色说道。

一说这个，霍毕又是一阵气闷。他抬头看着萧璃，说："不敢，这伤是霍某自作自受。"那麻绳是因为承受不住两人的重量才会断掉，若只有萧璃一人，只怕是能毫发无损地下来。

"在山上时霍将军并不知道我的一番准备，却舍身救我。此番相护之情，萧璃记下了。"

萧璃注视着霍毕，脸上的坦荡从容之色让霍毕觉得有些狼狈，于是他率先避开对视的目光，嘴硬地说道："为人臣子，这本就是我应当做的事。"

萧璃注意到霍毕的狼狈之色，挑了挑眉，了然一笑，没有再继续这个话题，只是捡了根树枝捅了捅篝火。

见萧璃不再看他，霍毕暗暗松了一口气。

好一会儿，洞里就只有柴火燃烧的噼啪声。霍毕又觉得似乎太过安静，于是开口问："待明日天亮，我们再找出路？"

"不必，就等在这里，等禁卫军找到我们。"萧璃烤着火，整个人显得有些懒洋洋的，"禁卫军就算再废物，明日也能找到下山的路了。你受了外伤我受了内伤，当然要以逸待劳，等人来救。"

见萧璃的模样，霍毕眯起眼睛，缓缓说道："所以，你费尽心机谋划了这么一出，就是为了拖住禁卫军，好让他们没有足够人手追击令羽？"

萧璃继续烤着手心，破天荒没有接话。

霍毕心底不知从哪里涌出了一股子的怒气，开口问了同崖上郭安一样的话："令羽不过区区南诏质子，何至于你做到如此程度？"

"何至于此？"萧璃缓缓重复着霍毕的话，似乎是将这几个字在嘴中咀嚼了一番，然后转头，看向霍毕，说道，"南诏朝堂生变，其他人不愿令羽

归国，无非是因着他的身份，担心他登上王位，再起兵争，我懂。"

萧璃往后一靠，接着说："别人不知令羽，做此推论无妨，可我与他知交一场，若也这样想他，那便是愧对这一番相识了。"

萧璃说得坦然，让霍毕几乎觉得她放走令羽并非因着私心与感情。

"你就那么信他？信他登基后，会不起兵争？"

萧璃一笑，一手搭在屈起的膝盖上，另一手的手指轻点身前的一枚小石子："我这人不大容易信人，但若信了，便可以后背相托。"

"所以，你信令羽。"

"是，我信。"

"可世事无常，人心易变。若他日令羽再掀南诏与大周战火，你又当如何？"

"那就变。"萧璃豁然一笑，说，"霍将军，有一点你或许没搞清楚，我信令羽，却并非将全部希望寄于令羽之上。这两者，还是有些不同的。"

萧璃捡起那枚小石子，在手中上下抛着玩，漫不经心地说："令羽心怀仁念，重情重义，甚至有时优柔寡断。这是我信他不会轻易起兵争的原因。同样的，以令羽的为人，想要收拢朝政，上下一心，所需至少两年。而这两年，也足够我大周准备应对了。"

萧璃言语冷静，甚至有些冷酷。

"况且，我也信我自己。我今日可以在猎场放他，明日也可在战场上，诛他。"

霍毕沉默。

这就是如今小娘子谈起心仪之人会说的话吗？

今日我能放他，明日就能诛他？

想了想，霍毕忽觉不对，开口说："若你只是想帮他拖住禁卫军，那大可一开始就装作失足跌落山崖，又何必要在那么多禁卫军面前摆明车马阻拦郭安？他纵是再有回护你之心，你那么做了之后，他也护不得你了！"

萧璃没有回答，她看着面前的篝火，眼帘低垂，嘴角却好似弯了弯。

"除非，你就是要让郭安他护不了你！"霍毕脑中一闪，说道。

"殿下，你到底所欲为何？"

"霍将军，什么都与你说了，那多无趣。"萧璃本来双手抱膝，下巴支在膝盖上，闻言抬起脸，笑意盈盈地看着霍毕，调皮地说道。

"你……"霍毕说不出话来，半晌，终于还是缓了声音，说，"你又怎知令羽离开前会来同你告别？若他不来，你这一番准备不是白费？"

"我又岂会只有这一番应对？不来，自然有不来的准备。霍将军你行军打仗也不会只定一条计策，考虑一种情形吧？我既然有谋划，又怎可能没有备用的手段？"萧璃摇头晃脑，神色颇为得意，"不过我所料不错，令羽临行前，确实冒着危险来见我。这也让我对他再多了一丝信任。"

只不过，令羽来见她是想带她走，而非告别。想到此处，萧璃的笑容淡了些。这几年相交相知，不仅自己看透了他，他也一样看明白了自己。

"不论如何，殿下还是应当爱惜己身，不该以身犯险。"霍毕有点儿看不惯她得意的模样，憋了半天，终于又开口。

"我哪里以身犯险了？我们这不是安全下来了？"萧璃不服气。

"若我未抓住那绳索、钩爪呢？"霍毕问。

"我还有这个。"说着，萧璃从靴子里拿出一把匕首，似乎没怎么用力，匕首便被她插进了身边的石缝中。

霍毕瞳孔一缩。

"霍将军，我惜命得很。"萧璃悠悠地说，"且我说了，但凡我有所谋划，绝不会只有一个应对之策。"说到这里，萧璃好像又想到了什么，眼波从霍毕的脸上滑过，开口道："就像我之前说过的，霍将军，你虽是我最好的选择，却也不是唯一的选择。"

霍毕知道她这是在说婚约之事，当日在他府上萧璃也说过类似的话。

当时霍毕没什么感觉，此时却有些好奇，于是他问："不知殿下还有什么备选？"

萧璃努努嘴，说："你刚见过了，就郭安喽。"

霍毕仔细地想了想郭安的种种言行，然后不解开口："为何他不是公主的首选？"

郭威为禁卫军统领，深得皇帝信任；郭安为郭威之子，前途无量。且若他没记错，郭安的妹妹郭宁就是她的伴读，两人关系应该极好。

"且观之言行，郭安对殿下也并非毫无情谊。"霍毕谨慎说道。

其实霍毕真正想说的，是郭安似乎对萧璃有爱慕之意。既然对她有情，那不论她想做什么，以情利用之，不是更为容易一些？

听到霍毕暗示郭安对自己有情意，萧璃并未露出惊讶之色。她只是看着火光，沉默了一会儿，才又开口："霍将军，你知道我阅尽长安城所有话本子，得出了一个什么结论吗？"

"话本子？"这话题跳转得有些快。

"那个结论就是，欠什么都好，就是别欠情债。这世间多少恩怨纠葛，都是从情字开始，以利字收尾的。"萧璃抬眼，看向霍毕，说，"我不愿选郭安，有一部分因由，便是他对我有那么几丝少时的情谊。"

霍毕："……"

萧璃伸了伸胳膊，懒洋洋地说："婚约又不比其他，太容易有暧昧牵扯。我只想合作，各取所需，却不想有任何情丝纠缠。万一郭安最后爱慕我爱慕得无法自拔，我却无法回应，那就不妙了。"

"爱慕你……爱慕到无法自拔？"霍毕听见自己艰涩发声。

"对啊，他自己痛苦折磨事小，因爱生恨坏我事，可是事大了。"萧璃说得理所当然。

"爱慕你，爱慕到，无？法？自？拔？"霍毕一字一字地重复了一遍。

萧璃这才明白霍毕那不可置信的语气中的意思，她微微睁大眼睛，指着自己说："我，萧璃，身份高贵、天姿国色，君子六艺无所不能，琴棋书画样样皆通。爱慕我，实在是件太容易的事情了吧？"

闻言，霍毕差点儿一口气没喘上来。无他，实在是萧璃的态度太过理直气壮了。

理直气壮得他肝都疼了。

"殿下着实自信。"霍毕咬着牙说。

"这也是没办法的事情。"萧璃摊摊手，无可奈何地道。

"我这样的人放在话本里，定然就是最耀眼的那一个人物。只不过，我想做的是传奇话本，不想走风月话本的路子。所以，"说到这儿，萧璃望向霍毕，神色认真，似是劝告又似是玩笑，"霍将军，你可要守好本心，别辜负了我真诚合作的一番心意啊。"

"殿下放心。"霍毕咬牙，"公主只要一直这般讲话，霍某必不会爱慕殿下。"

好好的一个公主，只可惜长了张嘴。

"那就好。"萧璃似乎是满意了，笑眯眯地说。

"殿下，微臣有一事相求。"

"唔？何事？说来我听听。"

"求殿下少看些话本吧。"

"……"

"话本子都是骗人的。"

"……"

营地。

"你说什么？"听到郭安回禀，荣景帝不由得站了起来，身子前倾，以为自己没听清。

"公主殿下……"郭安声音艰涩，每一字都说得十分艰难，"公主与臣比斗时不慎跌落山崖。"

"混账！郭安，你是长了几个胆子？竟敢以下犯上？"听见萧璃落崖，荣景帝只觉得脑中轰鸣。他弟弟唯一的女儿若是坠崖而死，朝臣会怎么想他？天下人会怎么想他？

"陛下！"一名刚刚随郭安一同追击的禁卫军不禁为自己的上司叫屈，开口道，"公主在山顶狭路处阻拦臣等继续追击令羽，郭大人只是想制服公主，好令我等继续追击。且公主坠崖之时，两人已不再比斗，公主实则是失足跌落的啊！"

"陛下，当务之急是下山搜救公主，臣已命人开始寻下崖的路。可山高林深，臣人手不足。"郭安着急说道。

"郭护卫少安毋躁。"裴晏见荣景帝仍怒火中烧，遂开口问道，"就只有公主一人遇险？"

郭安这才想起霍毕来，连忙说："不，不是。霍公爷为了拉住公主，不慎随公主一起掉下去了。"

178

裴晏袖中捻着的手指一顿，紧接着恢复如常。

"这么大的事，你竟然才说？"好不容易缓过神来的荣景帝怒意更胜。

"霍公爷师承霍老将军，不论内家还是外家功夫，应当都卓绝于世。"裴晏面色冷静如常，对荣景帝说，"陛下少安毋躁，这附近的山崖虽然陡峭，却也并非绝壁。以霍将军的功夫，公主当无性命之忧。"

荣景帝也想到了此节，神色一缓，接着对郭安吼道："还不去救人？还有那些闲着的宗室子弟，都给我赶出去搜人！"

听到荣景帝的话，郭安如蒙大赦，不敢耽误片刻，连忙出去召集人手了。

"陛下，以郭护卫的官职，怕是不好指派官宦子弟。"裴晏轻声说。

"是了，那群人哪儿会乖乖听郭安派遣。清和，你去，给郭安镇镇场子！"一着急，荣景帝连从前行伍时常说的话都说出来了。

"遵命。"裴晏低头行礼，然后退出营帐。

山崖下，萧璃和霍毕围着篝火，各自坐在一边。

火中的干柴噼啪、噼啪地响着。

"咳咳……咳……"

一片安静中，萧璃忽然咳了几声。霍毕抬头，见她用力按了按胸口，似乎是想努力压下咳意。

霍毕这才想起来，坠崖之前，她其实是受了内伤的。

自坠崖以后，她又是生火，又是包扎，又是神采奕奕地对他说她琴棋书画样样皆通，导致他全没想起来她内伤这一节。

"你可要打坐调息一二？"霍毕开口，"我可以守夜。"

"咳……无妨。"萧璃放下手，仿若无事一般，"就这么伤着吧。"

听到萧璃的回答，霍毕眯了眯眼睛。

"你故意受伤的？"

"霍将军为何这样说？"萧璃笑眯眯地道，"我为了帮至交好友，情急之下内劲外放，这之后反噬受伤，不是再正常不过了吗？"

"我明白了。"霍毕点点头。

看来她确实是故意受伤，且还是受伤给郭安看的。

在长安这么久，他也确实没有听到过萧璃武功卓绝的说法。不然，那日他也不会就那么放任袁孟三人在近处偷听，结果竟被萧璃发现，平白丢了好大的脸。

这么看来，萧璃好像也不怎么信任郭安。

"你的武功……为何不瞒我？"霍毕疑惑问道。

"既然选定霍将军做合作伙伴，我自然应该表现出诚意。"萧璃歪歪脑袋，说，"能告诉将军的，我自然不会隐瞒。

"本来呢，按我计划，我这么掉下来还多少得受些皮外伤的。可如今霍将军护了我，倒是替我挨了这皮外伤。说来，我还得向将军道谢。"

说起这个，霍毕仍旧为自己一时头脑发热冲出来救她而觉得难堪，不由得冷哼一声，凉凉地说："不敢当，微臣没有耽搁公主的谋划就好。"

"唔，说起这个。"萧璃摸摸下巴，一边思索，一边慢慢地说，"虽然出乎我的预料，但若好好利用一下，说不定能让皇伯伯更早地意识到将我嫁给你，于他更有好处……"

"公主向来如此吗？"看着萧璃望过来的目光，霍毕眼带嘲讽地说，"不论何事何人，都试图利用一番？"

话音落时，霍毕见萧璃的身子僵住了。他隐隐有些后悔，又见萧璃脸上浮现出了难堪受伤之色，她垂下眼帘，低声自嘲："是啊，我连婚姻大事都可利用，又有什么是不能利用的呢？

"我可用之人、可用之事不多，所以自然要机关算尽。"

霍毕忽然想起萧璃曾经微笑着对他说自己只是个空有高贵身份的公主。

她一直太过骄傲张扬，以至于霍毕忘了她要比自己更早地失去了双亲依靠。

霍毕心里明白，她想要与他缔结婚约，不愿嫁给范氏只是其一，更重要的是她想用她的婚事来帮太子增加些许助力。太子大约是这世上，她唯一可依靠之人。

想到这里，霍毕的心软了软，心底又涌上了些许的愧疚。

"抱歉，是我逾越了……"霍毕也不是知错不认的性子，既然说错了话，那就合该道歉。

"噗——"这是萧璃忍不住笑出来的声音。

霍毕抬眼看去,见她脸上哪还有什么受伤的神色,分明是忍笑忍得快不行。

见霍毕发现了,萧璃索性也不再忍了,直接哈哈大笑了起来。

"霍将军,你真当看看你刚刚的脸色,哈哈哈哈哈,你怎么这般好骗。"萧璃笑得简直想拍大腿。

"萧璃!"霍毕恼羞成怒地低吼。

"好了好了,霍将军,是我不对。"萧璃一边笑,一边从左手袖袋里掏出个帕子。她展开帕子,露出里面两块点心。

萧璃将手帕递到了霍毕眼前,说:"喏,请你吃枣泥糕。"

此时已经月上中天,闻到阵阵枣香,霍毕才发现自己确实饿了。可他才被萧璃捉弄过,莫名其妙地就不想伸手吃她的点心。

"霍大将军!"萧璃有些好笑,拉长声音说,"是我不对,不该捉弄霍大将军,给你赔不是,嗯?"说完,还故作可爱地眨了眨眼睛,然后又把手帕往前递了递。

霍毕心里的气一下子就消散了不少,他轻哼一声,拿起了一块枣泥糕。那枣子被捣得很碎,伴着糯米,既香且甜。

唯一的不好处,就是这块糕太过小巧精致,两口就没了。

一块枣泥糕下肚,霍毕意犹未尽地回味了一下,又有些想笑。

这大多时候,若是不曾见过吃过拥有过什么,倒是还好。

可有些东西一旦尝过了,就会贪求更多。即便是他,看来也不能免俗。

萧璃瞥见他一副没吃饱的样子,咽下自己的那块点心,然后说:"本只是给我自己准备的,所以分量不多。"

霍毕有点儿脸热,因为他猛地发现,自从到了崖底,他竟然一直被萧璃照顾!

拾柴点火的是她,清理包扎的是她,连准备食物的也是她!

他堂堂镇北将军,竟然不知不觉间被一个小姑娘照顾了?霍毕简直不敢相信。

他向萧璃看去，却发现刚刚掏空了左袖袋的她，此刻又在鼓捣右边的袖袋。

像变戏法一样，萧璃从右边袖袋里掏出了两只梨子！

她抛了一只给霍毕，然后拿着自己那只，擦也不擦一下，直接啃了起来，吃得专注认真。

"你袖子里怎么藏了这么些东西？"霍毕拿着梨子，惊讶道。

"这算什么？"萧璃一脸"你少见多怪"的表情，说，"我有一友人，她左袖能装瓜子糕点帕子梳篦，右袖带着炭笔纸稿妆镜胭脂。走起路来仍娉娉婷婷，毫无累赘滞涩之感，那才叫厉害。"

王绣鸢，就是这样一个可以随时掏出瓜子看戏，拿出铜镜梳妆，铺出纸笔记录灵感，捡出点心充饥的小娘子。

霍毕想，是他孤陋寡闻了。

这梨子不大，但聊胜于无。霍毕把梨吃完，想把梨核随手丢掉，却被萧璃制止。

"别胡乱丢。"萧璃阻止，然后说，"把核吃掉。"

"你说什么？"霍毕疑心自己听错了。

"我说，把梨核吃掉。"萧璃脸上并无嬉笑之色，认真道，"这是从西域来的香梨，可不是随随便便在山野林间都能寻到的野果。你这样随随便便胡乱扔，若叫来人注意到了，我这'有准备的落崖'，可就要被发现了。"

"通过一个梨核？"霍毕皱眉。

"若来的是郭安倒是无妨，可若是裴晏那厮，任何破绽都可能被他揪出来。"萧璃点点头，然后在霍毕的注视下，把梨核吃掉了。

霍毕见她这样，纵然再不能理解，却也还是硬着头皮把自己手里那个梨核也咽下去了。

吃下去以后，霍毕才想到一节，问："这梨就不能是随手装在袖袋里的吗？"

"霍将军，长乐公主萧璃此人，心思单纯，争强好胜，喜欢行侠仗义却又常常不计后果。她可以因为平康坊的一个舞娘打破安阳王世子的脑袋，也可以因为要护着南诏世子离开而跟禁卫军大打出手。"

萧璃嘴角噙着微微笑意。

"今日她本来是要跟二皇子萧烈在猎场争个高下的，我问你，"萧璃懒懒地支着头，问，"这样的人，会在此时随身带着水果点心这些累赘吗？"

霍毕隐隐明白了萧璃的意思。

"每日这般多算计，你不累吗？"霍毕问。

"还成吧，习惯了。"萧璃弹了弹身上的灰尘，随意回道。

想了想，霍毕还是对吞梨核的事觉得别扭，脑中总是回想起小时爹吓唬他吞下的果核会从肚子中长出小树苗之类的话。

"既如此，公主为何不准备些无核的吃食？"他觉得之前的枣泥糕就很不错。当然，梨子也很甜，可惜有核。

"你当我有很多时间准备吗？"萧璃瞪大眼睛，像只生气的猫儿，"时间紧急，自然是能摸到什么就算什么了。若有时间，我为什么不准备烧鸡呢？"

"这……因为若是烧鸡的话，你怕不是还要吞掉鸡骨头？"依旧对吞掉梨核耿耿于怀的霍毕反驳道。

"我可以把鸡骨头丢到火堆里烧掉嘛。烧上一夜，谁又知道那是骨头还是树枝呢？"萧璃挑挑眉毛，说。

好像也对。

霍毕不吭声了，接着，他看到萧璃望向自己那近乎怜爱的表情，突然反应过来——

"萧！璃！"

此时此刻霍毕当真是被气得一佛出世二佛升天，若鸡骨头可以烧，他又为什么要吞掉梨核？

萧璃又戏耍于他！甚至不惜自己先吃掉个梨核蒙骗他！

那边萧璃已经又一次笑得前仰后合，只差满地打滚。

笑够了，萧璃揉了揉差点儿笑僵的脸，感叹了一句："霍将军，你这般性子，你的军师谋士该是为你操了不少心吧？"

霍毕不想说话，霍毕被耍得有些自闭。

半晌，霍毕开口："你大约能跟我的军师谈得来。"

毕竟性格是相似的恶劣。不同的是，军师戏耍的是林选征和袁孟，而萧璃专门在他头上搅和。

萧璃不知霍毕为何这样说，只是"哦"了一声，回答："若有机会，倒是可以见上一见。"

霍毕点点头，想到那个梨核，继而又想到了萧璃刚才的话，问："若是叫裴晏看见，他当真能发现端倪？"

"裴晏此人，善察、善思，善谋算人心。"萧璃随手往火堆里丢了几根柴，说，"这长安城里最不缺的就是才子。可你以为谁都可以才至弱冠，就成为天子近臣吗？"

霍毕有些惊讶，没料到萧璃对裴晏是这样的评价。

不过转念一想，她本人又不是真如她表现的那般棒槌，就也不觉得奇怪了。

"我以为你不喜他。"霍毕回想起所见所闻，说道。

"他们裴家人，是要做纯臣的。"萧璃笑了声，意味不明地说，"道不同罢了。"却没有正面回答究竟是不是不喜他。

霍毕想了想，将先前在营帐中见到的情形说给萧璃听。

听到郭安对她心存着回护之心的时候，萧璃拨弄篝火的手顿了顿。

听到皇帝完全是因为裴晏的提醒才想起来自己时，萧璃反倒没什么惊讶之色。

"他这般罔顾少时情意，你也不气不惊讶吗？"霍毕问道。

"少时情意？"萧璃扬了扬眉毛，说，"霍将军，我刚刚所说的话你都当耳旁风了吗？"萧璃的身子微微前倾，加重了语气，重复道："你以为谁可以才至弱冠，就成为天子近臣吗？"

说完，萧璃又往后靠去，懒洋洋地说："我皇伯伯为何那般宠信他？就是因为他能想到我皇伯伯想不到的，能说我皇伯伯不想自己说的。何为纯臣，便是一心只忠君上，不结党营私，更不为私情所累。少时情意？"萧璃嗤笑，道："兄长待他那般赤诚尚留不住他，我又何德何能？"

她果真是因着太子而对裴晏心怀芥蒂，这倒是同裴晏的说法对上了。霍毕心下了然。

山崖之上。

"朝远，这里有点儿眼熟，不就是我们去年来过的地方吗？"吕修逸低声对崔朝远耳语。

既要追击搜捕令羽，又要护卫猎场营地，再加上还要搜救公主，禁卫军的人手出现了严重的不足，所以满营的皇亲贵胄全都跟着禁卫军出来了，吕修逸和崔朝远也不例外。

崔朝远不着痕迹地点了点头。

"那我们要不要暗示一下裴大人他们？"吕修逸小声道。如果阿璃坠崖真的是她计划的，那她从此处下山的可能最大。

"你确定阿璃想要那么快就被找到吗？"到了现在，崔朝远心里基本确认了萧璃就是故意掉下去的。一边在心里暗暗骂她疯，一边又放下了心，脑子也重新转了起来。

"这……"吕修逸一滞。

"况且，你看裴大人和郭安。"崔朝远低声说，"搜寻的正是正确的方向。"

"不愧是裴大人。"吕修逸赞叹了一句。

营地里，谢娴霏与王绣鸢在自家营帐外站着，就是不肯回去。

"阿璃不会有事吧？"自从听了郭安带回来的消息，王绣鸢心中就越发紧张，不知不觉，手心满是汗水。

已经多少猜到萧璃此举用意的谢娴霏看了眼真切担心的王绣鸢，终于还是开口安慰道："不是说霍公爷同阿璃一起？以他们两人的武功，应该不会有危险的。"

谢娴霏向来懒散，若非为了安抚王绣鸢，绝不会一下子说这么长的句子。

看阿霏气定神闲，王绣鸢的心也渐渐安定了些。

其实萧璃此番准备，虽然没有对崔、吕、王、谢四人明说，可也没有故意瞒着避着他们。随着王绣鸢心思逐渐安定，她的理智也逐渐回笼，她也隐隐意识到，萧璃该是无恙的。

"英雄救美，孤男寡女……阿璃她若是好好把握，还能趁机套路霍将军一番。"王绣鸢嘀咕着。

行吧，看样子是恢复过来了，谢娴霏懒懒地想，那她也不用再说话了。

山崖之下。

萧璃和霍毕两个人就这样一直说着话，从长安一百零八坊说到北境，从北境说到吐蕃，又从吐蕃说到渤海国。

其间萧璃还出去拾了一次柴。等到萧璃认认真真地灭掉篝火时，霍毕才惊觉，东方既白。

他竟然就这样不知不觉地跟萧璃聊了一夜的话！

霍毕后知后觉地发现，原来与人聊天，也能有类似比武一般的酣畅淋漓之感。到后来，他忘了他身上的伤，忘了朝堂纷扰，他甚至忘了他身处何地，因何而落崖。

"他们应该快寻来了。"萧璃又一次压下了咳意，抬头对霍毕说，却发现他在愣愣看着自己，不由得说，"回神了，霍将军。"

"你的脸为何这样红？"篝火灭掉，霍毕才发现萧璃满面的潮红并非火光照映出来的。

"你这是……发热了？"霍毕挣扎想起身，却被萧璃制止。

也不怪霍毕直到现在才发现，但见萧璃之前所作所为、所行所表，哪儿有半点儿受伤发热之人的样子？

现在回想起来，霍毕也只记得她雷厉风行地给自己包扎伤口，顾盼神飞地跟他说自己的小算计，又淡然自若地品评裴晏和其他朝臣。

若做这一切的时候她其实受着伤，发着热……其心志之坚，倒确实是出乎了他的意料了。

看着她身上单薄的衣衫，霍毕想到她更深露重时还出去寻了柴火……即便她有内力傍身，以如今这天气，她也绝不可能不感到冷，可竟然真的半丝冷意都没露出来，让霍毕发现。

霍毕长长地叹了口气，说："殿下可知道，有时适当示弱比争强能得到更多好处？"

回应他的是萧璃意味不明的一声嗤笑。

不过两人都没有再继续说话，因为他们都听见了靠近的人马脚步声。

终于寻过来了，霍毕和萧璃各自在心里长出一口气。

萧璃示意霍毕暂时不要动，自己则先行走出山洞。

"郭大人！裴大人！这里有痕迹！"打头的禁卫军仔细地查看着痕迹，回头大声喊。

后面的郭安和裴晏闻言，皆加快了脚步。

"公……公主殿下？"紧接着，又听见打头那人的惊呼。郭安连忙快跑了几步，果然见到了撑着树勉强站立的萧璃。

"殿下！"郭安真切地惊喜，仿佛昨日两人不曾在山崖上持剑相向，"您没受伤便好！"

萧璃的目光从郭安带着笑容的脸上收回，又落在了与他半步之遥的裴晏的身上。她勉力抬起手臂，指向山洞的方向，虚弱说道："霍将军受伤了，在山洞中……"

话音未落，萧璃便昏死了过去。

郭安连忙上前抱住萧璃，这才发现她身上滚烫。

郭安一惊，想起昨日萧璃吐的那口血来，连忙握住萧璃的手腕探她的脉搏，发现她的脉息竟然一片凌乱！

看来昨日她的内劲外放，果然是她强行为之，不然不可能有如此反噬！

想通此节，郭安心中愤怒，区区一个令羽，他怎么配？

他怎么配！

此时此刻，郭安的注意力全在怀中少女的身上，所以并没注意到他身后的裴晏同样抬起了手，最后却是半握成拳，在嘴边掩了掩咳声。

"郭护卫，你先带公主回去吧。"裴晏并不如郭安那样神情激动。他将目光从萧璃通红的脸上收回，神色淡漠地吩咐，接着招了招身边等候的禁卫军，说："我带人去找霍公爷。"

"好。"郭安把萧璃横抱起来，对裴晏点点头，转头大步离开。

裴晏看着郭安的背影，也没再停留，带着人朝山洞走了过去。

以霍毕的耳力，自然是听到了外面的对话，所以当裴晏走进来的时候，霍毕已经挣扎着站了起来。

似乎是因为萧璃对裴晏的评价，又或许是因为裴晏并未掩饰，霍毕注意到裴晏的目光先是扫过了整个山洞，最后才落在了自己的伤处。

不知是不是错觉，他总觉得裴晏的目光在萧璃包扎时留卜的绳结上停留了不短的时间。

不知道为什么，这目光让霍毕觉得有点儿心慌。

"扶霍公爷出去。"裴晏淡声对跟进来的禁卫军说道。

"诺。"

霍毕也是面无表情，淡淡点了个头。

在人前，两人从未表现出熟识。

他们一文官一武将，也不适合熟识。

在即将离开时，霍毕又回头看了一眼这个虽然待了整整一夜，但出乎意料地并未让他觉得难熬的地方。却看见裴晏正负手站在灭掉的火堆边上，不知在看着什么。

如今看来，萧璃的小心谨慎也不算过虑，找来的，竟真的是裴晏。

他若真的随便丢了那果核，保不齐真的让裴晏看出端倪。这厮竟然连灭掉的篝火也会去细瞧，倒是真对得起萧璃对他的忌惮。

至此，霍毕总算对萧璃骗他生吞果核的事情不再介怀了。

霍毕已经被禁卫军搀扶着离开，而裴晏仍留在山洞里，在一块石头上坐下。

若霍毕仍在此处，定然能注意到，那就是晚上萧璃所坐的地方。

在那块大石边上，落着一根白色的布条，正是萧璃给霍毕包扎后剩下的。

裴晏垂眸，注视了那布条片刻，然后伸出手，骨节分明的手指拾起了它。裴晏看了看，然后将其收进怀中。

"走吧。"裴晏走出山洞，对候在外面的禁卫军说。

"诺！"

第九章

死地求生

春猎之上，南诏大王子令羽潜逃归国，大周长乐公主萧璃助其逃跑，甚至不惜对禁卫军拔剑相向，在争斗中不慎失足跌落山崖，昏迷不醒。

荣景帝来时有多高兴，现在就有多败兴。

春猎自然是猎不成了，在救回萧璃后，荣景帝就吩咐禁卫军立刻拔营，启程回长安。

南诏如何，南境又当如何？

荣景帝此时急需回朝，与朝臣们商讨对策。

这南境太平了五年，却不知今后将是怎样的光景了。

想到任性妄为的萧璃，荣景帝仍然怒不可遏。

但萧璃从回来后就高烧昏迷，导致荣景帝有火无处发，现在他胸口里憋着一口气，上不去，下不来，甚是难受。

萧璃出发时意气风发地骑着高头大马，返程时却是被安排在一辆马车上。荣景帝倒也没费心思看着她，不是因为放心，而是她至今未醒。

马车里，萧璃还发着高烧，此次随行在萧璃身边的侍女画肆候在一旁照看她。

画肆叹了口气，明明已经喂过药了，却丝毫不见好转。

此时，萧璃眉头紧蹙，似乎连在梦中都不得安宁。

"阿娘……娘……"不知梦见了什么，萧璃呓语。

画肆又叹了口气，掀开帘子看了看时辰，是时候去拿药了。她离开马车时，萧璃的睫毛颤了颤，然后缓缓地睁开了眼睛。

双眸清醒平静。

皇家猎场里发生的事情，荣景帝本来就并未想过要瞒着，于是消息便飞速传开了。

东宫，太子萧煦也接到了手下的传报。看完属下送来的信件，萧煦沉默

思考了良久，才终于轻轻一笑。

"也好。"

他放下信，一个婢女走了进来，跪于他面前。

萧煦注视着面前的侍女，轻声问："这几日，她身体可还好？"

"回殿下，"那侍女低头回答，"小姐这几日都很好，夜里也不曾惊醒。"
顿了顿，侍女又说："那日在园中偶遇公主殿下，小姐似乎很高兴，之后还
同奴婢说起公主儿时趣事。"

听见侍女说杨墨心情不错，萧煦的眼睛亮了亮，嘴边浮出一丝真切的温
柔笑意："是了，阿墨一直最喜欢阿璃的。"

她还总是嚷嚷要带阿璃一起去南境，去边关，但往往还没等阿璃应和，
就会被裴晏凉凉地刺回去。

那时裴晏还不似现在这般喜怒不形于色，总是嫌弃杨墨粗鲁，带坏了萧
璃。杨墨就会骂裴晏是个"娇小姐"，风一吹就倒。

那时候啊……

萧煦闭上了眼睛，只觉得外面的阳光实在太刺眼了些。

睁开眼睛，萧煦还是往日那平静端方的模样。他对仍然跪在面前的侍女
说："告诉阿墨，阿璃很快就要去边关了。"

"是。"

长乐公主往日虽然荒唐，可终究有界有度，这一次却任性太过，所惹的
祸也着实太大了些。萧璃还在养伤时，消息已传得沸沸扬扬、尽人皆知。

在无人注意的角落里，大明宫的老尚宫终于被子侄接出宫荣养，而杨
蓁，也即将接替其尚宫之位，掌管大明宫宫务。

皇后娘娘为显对杨蓁的重用和宠爱，特允她出宫回家探望双亲。

御史杨府。

这个傍晚，就如同杨蓁长大过程中的许许多多个傍晚一样。因为家里人
口简单，他们暮食时从来不会各坐各的案几分食。

她、阿爹、阿娘一家三口总是围坐在小桌旁，一同用晚膳。

一家人也不大遵循食不言的规矩，阿爹会偶尔顺口考教一下她的功课，

阿娘也会絮叨些家务琐事。

那一直是杨蓁喜爱且怀念的时光。

自从杨蓁进宫，他们一家三口再没有在一起用过暮食了。

坐在熟悉的小桌边，杨蓁看着阿娘又是高兴又是难过的表情，心下感叹，又有一丝愧疚。

见到女儿，杨御史心里高兴。可是想到她种种叛逆之举，又觉得生气，故而脸色时好时坏，看起来古怪得很。

"哼，你舍得回来了？"终于，杨御史开口打破了沉默。

杨蓁抬眼，看着自己的父亲，然后拿起一只小碗，慢条斯理地舀了一碗汤羹，放到杨御史的手边。

"女儿不是说了，明日我便会接替尚宫之职。今日是皇后娘娘特许我回来看望爹娘的。"

杨御史本来因为女儿的恭顺而微微放松的脸一僵，接着怒气上涌，啪地一摔筷子，道："尚宫？这女官你还想做到什么时候？做到你人老珠黄嫁不出去的时候吗？"

"原来父亲还想着让我嫁人。"杨御史这边吹胡子瞪眼，可杨蓁的表情却变都没变。她轻轻笑了一声，说："父亲心中的乘龙快婿是谁？裴清和，裴晏吗？"

杨蓁不以为然的语气激怒了杨御史，他提高了声音，说："让你嫁给裴晏还辱没了你不成？竟然一声不吭地求旨进宫？当年我与裴太傅说得好好的，你却给我演这么一出戏！你看看现如今裴晏如何，你还高攀不高攀得上？"

说来说去，又是这一套老生常谈，杨蓁别开眼，不愿再听。

"长乐公主就这般纵着你胡闹，她那是为你好吗？她那是害你！"杨御史越说越气。

"父亲！"杨蓁面露怒色，打断了杨御史的话。

"父亲。"杨蓁深吸一口气，语气复平静了下来，"父亲可还记得我小时读书的时候，您曾赞过什么？

"您说过，'阿蓁之才，不输男儿'！"杨蓁复又看着自己的父亲，一字

一句地说，"但是父亲，既然我有不输男子之才，为何却要终老于男子后院，一生相夫教子？我这般过这一生，最终能留下的，不过是一个某某之妻杨氏，某某之母杨氏的牌位。父亲，我此生就只能如此吗？"

"这世间哪个女子不是这般？为何你就要觉得如此愤愤不平？"杨御史一巴掌拍在桌上，大声吼道。

"可我不甘心！"杨蓁说，"我想走一条别的路。"

"哈，别的路。"杨御史气笑了，说，"通过做后宫女官吗？那你恐怕连牌位都留不得！"

"哎，好了好了，消消气，消消气，女儿难得回来吃一顿饭。"杨夫人看这两人又要吵起来，连忙拍拍杨御史的胳膊，轻声安抚。

杨御史吼了这么几嗓子，略微消了些火气，又恢复了理智。

他双手抱臂，冷笑着说："杨蓁，你以为我不知道你此时回来，所为何事吗？"

"哦？父亲觉得我为何回来？"杨蓁端坐在杨御史对面，面无表情地问。

"你会回来，还不是为了长乐公主？她这次惹了这么大的祸事，我也是没想到，都不消御史台出手，她自己就能作死自己！"杨御史盯着杨蓁，说，"你是我养大的，你在这个当口回家，不就是想要御史台出面给长乐公主求情吗？"

"那父亲会如女儿所愿吗？"被戳破目的，杨蓁并无什么尴尬之色，脸上甚至带上了一丝端庄的笑容，开口问。

"若你乖乖辞官回家嫁人，我可以考虑。"杨御史回答。

听到这个毫不意外的答案，杨蓁垂眸。

"若我不愿呢？父亲，你一定要逼我吗？"

"阿蓁，人生在世，必要有所取舍。"杨御史正色说，"今日你所求之事，换任何一个御史，都不会轻易答应。总不能只因着我是你父亲，便应你所求。若有朝一日，你所求之人与你毫无关系呢？你又当如何？"

"父亲说得是。阿蓁受教。"杨蓁脸上漾开了一个笑容，端庄的容色淡去，整个人显得妩媚动人。

对于杨御史所求，杨蓁并没有应或是不应，而是慢条斯理地掏了掏袖袋，同时轻声细语道："父亲可知道，前些日子尚功局的账务有错漏之处。我带人彻查，牵扯出一桩事情。"

杨御史不知道杨蓁突然说这个是什么用意，但以他对自己女儿的了解，只觉得怕是来者不善。

"尚功局下掌管锦彩棉帛的司彩，被人发现与宫外之人私相授受。不仅如此，她还欺上瞒下，私自克扣尚功局的银钱，用来接济那名男子，毕竟，"说到这里，杨蓁轻笑，"长安大，居不易啊。"

"你说这个做什么？"杨御史问。

"难道父亲不好奇，与她私相授受之人是谁吗？"杨蓁歪歪头，问这话时，带着杨御史许久未见的小女儿的娇俏。

杨御史没有说话，不过杨蓁也不在意，自顾自地说下去 ："此人颇有才学，曾于内文学馆执教，后偶然得到上官赏识，被破格擢入御史台。"

听到这里，杨御史的脸已经沉了下来。

"此人名许谨，可行事却不怎么谨慎。"杨蓁无视父亲沉下来的脸色，低眉浅笑。她似乎觉得自家阿爹的火不够大，还要再加一句："父亲大人亲自擢他入御史台，当不会忘了此人吧？"

说完，杨蓁笑意盈盈地看着自家父亲，不再言语。

杨御史认认真真地看着自己的女儿，仿佛第一次认识她，也仿佛是在心底重新审视评估面前的人。

"那又如何。"半晌，杨御史嗤笑一声，开口道，"不过是一桩风月逸事，许谨至多受贬谪罚俸，又与我何干？说到底，是宫内尚宫掌管宫务不利，才惹得如此之事。阿蓁，你一番准备，就是打算拿这个要挟我？"

"自然不止。"杨蓁也笑了，这时，她袖袋里的东西也终于被拿了出来，那是一沓信笺。

杨蓁将信笺放在桌上，往杨御史的方向一推。

"刚刚不过是一个开胃小菜，真正的大菜，在这里。"

杨蓁好整以暇地往后一靠，等着看杨御史的脸变色。

看杨蓁如此气定神闲，杨御史心中蒙上一丝惊疑。他拿起一张信笺，然后，瞳孔一缩。

虽然杨御史面无表情，仿佛无动于衷，可是杨蓁没有错过自己父亲眼中那一闪而过的骇然。

"不过是男女之间互诉衷肠之语，你给我看这个做甚，平白污我眼睛。"杨御史把纸笺随手一扔，满不在意道。

"不过男女互诉衷肠？"杨蓁有些好笑，拿起其中一张纸，边看边说，"这许谨怀才不遇，郁郁不得志时，可是好一番牢骚抱怨。

"这文人啊，若是心中不忿，难免容易缅怀先人。"杨蓁又抽出一张纸递给杨御史，说，"单是我读到的，便有不止六七处这许御史缅怀先帝、盛赞先帝贤明之言。虽是赞扬先帝，可其言下之意，杨大人，不需要女儿提醒您吧？"

杨御史黑着脸，不言不语。

杨蓁看父亲的样子，眉眼带笑，可说出的话却冷酷无情。

"那个章临只不过一句'不及先帝'，就险些连读书人的身份都丢了。这个，"杨蓁点点纸笺，说，"若是叫陛下知道了，您觉得许谨会如何？一手提拔许谨的您……又会如何？"

"不会如何。"杨御史仍旧嘴硬，从牙缝里挤出这几个字。

"托您这两年有事无事地参公主殿下的福，女儿别的没学到，这怎么戳陛下肺管子，还是学到了一两分的。"杨蓁慢条斯理地给自己盛了碗汤，随意地拿勺子搅了搅，散散热气，浅浅喝了一口，然后才又开口，"都不需要再行添油加醋，只消让陛下把这言语与御史台挂上钩，就足以令御史台被打进冷宫了。父亲，这是您想要的吗？"

"你到底想要做什么？"终于，杨御史退让了。

"女儿只是想告诉父亲，人生在世，必要有所取舍。"杨蓁把刚才杨御史的话原封不动地还了回去。她抚了抚袖口，说："女儿只是想让阿爹帮个小忙罢了。"

"公主之事牵扯重大，你以为是御史台不出声就能压下的吗？"杨御史冷哼一声，说。

"女儿是阿爹的女儿，又怎么会为难阿爹？"杨蓁笑了笑，说，"女儿想请阿爹帮的忙，恰恰相反。"

杨御史看着面前的女儿，眯起了眼。

这是他亲自教养长大的女儿，他教她读书写字、识人断物，结果这些最后反倒被用在了他的身上。

他突然长长地叹了一口气，说："说吧，你们要做什么？"

"我想父亲坚持上奏，谪公主殿下离长安，去封地。"

清音阁。

"干杯！"

某间包厢里，萧燕和范炟举杯庆贺。

自从回到长安，萧璃直接被带回大明宫，由皇后看管。

现在萧璃连公主府都回不去，自然更不可能出现在平康坊，抢他们风头。现如今在平康坊，他们自然是想点谁便点谁。

这不，今日喝酒，便是嫣娘作陪，一个字，爽！

"我父王说，这回萧璃不被关个一年半载的，是出不来的。"安阳王世子萧燕放下酒杯，对范炟咧嘴一笑，说。

"竟然要那么久？"范炟惊讶。

"私放质子归国，这可不是小事！"萧燕说，"我听说啊，之前那些看不惯萧璃行事的文官，都打算在明日大朝会时上奏弹劾她呢！"

这时，嫣娘一曲琵琶弹毕，范炟和萧燕停下对话，连忙叫好。

嫣娘微微垂首，浅浅一笑。

范炟和萧燕的心当即酥了一半。

嫣娘起身，走到两人身边，跪坐下来，拿起桌上酒壶为两人各斟了一杯酒。

两人的心又酥了另一半。

范炟每每见到嫣娘，都觉得她又美又亲切，倒不曾有什么淫邪的心思。

"公主殿下又未涉朝政，还能如何弹劾？"嫣娘抬眸，盈盈地注视着萧燕，问。

"这……"被嫣娘看着，萧燕立即忘了过去那些日子他在嫣娘面前丢掉的脸面，搜肠刮肚，想回答嫣娘，博她欢心。

"罚俸、禁闭、驱逐，甚至剥夺封号。"范炟倒是先开了口，只是他说

这些时，脸上也没什么喜色，"那帮言官也就能想出这些。"

"最好，他们能把萧璃撵出长安！"萧燕眉飞色舞地幻想着，"最好陛下随便指个贫瘠之地做她封地，然后就让她在那儿待着吧！"

"这……不大可能吧？"范炟迟疑道。

"确实……"萧燕想了想，也觉得不是很有可能，但是幻想幻想让自己开心也好啊，幻想又不要钱。

嫣娘垂下眼，没有再作声。

这一餐饭，杨蓁吃得颇为开心，至于她阿爹开不开心，她就不是很清楚了。

吃完饭，杨蓁也应当回宫了。杨御史和杨夫人沉默地送女儿离家，杨蓁走得很慢，这一别，下次再见也不知是何时了。

在路过花园池塘时，杨御史猛地想到，前一阵子其实并未听见宫中女官的动静。

女儿在大明宫里做女官，杨御史自然会对宫中多加关注，且他本就身在御史台，任何风吹草动都应该瞒不过他的眼睛才对！

刚才他被阿蓁打了一个措手不及，竟全忘了这一茬。

杨御史站住了脚步，沉声问道："你所说的这司彩之事，发生在何时？"

杨蓁停住脚步，轻笑一声。

"阿爹终于发现了？"她抚了抚头发，说，"大约六七个月之前。"

也就是说，杨蓁，或者说是萧璃，六七个月之前手中就已经握有御史台的把柄，却隐忍不发，任由他们的人上奏折，参她行为不端。

她本来可以早早让他闭嘴，却不这样做，一直到今日才发作……

"萧璃到底要做什么？"杨御史厉声问道。

"父亲。"杨蓁放下抚着鬓发的手，直视着杨御史，纠正道，"您应当称她公主殿下。""殿下"一词，还被她加了重音。

泸州城。

令羽、高九和高十二已经跟接应的人会合，一行人扮成了往来的商队，稍微绕了个路，打算从行商最多的泸州过江。

此刻他们正等在渡口，等着船家开船带他们渡江。

渡了江，基本就算是安全了。

"公子。"高九将干粮递给了一个护卫游侠打扮的人，正是被大周追捕的令羽。

令羽本拿着手中的公主令牌出神，见高九靠近，便将令牌小心收进怀中，接过干粮，沉默吃下。

这一路他们逃得颇为顺利。

高九和高十二本来以为从猎场到灵州途中会遇到禁卫军的追击，可出乎意料的是，他们竟然一路顺利地到了灵州，顺利地与其他护卫会合了！如今马上就要渡江了，两人都有些难以置信的感觉。

这时，渡船已经装好了货，只等令羽和其他乘客上船，便可开船了。

踏上船板时，令羽回头往长安的方向望了望，眉目深沉。

其他的护卫不知缘由，还以为有追兵。高九和高十二却对视了一眼，心中明白殿下怕是在想着那位公主。

要高十二说，其实带着公主一起跑也没什么，能把大周的公主拐回他们南诏还是件挺有面子的事。不过人家公主拒绝了，那他们也不能强抢不是？

高九于萧璃的身世知道得要更多一些，只能在心里叹息，殿下这一番情意，怕是注定要付诸东流了。

船家放了绳，船缓缓地离开渡口。待船往江心行了百尺时，一队官兵骑着马抵达了渡口，挨个搜查过往行人。

"这又是怎么了？"甲板上，同行的其他商队的人远远望见那队官兵，交头接耳道。

"你不知道？听说南诏质子逃啦！"一人低声回答。

"什么？逃了？"

"是呀，听说啊，南诏王病重，质子急着回去争王位呐！"之前说话那人回答。

令羽的护卫们闻言，皆目光不善地看着说话那人。

那人注意到令羽一行人的目光，以为他们也好奇，对于自己的消息灵通

感到颇为自得，于是挑了挑眉毛，继续说："知道吗，听说这里面还牵扯到一桩风流韵事！"

令羽一愣。

"什么事？什么事？"不论何朝何代，风流韵事都是最爱被人说道的话题。旁边的人一听，立刻来了兴趣，就连更远一点儿的人也都围了过来。

"长乐公主，知道吧？"那人见大家都望着他，更得意了，挤眉弄眼道，"长乐公主，那可是长安的小霸王，据说她跟那个质子有私情，就是她帮质子逃跑的！"

令羽浑身一震，难以置信地看着那人！

"啊——"周围的人齐齐感叹。

怎么可能？他们离开时私下无人，为什么别人会知道阿璃帮了他？！

"据说啊，为了护质子离开，长公主不惜跟禁卫军大打出手，阻拦禁卫军追击！"

"哟——"周围人齐齐吸气。

这时，船身随着水浪晃了晃，令羽心神失守，一个踉跄，竟然险些跌倒。

"公子！"高九连忙扶住令羽。

难怪，难怪。令羽苦笑，难怪他们那么顺利就到了灵州，原来阿璃不仅仅是送他们走，还阻拦了禁卫军！

说话那人很是满意他引起的惊呼，但好似还觉得不够，接着说："然后这长乐公主啊，一个不慎，就坠崖了！"

坠崖……

有那么一瞬间，令羽有些无法理解这两个字是什么意思。等他意识到这两个字意味着什么时，只觉得口中一片腥甜。

"那公主她……"听热闹的人追着问。

"据说禁卫军找了一夜才找到公主，不过听说有霍大将军护着，倒是没受什么伤。"讲故事的人摸着下巴，不紧不慢地回答。

听到萧璃没事，令羽这一口气才算喘上来。

他甚至没有去向那人求证真假，而是回身看向泸州口岸，似乎在估算船身到岸边的距离。

"公子！"高九和高十二见到令羽的样子，想到他走前的情态，猜到令羽心中所想，连忙一左一右拦住令羽。

"公子！事情既然已经发生，您就算回去也无济于事啊！"高九急急说道。

"是啊，公子，您现在回去，只会辜负了公主殿下的一番心意！"高十二素来不如高九会说话，想了一下，才想到这么一番说辞。

"殿下！"高九见令羽神色不为所动，压低了声音说道，"老将军和王上都等着您！现在唯有您才能救南诏啊！公主殿下不论如何，还是大周皇族，性命定然无忧！殿下！等您成了南诏王，才能更好地帮她，不是吗？"

高九也不过是一介武夫，为了劝住令羽，几乎用尽了毕生的文采，才说出了这么一番话。

令羽的手紧紧地攥住，没有动作。

不是因为被高九和高十二劝住了，而是他猛地想起临走时萧璃最后跟他说的话。

那时，她坐在马上，对他说："阿羽，不论你之后听到了什么，记着，与你无关。往前走，别回头。"

那时他急着离开，并未多想。可现在回看，萧璃分明早已预料到之后的情况，也打定了主意帮他阻拦禁卫军的追捕！

与我无关，好一个与我无关啊。

令羽的指甲深深地陷入了皮肉，他闭上眼，长长地呼了一口气，然后无力地松开了手。

高九和高十二对视一眼，不着痕迹地松了一口气。

高九确实有一句话说对了，他现在只是个无用之人，唯有成了南诏王，才可说将来。

睁开眼睛，令羽复又深吸一口气，对属下护卫说："等上了岸，全速归国。"

"诺！"

杨府。

杨蓁与杨御史沉默地对视着，杨夫人担忧地看看这个，再看看那个，不知该说些什么。

"公主殿下？"杨御史重复杨蓁的话，可语气中满是嘲讽之意，"你知不知道你的公主殿下是在利用你对付我？你是我的独女，她……好算计啊！"

"可若不是因为我，她也不会跟您对上，不是吗？"杨蓁说，"您毕生所愿，便是做明正忠直之臣。我所行之事，阿璃所行之事，不会违背您所愿，阿爹，但请放心。"

"可你知道掺和这些，有多危险吗？"杨御史怒道。

"士为知己者死……这句话，不是您教我的吗？"杨蓁很平静。她俯身对父亲、母亲行了一个大礼，然后转身欲走。

"哦，对了。"杨蓁顿了顿，又说道，"至于裴晏那里，父亲还是省些心思吧，他连随侍护卫的名字都取成了梅期鹤梓，父亲还不解其意吗？"

说完，杨蓁便走了。

杨御史看着女儿的背影，半晌不能言语，直到一只手轻轻覆上了他的手背。

"阿蓁是你当男儿般教养长大的，如今她要行男儿之事，又有什么奇怪的呢？"杨夫人温声问道。

杨御史回想起刚才种种，长叹一声，然后苦笑道："好算计啊，我的女儿和公主殿下，都好算计啊。但愿之后她对上别人，还能使出这般手腕心机。若能如此，倒也真的不需要我担心了。"杨御史自嘲一笑，转身，牵着妻子的手走了回去。

霍府。

"将军，明日大朝会，你可要给公主求情？"吃过暮食，袁孟没有回房，而是搓搓手，期期艾艾地问。

当日霍毕和萧璃被禁卫军找到后，霍毕就没再见过萧璃。归程中萧璃一直在马车上昏睡，等回了长安，萧璃就直接被送到了皇后娘娘那里看管，霍毕虽有心，却根本见不到她。

因着护主有功，霍毕本人倒是得到了荣景帝的赏赐，回来之后就在府上养伤，一直到今日。而明日，就是大朝会了。如今长乐公主为救南诏质子而同禁卫军大打出手的事情已经传得尽人皆知，明日上朝，群臣定是要就此事下个结论的。

是惩是罚，怎么罚，罚多重？

虽说惩戒一定会有，但因着萧璃身份贵重，这惩戒就有很多可操作的余地。

是明重暗轻，只给朝臣百姓一个交代，还是明轻暗重，趁此机会打压萧璃，端看荣景帝的心意和萧璃与那些当朝大臣的关系了。

而萧璃跟大臣们的关系……霍毕叹了口气。

"军师怎么看？"当日在崖下山洞，萧璃看似给他透露了很多，可仔细想想，却好像也没什么。

他只知道萧璃这一番看似胡闹的举动其实有所图谋。可她在图谋什么，霍毕猜不透。

霍毕将他们在山崖下的一些对话复述给齐军师三人听，想问问他们的看法。

齐军师摸着自己的美须，半晌，才开口："将军，此时一动不如一静。明日朝上，将军不如静观其变。"

"老齐，你是认真的？"袁孟惊讶，他一直以为齐军师很是欣赏公主的，"那帮文臣最会拱火，无事都能被说出错来。如今公主殿下被他们揪到这么大一个错处，还不趁机借题发挥？"

这也是霍毕所担忧的。

"将军不是提到公主殿下是任由自己受伤的吗？且整个回程途中，一直病着，时昏时醒？"齐军师确认道。

"是。"回程途中霍毕曾试图打探，这正是他打探到的消息。

"公主殿下怕是……成心留着陛下的这一股火啊。"齐军师叹了口气，说道。

霍毕一愣，然后恍然。

按照之前萧璃话中透露的，若不是他护着她掉崖，她可能还要给自己弄出些皮肉伤。若她好好的被禁卫军找回去，荣景帝定然会当场就发作了她。可她又是内伤又是高烧不退，时昏时醒的，荣景帝反而不好做什么。

这一股火当真是一直积压到现在！

"又是置之死地而后生啊……"齐军师低声自语道。

"你说什么？"袁孟没听清，大声问。

"我说，公主这是要置之死地而后生啊。"齐军师神色复杂，重复了一遍。

置之死地而后生……

霍毕在心底重复着齐军师的话，心里有些不是滋味儿。

她不过一个及笄不久的姑娘，本该在父母身边撒娇的年纪。

究竟是何事要她做到这等地步，甚至不惜伤害己身？

就如霍毕预料的那般，第二日大朝会上这荣景帝与王公大臣们商讨的第一件事，便是令羽私逃之事。

"郭威，南境可有消息传回？拦截到令羽了吗？"虽然觉得希望渺茫，可荣景帝还是先过问了此事。

"据前方回报，令羽等人……应是已经渡江了。"郭威单膝跪地，回禀。

荣景帝心里一沉，若是渡了江，那便当真追不到了。

"微臣失职，请陛下降罪。"郭威请罪。

"父皇，此事是剑南道官兵追捕不利，怪不得郭统领。"二皇子对郭威素有好感，一听郭威请罪，连忙站出来帮忙求情。

"陛下，微臣觉得不妥。"此时，兵部尚书出列，开口了。

霍毕闻声看去，见兵部尚书躬身说道："剑南道官兵得到消息时已然太迟，出了山南道，那令羽便如鱼入渊，如鸟归林了！臣以为，其责不在剑南道的官兵。"

"回陛下，虽是以快马传讯，可山南、剑南州府甚多，确实会有州府无法及时得信，给了令羽逃脱的机会。"裴晏出列，回道。

兵部尚书感激地看了一眼裴晏，心想有裴晏帮着说话，他底下那些官兵追击不利的罪责该是能逃了。

"哦？那你们觉得罪责在谁啊？"荣景帝冷哼一声，沉声问道。

"陛下，"这时，杨御史走了出来，手持笏板，上表，"禁卫军虽有失察之责，可若是能及时追击，未尝不可在令羽离开山南道之前将其拦截。之所以耽误了最佳的追击时间，皆因长乐公主私心阻拦，以致酿成祸事。"说到这里，杨御史跪下，大声说道："臣恳请陛下，重责长乐公主殿下！"

"臣附议！"兵部尚书跟着说。

"臣附议！"又一个御史出列，躬身请求。

"臣，附议。"裴晏表情淡漠，声音平静地说。

霍毕站在武官队伍的前面，皱着眉看着这些人纷纷附议。

而这时，耳力超群的他似乎听到了步履一下一下落地的声音。他愣了愣，接着心神一震，回头看去——

"哦？责罚？"

不同于任何一个朝臣的声音自众人身后响起，如晨间第一缕光一样穿透了此刻有些嘈杂的朝堂，令整个朝堂不由得静了静。

一直沉默不言的太子于无人注意之时，面露温柔的笑意。

文武百官皆回头看去。

站在朝臣中央的裴晏，捏紧了手中笏板，同样回身，遥遥望去。

殿门口，逆光处，萧璃身着大周公主冕服，玄衣纁裳，金冠十二珠垂于耳畔，双手交叠，置于腰间白罗大带之上。

她的目光慢慢扫过整个大殿，仿佛看了所有人的眼睛，又仿佛谁都没有看。

最后，她的目光落在了跪在最前面的杨御史身上，泰然中又带着轻松的笑意。她问道："也叫本宫听听，你们想怎样责罚本宫？"声音清透坦然，无半分惧意。

说着，萧璃举步，踏进了朝堂。

她步履稳健，矜贵从容，耳畔垂落的金珠岿然不动。

整个朝堂寂静无声，仿佛她本就应当出现在此处，本就应当至尊至贵。

霍毕的心，狠狠地一跳。

满堂的朝臣都看着萧璃，或恼或怒，或面无表情或面带审视，其压力可想而知。

可是萧璃并无半丝畏惧怯懦之色，脚步依旧沉稳，面色坦然却又不倨傲。

那份理所当然让霍毕恍惚间觉得，这才是萧璃原本的模样。

霍毕若有所觉地偏过头，看向裴晏。裴晏下颏绷着，脸上没什么表情，目光却一直没有从萧璃的身上移开。一直到萧璃走到近前，裴晏才垂下目光，看着手中笏板。

"见过皇伯伯。"不知道是不是巧合，萧璃走到跪着的杨御史身边时才迤迤然停住脚步，俯身对荣景帝行礼。

荣景帝看着大殿之上的萧璃，不知怎的就想到了当年林昭，也就是萧璃的母亲，封后大典时的景象，面色不由得阴沉了下来。

"你的伤好了？"荣景帝见萧璃这一身盛装、面色红润的样子，沉着声音问道。

"回皇伯伯，些许小伤，将养几日就好了，谢皇伯伯关心。"萧璃一笑，好像之前内伤发热的人不是她，又好像这只是寻常的问候，什么事都没发生一样。

"放肆！"看萧璃还是没心没肺、不知轻重的样子，荣景帝的火气上来，猛地一拍龙椅，问道，"你来这里做什么？"

"自然是听说有人上奏参我，我这个要被降罪责罚的人总可以旁听辩解一番吧？"萧璃理所当然、理直气壮地说。

"公主殿下还有何可以辩解？"此时，杨御史已经站了起来，并且转身面对萧璃，不闪不避，直面着萧璃的注视，咄咄逼人地问道，"殿下是不曾帮助令羽逃跑？还是不曾阻挡郭安郭护卫带人追击？"

"都有。"萧璃仍然是那副让人恨得牙痒痒的坦然的样子，直接点头承认，什么借口都没找。

这时，她好像想起来什么似的，向着郭统领作了个揖，说："对阿宁的兄长拔剑相向，是我不对。伤了禁卫军的马儿，也是我不好，本宫在此给郭统领和郭护卫赔个不是。"

"不敢。"郭威从牙缝里挤出这么两个字。郭安此刻并不在此处，被郭威罚着去守城门了。

"公主竟还不知错吗？"杨御史好像被萧璃的模样气得上头，声调都提高了。

"本宫刚刚已经道歉。其他的错，本宫不认。"萧璃直起身，看着杨御史说道。

"长乐公主！"杨御史怒道，"你可知南诏王病危，此刻正是南诏王庭内乱之时！南诏两个王子两相争斗、内耗，才可保我边境平稳安定！令羽这一回去，两王子再无争位可能。到时南诏上下一心，若新主为了立威而发动兵争，这后果公主担当得起吗？公主别忘了，令羽的外祖姓甚名谁！"

"杨大人怕是说反了吧？既然上下一心，又何须多此一举发动兵争？令羽明明就是唯一可不靠征战而收拢权力的王子。"萧璃冷笑一声，说，"且什么时候我南境的安稳，竟然要仰仗邻国内乱了？若南境吏治清明，兵强将勇，又有何人敢来犯？杨御史，凡事多看看大局，别整日里只会盯着些鸡毛蒜皮的小事！如此百般担忧，难道不是反露了自己的怯意？"

若杨氏、林氏还在，南境防线如铁桶一般，又有何惧？说来说去，不过都是因南境无良将可用，朝堂上下这才担心南诏一朝发兵，大周应对不及，心生怯意罢了！

若说杨御史之前的怒气有三分真实、七分假装，被萧璃这么一讽刺，那怒气便变成了七分真实、三分假装。

杨御史握紧了拳头，欲要反驳，可是萧璃却不再搭理杨御史，转头对荣景帝说："皇伯伯，我知道令羽外祖乃是南诏高氏，尽掌南诏兵权，可正是因为如此，令羽登基，于军队士兵的掌控才能超过别的王子……他……"

"你还知道令羽的外祖是高氏！"没等萧璃说完，荣景帝抄起身边掌事太监托着的茶杯，狠狠扔了出去！

"啪——"

茶杯碎在了萧璃的脚边，让萧璃顿住了。

"你还知不知道剑南林氏，你的母族林氏是死于谁之手？那是你仇人之子！你不仅跟他交好，如今更是不顾家国，一心帮助仇人之子！你这样对不对得起你母后，对不对得起林家？"荣景帝怒道。

见荣景帝动了真怒，大殿之上一时间噤若寒蝉。

众所周知，荣景帝初到南境时，曾随林大将军行军，与林氏父子感情深厚，故而荣景帝这般发火，也不显得突兀。

裴晏看着手中笏板，看不清眼中神色。

萧璃闻言猛地抬头，看着御座之上的荣景帝，胸口剧烈地起伏了一下，袖中的手也紧紧握成拳头，微微地颤抖着。

太子垂下眼眸，无人看见从来温雅端方的他眼底的嘲讽和失望。

萧璃深吸了一口气，撩起裙角，缓缓跪下，说："皇伯伯，我与令羽知交一场，知他为人，信他秉性，若他成为南诏王，定不会于我大周南境不利！我们曾有约定，不会叫边境再起战火，百姓受苦！"

这般听来，长乐公主初心是好的，只是太过稚嫩轻信了一些。那些并不清楚令羽如何的朝臣这样想。

"公主殿下。"平静且淡漠的声音响起，霍毕抬头看去，见是裴晏开口了。

他垂眸看着跪在地上的萧璃，冷冷地说："所以，殿下只因一己私情，便坚信令羽不会对大周不利，放他归国，置我边境安危于不顾吗？"

只一句话，就把萧璃刚才句句解释之言打成了私情。看着御座上越发怒火中烧的荣景帝，霍毕眉头紧蹙。

萧璃抬头，将目光投向裴晏，眼里出现了明显的厌恶之色。她冷声嘲讽道："我与令羽只是君子之交，并无私情，不过裴大人怕是不会懂，不懂何为君子一诺，更不知信任为何物。"

往日萧璃倒是也不少同朝臣呛声，但从未有过如此诛心之语。这简直是在赤裸裸地攻击裴晏的为人品格了。

"够了！"荣景帝看萧璃越说越不像话，呵止了她的嘲讽攻击之言，说，"我再问你一遍，你认不认错？"

萧璃虽然跪着，却仍旧仰着头，带着桀骜之色说："我不认！再问百次千次，也还是不认！即便是再来一次，我还是会放他走！"

"好啊！好啊！"见萧璃如此冥顽不灵，态度蛮横，荣景帝明显动了真怒，"你往日胡闹荒唐，可至少还算知是非晓对错，如今却如此不知轻重是非！确实是我往日纵容太过，来人！"

见荣景帝喊人，萧煦连忙跪下求情："父皇，阿璃年纪还小……"

"闭嘴！"荣景帝直接打断萧煦，怒道，"她就是被你和皇后宠纵惯了，才这般无法无天！来人啊！请我萧氏金铜！"

荣景帝此话一出，霍毕听见身边的武官都倒吸了一口气。

萧氏的江山是在马背上打下来的，那金铜便是萧氏先祖用过的兵器，是萧氏祖上传下来的家法，专门用来惩戒犯了大错的萧氏子弟。

这金铜虽然已经三十几年没有被动用过了，却是每个萧氏子弟都知道的存在。

今日为了萧璃，竟然……要请金铜。

萧璃听到荣景帝的话，下颌猛地收紧，却咬着牙，仍没有认错之语。

"看来公主殿下当真认为自己无错啊。"杨御史已经恢复了冷静，他看着萧璃，悠悠地说了一句。

"先帝至圣至明，缘何殿下却如此不晓是非啊！"又一臣子痛心道。

荣景帝听了，怒火更盛。

裴晏抬眼，看了看那说话的臣子，是刑部尚书。

一旁的霍毕听着，觉得这些文官今日左一句右一句的，全都在拱火。在霍毕看来，萧璃也是一样，不想着如何让荣景帝消气，反倒是硬生生要对着干。她只是公主，硬犟说自己没错又有何用？

很快地，郭威手托着一个长匣回到朝堂，里面正是金铜。

荣景帝对郭威说："郭威，朕命你，刑长乐公主十铜！"

郭威一愣，没有立刻动作。

"还愣着干什么？不许徇私！朕今日要她知道教训！"荣景帝吼道。

那金铜足有四尺长，郭威握着金铜走近跪得笔直的萧璃时，还特地放慢动作，给她时间求饶认错。

可萧璃却像是听不见看不见一样，咬着牙，瞪着御座前的阶梯，就是一言不发，一脸倔强。

荣景帝见她这副模样，更气，喊道："给我打！"

郭威没办法，只好深吸一口气，抬手打下去！

这一下子郭威虽然没用内劲，却也没敢放轻动作。金铜就那么实打实地打到萧璃背上。

萧璃闷哼一声，却没有喊痛。那兵器打在她身上的声音清晰地传进每个

人的耳中。

此刻，整个大殿安静得可闻落针，萧璃的闷哼声也十分明显。

这第一铜打下去，郭威又顿了顿，见萧璃仍然不说话，甚至干脆闭上眼睛，一副拒不认错的样子，只好硬着头皮继续打下去。

……

第三下。

豆大的冷汗从萧璃的额头冒了出来。

……

第六下。

她的嘴唇被咬破，唇上一片血色。

……

第八下。

有朝臣别过眼，不忍再看。

第九下。

第十下。

萧璃愣是生生把这十铜受了下来，未呼痛，未求饶，也未认错。

倔强至此。

"你可知错？"御座之上，荣景帝问。

"我……没错！"萧璃咬牙回道。

"郭威！再打十铜！"荣景帝怒道。

这……

若说刚才满朝文武确实觉得长乐公主该罚，在萧璃被真刀真枪打了十铜之后，半数朝臣也都觉得差不多了，长乐公主算是受了教训了。再怎么说，她也是先帝唯一的血脉，只要她低头认个错，这满朝大臣们也不会再揪着这事不放。

可萧璃就是嘴硬不认错，荣景帝也在盛怒之中，到现在，竟然成了这两个人较劲儿，谁都不肯退让一步！

裴太傅近日染了风寒，未免过给别人病气，并未上朝，所以这满朝的文官都将目光投向了裴晏，指望着他说句求情的话，给皇帝陛下一个台阶下。

毕竟向来，裴晏说一句话，比他们说一百句都更有用处。

可是，裴晏只是垂着眼，面色平静，对朝臣们的目光视而不见。

他淡然地看着手中笏板，仿佛萧璃只是被罚打手心，而不是被一个武将拿着战场上才用得到的兵刃狠狠责打。

竟……如此心狠。几个想开口求情却又犹豫的文官互相对视，不知裴晏为何不言不语，难道是记恨刚才公主所说的诛心之语？可裴晏往日并非心狭之人，公主到底年纪还小……

你说……这到底叫个什么事儿啊！工部谢尚书在心里暗叹……

郭威见萧璃不认错，也没个人站出来说话，上面陛下还盯着他，只好硬着头皮，继续打。

第十一下。

第十二下。

第十三下。

打到第十三下的时候，萧璃没忍住，呻吟出声。

"你可知错？"荣景帝又问。

"不！知！"萧璃已经疼得说不出完整的句子，可还是不肯认错。

"给我继续打！"

第十四下。

第十五下。

萧煦跪下，大声说道："父皇息怒！"

第十六下。

第十七下。

站在前排的二皇子、三皇子，还有几个大臣都能看见，萧璃的嘴唇已经被她咬得鲜血淋漓。

可即使这样，她也不肯吭声，更不肯认错求饶。

这也是朝臣们第一次认识到，这平日里只知道打马游街的长乐公主，骨头竟是这般硬。

二皇子萧烈受不了了，也跪了下来，说："父皇，求您别再打了！"他从小跟萧璃打到大，一直知道萧璃这丫头片子有多犟。倔劲儿上来了那真的

是谁都拦不住，萧烈无奈，只好跪下来求情。三皇子同样跪了下来。

见皇子们都跪了，霍毕、显国公，谢尚书还有几位公卿也都跪了下来，请荣景帝息怒。

殊不知，他们越是跪荣景帝越是怒，如今仿佛错的人不是萧璃，而是他。

"朕再问你一遍，你可知错？"

其实到了这时，只要萧璃肯低头认错，荣景帝也不会再继续打了。毕竟他是要萧璃低头，不是想打死她。

萧璃已说不出话，她紧紧盯着御座前的阶梯，摇头。

"继续！"荣景帝大怒，道。

最后一下打完的时候，萧璃已没办法坚持挺直脊背。

负责打人的郭威同样心神不稳，手一抖，金铜偏到一边，萧璃也被那金铜的力道带得偏倒在一侧。

恰恰好，跌在了裴晏的脚下。

这时候，满朝文武官员已经跪倒了一半，杨御史则还站着，看着萧璃，面色复杂。

昨日杨蓁让他今日在朝堂上变本加厉针对萧璃时，杨御史惊疑，不知道这两人打的什么主意。到了现在，他更是摸不透萧璃的想法。

她想干什么？她那么大费周章让杨蓁回来威胁他，就是为了在朝堂上挨这么一顿揍？

萧璃不肯认错，荣景帝下不来台，大半文武官员这么一跪，他更是怒火中烧。

这时，裴晏仍然站在荣景帝的面前。没有先是要皇帝重责公主，他责了之后又跪下来求情。

裴晏低下头，看着跌在自己脚边的萧璃，眼中不带一丝情绪，仿佛她只是路边与他无关的猫儿狗儿。

他声音依旧冷静淡漠："殿下身为大周的公主，所言所行，当以国为先，怎可为私情左右？"只一句，就犀利道出萧璃所错之处，让荣景帝稍微散了些怒火。

"殿下又可曾想过，若令羽背信弃义，边疆陷入战火，南境十几万士兵百姓的性命，又当如何？若他日南境生灵涂炭，尸骨遍野，殿下……又可承担得起？"

裴晏眉目俊雅，所说之话却如刀，刀刀见骨方休。

朝臣们虽然都心有不忍，为了萧璃跪下求情，可心中却也不得不承认裴晏所说一点儿不错。

霍毕看见倒在地上的萧璃将手缓缓握成了拳头，颤抖着撑着地面，直起身子。

她没有看向裴晏，也没有与他争辩，只是颤抖着站了起来，抬手慢慢除掉了头上的公主金冠，接着，除掉了身上罩着的玄衣。

玄衣落地，内层的素纱中单露出来，众人才发现这实实在在的二十铜，已经让萧璃背上鲜血淋漓。

萧璃身上的素纱中单，已被血液浸透！

除掉象征着公主之尊的金冠玄衣，萧璃重新跪下，抬头，看向御座之上的荣景帝，勉力开口说道："我与令羽君子之交，我信他不会背信弃义，与大周兵刃相向。"

荣景帝见萧璃还是这套冥顽不灵之语，气得正要说话，却听见萧璃继续说："金冠已卸，玄服既除，臣萧璃，自请戍守边关。"

听到萧璃的话，朝臣们纷纷瞪大眼睛！就连荣景帝也一时怔愣，无法言语。太子站在最前，无声地叹息。

唯有裴晏，还是那副不动如山的模样。

"若有朝一日，南诏与大周兵刃相向，令羽背信弃义，侵我国土，伤我子民……

"那萧璃……愿以身挡之，以命……谢罪！"

说完，萧璃俯下身，缓缓地向荣景帝磕头。

"愿陛下应允。"

一字一句，掷地有声。

傍晚，暮鼓敲过之后，裴晏才终于回到了自己府上。

212

"公子回来了！"鹤梓本就候在门前，见到骑马而来的裴晏，连忙迎了上去。

他抓住缰绳，鹤梓扶裴晏下马。

这时有个官员同样骑马经过，见到裴晏，便对他拱手示意。

裴晏回礼，姿态自然从容。

马由门口的小厮带回马厩，裴晏不再管，径自回府。鹤梓就在一旁跟着，小心地觑着他的神色。

裴晏并未搬出府别居，所以这座裴府还是裴太傅的府邸，府甲不小。

裴晏一路穿行，路过花园、池塘，如往常一样缓步慢行，回到了自己的院落。

鹤梓见裴晏神色如常，心下松了口气，谁知他这口气才松了不到半口，就见自家公子迈步进书房的时候，被那个根本不高的门槛给绊到了。

他那个多少懂些拳脚功夫的公子竟像是对身体完全失去了掌控，直接跌倒在了地上。

"公子！"鹤梓连忙跑上前，想要扶起自家公子。而他家这位在人前人后都不曾有过片刻失礼的公子，竟然就这么坐在了地上，不顾身上凌乱，不顾狼狈姿态，随意地往门上一靠，直接把脸埋在了膝盖里。

鹤梓完全看不见他的神情脸色。

只有那置于膝上紧紧握成拳、青筋暴起的手，于轻微颤抖中泄露了主人的一丝情绪。

鹤梓挠挠头，也只能悄悄叹一口气。

过了好半晌，裴晏抬起头，已然如往日一般平静淡然了。"梅期呢？"他问道。

"他今日出府办事去了，公子不是知道吗？"鹤梓回答。

"等他回来叫他立刻来书房。"裴晏说完，便起身走到书案坐下，无声地处理文书公文。

"是。"鹤梓点头称是，然后轻轻地为裴晏关上书房的门，自己在屋外候着了。

霍府。

"也不知道宫里是什么情况。"知道今日朝会上他们定然会处理令羽萧璃之事，袁孟很想赶紧知道消息，可霍毕迟迟未归，急得袁孟直抖腿。

"将军护卫公主有功，又不会挨训，你在这里着什么急？"齐军师摸着自己早上刚修好的胡子，瞥了一眼坐没坐相的袁孟，嫌弃道。

"老齐你这话说的，我就不能担心公主殿下吗？"袁孟一咧嘴，反驳道。

齐军师摸着胡子的手一顿，然后颇为探究地问："同我们之前所预料的并不尽相同，公主有她自己的心机谋算……"你为何还如此真情实感地为她担心？

"这……可能是因为，我觉得公主很好？"袁孟摸摸下巴，说，"不是跟你说过了嘛，那一日裴晏跟将军说当年是公主帮忙求情的。"

齐军师的动作停了停。

"将军虽然嘴上不信，但我觉得他心里是想要相信的。"袁孟咂咂嘴，说，"不知道为何，反正我是相信的。公主对我们也不像有恶意的样子。"

这就是野兽的直觉吗？齐军师素来对这种行事全凭本能的人极为鄙视。

"公主殿下欲与将军联姻，其利害纠葛都说清了，就连有心仪之人之事都不曾隐瞒。"林选征之前一直不曾说过什么，想了很久后才谨慎开口，"如此行事坦荡，当不是小人。"

"对对对，林老弟说得对。"袁孟连忙点头。

齐军师的眼睛眨了又眨。

"公主殿下对你们将军毫无仰慕之情，你们都觉得没问题吗？"齐军师心道，这真的是自己家亲将领吗？

"不是，军师，咱们将军也不喜欢公主啊，利益结合罢了，谈什么感情？"袁孟理所当然地说。

那你还真是清醒啊，齐军师在心里翻了个白眼，暗暗嘀咕。

"不过，"袁孟马上又露出了一个有点儿期待，又有点儿猥琐的笑容，说，"我们将军英武俊朗，公主貌美如花，这相处久了肯定能有感情。"说着，袁孟搓了搓手："军师，你说，他俩要是生了小娃娃，是不是得贼他娘好看啊！"

"我呸！贼你娘吧。"齐军师唾了袁孟一口，正想骂他有辱斯文，霍毕

214

回来了。

"将军!"三人立刻起身向霍毕走去,齐军师第一个问:"公主殿下如何了?"

"阿璃如何了?"

工部谢尚书下了轿子,发现女儿正在门口等自己,还来不及感动,就听见女儿急急问。

作为女儿,你是不是好歹应该先问问你阿爹我呢?谢尚书在心里嘀咕,见女儿素来懒得做什么表情的脸上满是焦急,这抱怨的话也说不出口了。

谢尚书叹了口气,摇着头说:"公主殿下,惨呐!"

第十章

得償所願

"阿爹你什么意思？"谢娴霏拽住了谢尚书的衣袖，急急问。

"哎哟，阿霏，让爹先去清理一番可好？"谢尚书今日又是站又是跪的，如今只想好好沐个浴，再吃个饭，最后靠在他的榻上安静读一会儿书。可偏偏他的好女儿拽着他不放，非要刨根问底问个究竟。

谢尚书叹了口气，再次觉得这儿女都是债，而他前世八成欠了巨款不曾还。又叹了口气，他一边往正房走，一边把今日朝堂上的事原原本本地讲给谢娴霏听。

"什么？公主殿下被打昏过去了？"霍府，袁孟的大嗓门响起了来，传出了好远。

"军师，这……军师？"林选征本想问问齐军师的看法，却见他正垂眸沉思，连手中的茶杯歪了都没感觉。

"军师？"霍毕也注意到了齐军师的异常，微微提高了声音。

"嗯？"齐军师猛地回过神，端正了茶杯。

"军师在想什么？"霍毕探究地问道。

"我……我只是在想……"齐军师的眼珠转了转，说，"我只是在想公主为何要这般。"

"是啊，这认个错的事儿，做什么非要挨打呢？"袁孟跟着说。

"公主她，最后自请戍守南境。"霍毕对面前三人说。

齐军师闭上了眼睛。

"军师，可是知道了公主的意图？"霍毕问。

"现在重要的不是公主如何。"齐军师睁开眼睛，看着手中茶杯，然后说，"而是将军欲如何。"

"公主说完要去戍守边疆之后就晕过去了，太子殿下带她回了东宫养伤。说实话，你阿爹我是真没想到殿下能坚持那么久。那铁棍子打我身上，三下

我就得哭爹喊娘。"

素来怕疼的谢尚书咧咧嘴，倒也不怕在女儿面前失了做父亲的威严，反正他在家也素来没什么威严。

谢娴霏看了一眼自家父亲。

"怎么？"谢尚书看出了女儿眼中隐隐的嫌弃，不高兴地说，"那可是皇室先祖打天下用的兵器，是可在战场上杀人的！你是没看见，公主殿下把自己的嘴咬成什么样。"

谢娴霏失神，搂着谢尚书的手也无意识地垂了下来。谢尚书见女儿松了手，连忙往正屋去了。

谢娴霏一人站在花园中，不知道在思考着什么。

萧璃昏迷着被抬到东宫的消息第一时间便叫杨墨知道了。本来，这东宫之事萧煦也从未想过要瞒着杨墨。

顾不得萧煦也在的可能，杨墨带着侍女离开了她的小院，来到了萧璃常常留宿的那个院子。这一路自然并不曾遇到半分阻碍，杨墨直接进了萧璃的卧房。房内竖着一面大屏风，萧煦正站在屏风外。屏风里传来窸窸窣窣的声音，却唯独不闻萧璃之声。

萧煦似是没料到会见到杨墨，整个人愣在那里，似乎有些无措。

杨墨没有管屏风前立着的人，直接绕过屏风，走到床前。

床上，萧璃趴着，医女正小心地剪开背上的衣料，可那并不是件容易的事。部分布已经同血肉粘在了一起，若要取下，势必要破坏伤口。而已经剪下的部分，露出了血肉模糊且带着青紫肿胀的皮肤。

杨墨眼前一黑。

"萧煦，这是怎么回事？你就是这般护着阿璃的？"只觉一阵气血上涌，杨墨转头对屏风外的太子怒道。

屋内的侍女和医女皆垂着头，只当什么都没听见。

被指名道姓责骂的太子闻言，不仅没露出半点儿不悦之色，反倒是有点儿惊喜。但想到萧璃和屋内的侍女医女，萧煦压下了心中那微微的喜悦，低声说："是因着令羽之事，父皇震怒。"

杨墨闭了闭眼睛，也明白了此处不是说话之处，于是举步往屋外走去，在经过屏风时看了萧煦一眼。

萧煦瞬间明了，立即跟了出去。

等杨墨再次回到屋里已是半个时辰以后，医女终于处理好了伤口，而萧璃也醒了过来。她后背全都是伤，刚上了药也无法穿衣，无法，只好寻了最柔软的丝绢盖在后背上。

萧璃趴着，下巴垫在软枕上，疼得直哼哼。

"现在知道疼了？"见萧璃这样子，杨墨又是生气又是心疼。

听到杨墨的声音，萧璃身上一僵，然后试图把脸扭过来。

可她一动脖子，便会牵动背上的伤，于是只好一边吸气，一边"哎哟"着把脸扭向床外。

"你来看我啦，墨姐姐。"萧璃拼命仰着头，对杨墨露出一个乖巧的笑容。

"这药没镇痛之效吗？"杨墨看萧璃每一个动作都要龇牙咧嘴，问。

"我没让用镇痛的药。"萧璃说，"疼着吧，疼着容易清醒。"说着，萧璃嘻嘻一笑，仿佛发现了个大事一般说："这一受伤，才知道这骨肉牵连甚多，从前我就不知只是动动脖子还会牵动背部皮肉，现下就知道了。"

杨墨被气得又是眼前一黑。

"你兄长刚才与我说了朝会上之事，你就只能这样吗？"杨墨问，"你这般受苦，还是在人眼前，你这该让旁……旁人多心疼！"

这一次萧璃没有再嬉皮笑脸地转移话题。她沉默了一会儿，才开口道："可不这样做，我离不得长安，更去不得南境。"

这一回，变成了杨墨沉默。

"你确定萧霄会放你走吗？"杨墨直呼荣景帝名字。

"会的。"萧璃盯着床前屏风，说，"公主拒不认错，死不悔改，甚至口出狂言要去戍守边关。朝臣义愤填膺，边将群情激怒，他为平众怒，会让我走的。"

说到这里，萧璃嘲讽地笑了笑："只有让他在盛怒之下伤我，才能激起他心底那么一点儿愧疚之情。"说到这儿，萧璃看向杨墨，眼里带着些讨

赏的笑容，又说："墨姐姐，我这一出苦肉计还不错吧。"

杨墨不言，视线又回到了萧璃的背上，埋怨道："你好歹也拿内力护着些自己，怎能生生就这么挨着？"

"之前为了不让郭安起疑，我把自己逼出了内伤。这时再用内力，怕不是要伤上加伤。"萧璃解释。

"你……"杨墨看萧璃满不在乎，甚至还有些得意的样子，一时气得说不出话来。

"墨姐姐，想骗过别人，得先骗过自己。"萧璃垂下眼，淡淡地说，"那一分假，终须九成真来掩饰。"

"阿璃，药煎好了。"萧煦端着药走进屋来。杨墨闻言不再说话，只是绕出屏风，沉默地接过药碗，回来喂萧璃喝药。

霍毕跳进裴晏的竹林小院时，裴晏正坐在院中，对着一盘棋局沉思。

他没遮掩行迹，那么大一个人杵在院子里，不是瞎子都能看见。可裴晏却仿佛没看见他这么个人，仍然仔细看着棋局。

霍毕抬脚往裴晏那儿走去，裴晏才不慌不忙地拿起一本书盖住棋盘旁边的几张纸。霍毕瞥了一眼，只看到纸张角落上似乎画着一枝什么花。裴晏注意到霍毕的目光，又慢吞吞地挪了挪书，把纸张完全遮住，然后才不咸不淡地说："深夜来访，霍公爷有何指教？"

"就不能是来找你闲聊的？毕竟这长安我只知你一人，白日里又不方便交谈。"霍毕在棋盘另一边坐下，看着棋局，这样回答裴晏。

虽说只是随意看看，但这一看之下，霍毕还是皱起了眉。他于棋艺上不算精通，往日也只是偶尔陪齐军师下几盘。以他的眼光看，这盘棋局，实在太过凌乱了，尤其黑子。

"闲聊？"裴晏将手中的白子投回棋罐，终于施舍给霍毕些眼光，说，"我还以为霍公爷是来向裴某兴师问罪的。"

闻言霍毕也不看棋局了，一挑眉毛，说："你也知道你今日行事太过吗？萧璃本可以不用受如此重伤的。"

听到霍毕直呼萧璃姓名，裴晏轻笑一声，道："霍公爷这么快就跟公主殿下熟识了？"说着，裴晏抚平袖口的褶皱："倒也不奇怪，毕竟霍公爷舍身护救公主殿下，甚至还一起在崖下待了一整夜。"

保护公主在霍毕看来是很正常的举动，从裴晏嘴里说出来就带着股阴阳怪气。霍毕皱皱眉，道："你不需顾左右而言他，先回答我的问题。"

裴晏伸出手指，在白色棋罐里随意搅了一下，平淡说道："殿下若早些认错，也不必受那些罚。"

"裴晏，你当我看不出吗？"霍毕微微提高声音，说，"你既有能力一句话挑起陛下的怒火，自然也可以轻松平息其怒火。可你却眼睁睁看着萧璃挨打！你说萧璃疏于管教，你当劝谏一二，这就是你的劝谏一二？"

"我说了。"即使到了现在，裴晏的声调还是平平淡淡，"殿下若认错，自不会如何。既然殿下有她的坚持，那想必也做好了付出代价的准备。"

"当日为阻拦郭安她受了实打实的内伤。"霍毕沉着声音说，"她虽竭力以妆容掩饰，可我听得出她气息仍不稳。这般，她便不可能以内力抵抗。裴晏，你非习武之人，不知她会伤得多重！她……"

霍毕还想说，却猛地停住了，因为他看见裴晏抬眸看向了他。目光中那一闪而过的凌厉与忍耐，让霍毕不确定自己是不是看错了。

他再仔细看去，那眼中却只有幽深平淡了。

"霍毕，太子殿下都不曾说些什么。"裴晏微微勾起嘴角，反问道，"你今日又是以何立场来此处找我兴师问罪？"

东宫。

萧璃像是只被压住了壳子的乌龟，老老实实趴在床上，一口一口喝着杨墨喂给她的药。

这但凡换个人来喂她，她必然要掀药碗。

她真的讨厌喝苦药！

萧璃此刻心情不好，偏偏屏风外面的太子还要在她伤口上撒盐。

萧煦声音中带着点儿好笑，他对杨墨说："还是你有办法，这但凡换个人来喂药，此刻怕是药碗都要被掀翻了。"

"我哪有！"虽说萧煦说的跟她心里想的分毫不差，但萧璃还是要理直气壮地反驳，"我明明最乖了。"说完，还看向杨墨，讨好地说："墨姐姐

你别听阿兄瞎说。"

"行了，我还不知道你吗？"杨墨没好气地说，"不然你以为我为何在这里喂你？"

还不是太清楚你这狗脾气了。

裴府。

面对裴晏的质问，霍毕一时不知怎么回答，是啊，他为什么要替萧璃出这个头？若说欠她人情，那早在他救她时就算还清了吧？

不过马上，霍毕就想到了他此番反常的缘由。

"萧璃是我父亲亲收的弟子，你也说过，她当年于北境也有救护之情。于情于理，我都当护她。"这一番话，霍毕说得心安理得。

"于情于理……"裴晏慢慢重复霍毕的话，然后一笑。他低下头，拿起一枚黑子落在棋盘上，之后才说："殿下挨了罚，朝臣们才不会继续赶她去封地，不然今日朝上说的怕就是要逐她出长安之事了。"

可是萧璃自请戍守边关，若真的去了，跟被驱逐有什么区别？霍毕在心里说。正想说话，却灵光一闪！除非萧璃本就想去南境，所以才会前前后后搞出这么多事情！

终于想明白了的霍毕看向裴晏，不知他是否也猜到了萧璃的打算。但转念想想，若非在山崖下萧璃的坦诚直言，他怎么猜也不可能猜到萧璃又是坠崖又是受伤，竟是故意的。

所以，裴晏当是不知道的。

霍毕连忙肃了肃脸色，不想叫裴晏看出端倪，却见裴晏此刻全副心神似乎都在眼前的棋盘上。他落完黑子，又落白子，自己同自己对弈。

"我说，你既然是与自己对弈，也不必如此偏帮一边吧？"看了一会儿，霍毕开口道，"这黑子是得罪你了？"

裴晏的手一顿，抬眼看向霍毕，意义不明地问："你觉得，我在偏帮白子？"

"不然呢？"霍毕指了指棋盘，这白子一直走得四平八稳，黑子却像是在胡搅蛮缠。

军师常说，可以以棋观其人，他倒是没发现，裴晏这人心里还有两副面孔呢。

五年前，东宫，夏。

今年夏日的太阳格外酷烈，蝉在树上拼着命地嘶鸣。人稍微动动，便要汗流浃背。

萧煦和杨墨说是去书楼拿书，却左等右等等不回来。

萧璃和裴晏对此早已司空见惯，于是就坐在凉亭里，一边下棋一边等着他们。

萧璃握着黑子，落子极快。

裴晏指间夹着白子，看着棋盘上的局势，微微皱眉。

萧璃看裴晏那苦心思考的样子，觉得很有成就感，一边哼着小曲一边晃悠腿。

半晌，裴晏终于开口：“你这般横冲直撞，竟然真的叫你冲撞出一条生路。”

“你只看到我横冲直撞，却没见到横冲直撞下的章法，因此而轻视于我，自然就被我找到了机会。”萧璃得意扬扬地挑眉笑笑，在裴晏之后又落下一子，然后开始提子。

这局棋本是黑子落于下风，叫萧璃这通乱搞，两子竟然逐渐变成了势均力敌之势。

裴晏在心里复盘着，却仍没想出生机是在何时出现的。

“说好了要去东市买酥山吃的，阿兄到底还要磨蹭多久啊。”萧璃看着裴晏思索哪里落子，抱怨道。

“你又怎知不是杨墨耽误了时间？”裴晏落子，然后回道。

“肯定是阿兄啦！”好像想起了什么，萧璃对裴晏勾勾手，示意他凑近点儿。

裴晏上身前倾。彼时萧璃还是个小矮子，跪在座椅上，也倾身过去，凑近裴晏的耳边，小声说：“我上次见阿兄拉着墨姐姐亲亲啦！”

所以肯定是阿兄在耽误时间！

温热的气息喷在耳侧，裴晏先是身子一僵，然后才反应过来萧璃在说

什么！

裴晏猛地坐直了身子，瞪着萧璃。

"怎么啦？"萧璃奇怪，然后又指指裴晏，说，"你耳朵红了！"

裴晏只觉一阵热血涌上了头。他单手扶额，闭闭眼睛，然后对萧璃说："殿下，非礼勿视，非礼勿言。"

"我也不是故意要看的。"萧璃委屈地说，"我好好在树上摘我的梨子，谁知道他们要在树下亲亲啊。"

"殿下！"听萧璃又提"亲亲"两个字，裴晏觉得耳朵又热了，连忙喊停。

萧璃依言停下，不再说话了，只是睁着圆圆的眼睛，直直地看着裴晏。

裴晏深吸了一口气，心里想着要如何告诉太子和杨墨，要亲近就躲远点儿，不要带坏公主。冷不防又看到萧璃直勾勾的目光，面上一愣。

"殿下为何这样看我？"

"你……"萧璃抬手，脸上带着忍也忍不住的笑意，见忍不住，索性也就不忍了，哈哈大笑道，"你的耳朵更红了啊，脸也红了哈哈哈哈哈！"

笑够了，萧璃一边平复笑乱了的气息，一边说："阿兄还总说你假正经，我看你倒是真正经，正经得很呐！"

裴晏："……"

他觉得，太子会如此，完全是功课不够多的缘故。待今日回家要跟阿爹提一提此事。等太子功课多了，就不会有时间带坏殿下了吧？

这边裴晏兀自想着怎么让阿爹给萧煦加功课，那边萧璃捏着棋子，悄悄抬起眼睛去偷瞧裴晏的脸色。见他好像气得很了，这才发现自己好像一时口快坑了阿兄。

裴晏最阴险，一个不高兴就要给他们加功课。也就阿兄笨，墨姐姐性子直，才会以为都是裴太傅加的。

萧璃所剩不多的良心此刻出现了，她摆出了最乖巧的表情，伸手去拉了拉裴晏的衣袖。

"阿晏哥哥！"

裴晏看着萧璃，还是板着脸，不说话。

"阿晏哥哥，要不我们自己去东市吧！我请你吃酥山，买最贵的，如何？"萧璃又拽了拽装晏的袖子。

裴晏虽然仍在努力板着脸，但嘴角却不由得微微翘起："先下完此局再说。"

"噢！"萧璃看裴晏缓和了脸色，于是乖乖继续研究棋局，现在只是势均力敌，但她的目的是杀裴晏一个片甲不留！

"过些日子南诏使团和质子进京，到时皇后娘娘怕是不会容你乱跑了。"又下了几子，裴晏开口说道，只是声音略微低沉了些。

萧璃正专注地看着棋局，手不经意间点着自己的下巴，闻言也没太在意，随意说道："有书叁和酒流跟着，我想出宫还是可以的。书叁哥一个人能打十个禁卫军。"

"慎言。"裴晏提醒萧璃。

"知道啦。"萧璃撇撇嘴，当下闭嘴不言。

萧璃的七个护卫都是永淳帝还在世时给她精挑细选出来的。他们萧家女儿少，每次得了女儿都宝贝得很。七个护卫也不是从她起才有的，所以荣景帝登位后也没多过问，仍旧由着他们跟着萧璃。

荣景帝知道书叁是其中武功最高的，但高到什么程度，怕只有萧璃、裴晏还有远在边疆的霍统领知道了。

裴晏见萧璃听话，眼睛弯了弯，似是不经意地说："那等殿下下次出宫，我们去大护国寺后山看木槿花。"

"下次恐怕不行。"萧璃摸摸自己的双丫髻，说道。

"为何？"裴晏一愣。

"你都说了，南诏质子快来了。"萧璃一笑，说，"阿宁在他们进宫沿途定了视野最好的座位，我跟阿蓁、阿宁约好了要去瞧热闹。"

"这有什么好瞧的？"裴晏眼角的弧度消失，认真问道。

"我听阿兄说，那个令羽是南诏所有王子中身份最为高贵的，却主动请缨来我大周为质。虽说南诏与大周已经和谈，可敢孤身为质，也很有胆色，难道不值得一瞧吗？"萧璃容色本来很认真，说到这里，又露出一丝笑容。她挑挑眉，压低声音说："而且我还听说啊，南诏大王子生得俊逸，且功夫

也很好。阿宁说了,她到时候准备些香瓜帕子,若他当真如传言那般俊逸,便学其他小娘子那般,朝他丢香瓜!"

丢香瓜……脑海中想了一下一个骑马少年身边瓜瓢满地的样子,萧璃不由得又笑出声。

"你确定郭宁说的是香瓜不是香包?"裴晏问。

"管他香包还是香瓜,好看的话,丢就是了。"萧璃不甚在意地摆摆手。

裴晏瞧着萧璃,眨了眨眼睛,思索了片刻,然后说:"殿下,你可知南诏离长安多远?"

"唔,看过舆图,差不多知道。"

"据我听闻,南诏多烟瘴丛林,人也生得精悍灵巧,不似我们大周人。"裴晏慢吞吞地说。

"你这是何意?"萧璃不解。

"我的意思是,我虽不知这位大王子是否俊美,但有一点或许可以确定。"

萧璃抬眉。

"这个令羽,怕是生得不高。"裴晏看着萧璃,一脸正经地说。

萧璃:"……"

"绕了这么一大圈子,原来你又是来拐弯抹角说我矮!"

身高一直是萧璃心中痛处,再加上时常遭到二皇子萧烈等人嘲笑,故而她对"矮""不高"等词都颇为敏感。

裴晏先是一愣,看萧璃一脸不高兴,心又是一慌,连忙解释道:"我不是……"

话未说完,却见萧璃跳下凉亭中央的石凳,然后一脚踩到亭边那更宽大的石板凳上,双手叉腰,平视着裴晏说:"你长得高又怎么样,我一只手就能撂倒你!"

"殿下说得是。"裴晏嘴角弯了弯,站起身走到萧璃面前,作了个揖,道,"殿下恕罪,是我的不是。"说完,裴晏扶着萧璃跳下石板凳,又把刚刚萧璃的话重复了一遍,道:"我们去东市,我请殿下吃酥山,买最贵的。"

萧璃"哼"了一声,然后斜眼问:"你银钱够吗?"

"尽够。"

"那我要加樱桃和蜜桃!"萧璃又高兴了。

"好。"回应萧璃的是裴晏带着笑意的声音。

看着萧璃苦着脸喝光汤药后杨墨才离开。现在,房间里就只剩下萧氏这对儿兄妹。

想到杨墨走前说明日还要来看着她喝药,萧璃就觉得头疼。

盯着屏风,萧璃凉凉地对屏风另一侧的萧煦说:"原以为阿兄是心疼我才接我回东宫养伤,却不承想是要我来做鹊桥。"

萧煦闻言,稍稍露出了尴尬和无奈的神色,说:"初时确实只想着可以就近看顾你喝药,只是未曾想到还有意外之喜。"

"阿兄!"萧璃瞪大眼睛,深觉兄长越发不做人了,竟然连意外之喜这种话都说得出!

她微微提高声音,问:"你是不是还觉得我这伤受得颇好?"

萧煦故意板起脸,做正经状,点头道:"确实颇好。"

萧璃:"……"

来人啊,把她抬回公主府!她就是死,死外面,也不要再来东宫了!

但是最后,萧璃还是老老实实地留在东宫养伤,并且得到了墨姐姐亲自喂药的殊荣。

说实话,萧璃觉得如果可以,阿兄倒是很希望挨一顿胖揍的人是他,便可惨兮兮地趴在床上等着墨姐姐喂他喝药。

别说是苦汤药,穿肠毒药他说不定都肯喝。

萧璃翻着白眼,恶狠狠地想。

大明宫,春华殿。

"这是岭南刚进贡来的金宝柑,兄长尝尝,可还是从前的味道?"

一个婢女端着一盘金澄漂亮的柑橘走向屏风外的显国公。屏风内,范贵妃对显国公说。

"多谢娘娘。"显国公没有让婢女为他去皮,拿起一个柑橘自己剥皮吃

了起来。

橘瓣入口，显国公笑了笑，说："确实还是那个味道。"

"可终究比新鲜摘下的果子少了份儿清香。"屏风内，范贵妃接过侍女清理干净的橘瓣，看了看，轻叹一声，"从前哪儿能想得到，满树结果子，最不值钱的柑橘清香也会被这般怀念。"

显国公听见，露出怀念的神色，接了句："终究是家乡的味道。"

他们家城郊庄子外有一大片的橘园。每年暑夏，他们兄妹俩都会跑去橘园消暑。那时橘花满园，只要闻着橘花的香味，便什么燥意都没了。

范贵妃好似没什么胃口，拿着橘瓣揉弄了一下便又放下，开口说起了正事："兄长现在还想要让阿烨求娶长乐公主吗？"

他们兄妹是生于南境长于南境的，知道南诏与大周那些年的征战意味着什么。在范贵妃看来，萧璃此行着实是过了些。现如今朝堂上已是群情激愤，若来年南诏真的开战，那萧璃岂不是要被人人喊打。

到那时，娶了萧璃的显国公府又当如何自处？

而且，听阿杰描述当日朝堂上的情境，萧璃对那个令羽似乎用情颇深。这……他们显国公府又何至于上赶着去戴这么一顶绿帽？

"越是这时，便越是该求娶，此事对显国公府有益无害。"显国公回答，"在陛下看来，公主的婚事一直算是棘手之事，高不得低不得，再加上公主的性子……总之不是件易事。"

"嫁给显国公府，还不算高？"

"显国公府地位高，却是陛下可掌控的高。"显国公压低声音，"而陛下绝不会将公主嫁给握有实权的文臣家中。"

荣景帝登基之前领兵多年，自认对武将的掌控得心应手，可对上文臣就没有那么自如了。毕竟当年荣景帝和先帝的父皇一直把荣景帝往武将能臣的方向培养，半点儿帝王心术都没教过。

荣景帝十几岁初到南境时显国公就跟着他了，这么多年鞍前马后下来，对荣景帝那些心结也算是摸得七七八八。

"兄长，除了为陛下解忧，此事还有何益处，值得阿烨做如此牺牲？"范贵妃问。

听到妹妹的话，显国公的眉眼柔和了下来："娶公主他有什么可委屈的。再者，若是将来阿杰登上帝位，阿烨想要什么样的女人没有？"

屏风内的范贵妃看着盘中的柑橘出神，没有说话。

"要说益处，有一个便已到了眼前。"显国公摸摸自己的胡子，说，"如今虽然南境的兵权已半数归入我显国公门下，可还有一半仍在林氏旧将手中。那可是一群脑子死犟，除了林氏谁的账都不买的人。"

"兄长是想……"

"公主身上毕竟有一半林氏血脉。等公主过门，叫阿烨稍微运作下，未必不能将另一半兵权收入掌中。"

"可是萧璃与太子……"

"无妨，管她是痴情令羽还是与太子兄妹情深，这女人呀，若嫁了人有了孩子，自然首要为夫君幼子考虑了。"显国公倒是不在意那些小节。

范贵妃叹了口气，不再反对了。

"娘娘放心，兄长定会竭尽全力，送阿杰登上那九五至尊之位。"

皇城，紫宸殿。

自从宫宴封赏过后，北境的将士们已经陆续返回驻地，唯有霍毕和他的几个亲信仍留在长安。未得荣景帝旨意，他们不可擅自离京。

话说这镇北侯还是当年永淳帝临终前封的，永淳帝本就有让镇北侯镇守北境之意，这封号正是来源于此。只是当时霍统领才接了封赏，还未及动身，萧政就宾天了。

荣景帝继位以后，一来并不信任永淳帝的人能护卫皇城，二来也有永淳帝生前的诏书，所以他就按照弟弟的愿望，让镇北侯一家去了北境镇守。

当时北境还算太平，只不过偶有马匪，各个驻守兵镇相对松散。此处的松散，并非说的是驻守防线松散，而是指北境并非如同南境一样，兵权集中在杨、林两家。即使霍老将军去了，也不过统领几个兵镇罢了，故而荣景帝也没什么不放心的。

可四年前北狄人不知道发了什么疯，竟然不声不响大举入侵，霍老将军战死。霍毕临危受命，绝地反击，连同北境各个兵镇护卫了北境安稳、百姓周全，又于后面这三年击溃北狄，叫他们再无进犯之心。

荣景帝虽然未亲临北境，可他也是在军中待过的，自然可以想象霍毕在北境的威望。恐怕此时，霍家在北境，便如当年杨、林两家在南境了。

这武将威望太高，终究不是个能令人放心的事情。但自从林氏满门战死、杨氏灭族、北境之危过后，朝堂上竟然没什么能拿得出手的将帅之才了。

荣景帝不想承认，可当日萧璃在朝堂上所说不错，他们这般防备南诏，确实是自露其怯。

北境尚且还算安稳，南境勉强由显国公的部将和林氏旧将秦义撑着……令羽归国，还不知道南境是否能继续安稳……

这个霍毕能不能用，又该怎么用，当真是个难题。

如此想着，眉目上便显出些烦躁来。他招来了裴晏，问道："霍毕这几日都在做什么？都见了什么人？"

听到荣景帝的问话，裴晏似有些惊讶，回答道："霍公爷除了昨日大朝会，并未出府，大概是还在养伤。"

"养伤？"

"陛下忘了，公主殿下坠崖，全赖霍公爷舍身护救。"说到这里，裴晏似乎犹豫了一下，却还是说，"臣和郭护卫找到殿下时，殿下周身完好，并未受什么皮外伤。"

听到裴晏的话，荣景帝不由得坐直了身子。

"你是说，霍毕为了护着阿璃，宁可自己受伤，也没叫阿璃受伤？"

"臣不通武艺，但是想来以殿下的功夫……"说到这里，裴晏似乎觉察了不应当妄议公主，于是收了声。

荣景帝却明白了，以萧璃那身三脚猫的功夫，能毫发无伤，定然是霍毕舍身保护的结果。

裴晏的话不由得让荣景帝动了另一番心思。

他原本想把萧璃嫁给显国公世子范烨，一来以显对显国公的荣宠；二来显国公跟着他这么多年，最得他信任；三来显国公也对他表露过这方面的意思。

但现在看来……若霍毕真的对萧璃有意，那将萧璃嫁给他也不是不可以。既是恩宠，同样，也是约束。

"在你看来，霍毕可是对公主有意？"想了一会儿，荣景帝开口问道。

裴晏脸上显出了尴尬的神色。

荣景帝知道这些文人满脑袋念着守礼失礼的，全没有军旅之人的爽朗快意，让裴晏去评说别人的私情，他这一番尴尬神色也不奇怪，于是摆摆手，说："朕恕你失礼之处，朕只想听实话。"

"这……"裴晏躬身，垂下头说，"陛下恕臣失礼，霍公爷不过及冠，这少年人知慕少艾……也是寻常。"

这便是说霍毕确实对萧璃有那么些意思了，荣景帝在心里释义了一番，想。

"朕知道了。"荣景帝沉吟，想着把萧璃嫁给霍毕的可能性，又转而想到了萧璃为了令羽而闹出的那些事，脸又是一黑。

她不仅毫不知错，甚至还口出狂言要去镇守边关！她能干什么，若南诏国真的开战，她那一身三脚猫的功夫，去边境不是活脱送菜吗？

"公主如何了？"荣景帝沉着声问。

"还在东宫养病。"裴晏回道。

"他们倒是兄妹情深。"荣景帝意味不明地说了一句。

裴晏只是垂着头，并未再说什么。

"御史台还有几部尚书都上书让朕谪公主去封地，真的是不依不饶。"荣景帝把奏折往裴晏那儿一扔，问，"清和怎么看？"

弹劾的时候朝堂百官一个个群情激愤，萧璃真的挨打了又一个个地跪地求情。现在他们上书要朕谪萧璃出长安，过几年指不定又想起来萧璃是萧政唯一血脉！到时说朕苛待先帝遗孤的还会是他们！怎么说，都是他们有道理。

荣景帝对这些文臣没办法，只能在心中独自愤怒。

裴晏捡起折子，翻看了一下，然后把折子递给在一旁候着的宫人，思索了一会，道："如今看来，遣公主去南境，也未尝不是个办法。"

听到裴晏的话，荣景帝上身不由得前倾，问："哦？清和此话何意？"

"若将殿下遣去封地，则此事再无转圜之地，那便是坐实了陛下谪公主殿下出长安。"裴晏说。

待时过境迁，萧璃今日闯祸的事情逐渐淡去，这天下人记住的就是荣景帝将先帝唯一的血脉赶出了长安。

"若令羽当真未起战事……"裴晏话说了一半就停下，可是荣景帝已明白其言下之意。

若令羽继位后没有进犯大周，就更证明萧璃的坚持无错。当然，荣景帝觉得这个可能性并不高，可万一呢？

万一如此，他因着此时群臣激愤就将萧璃贬走，将来岂不是要被天下人笑话？

"但是真的让她去南境……"荣景帝眉心微蹙着。即使往日再棒槌，萧璃也是个女儿身，若真让她去军镇驻守，是不是也显得太过冷酷了一些？

"依臣所见，让殿下去南境有几个好处。"裴晏看见荣景帝的脸色，说，"平朝臣义愤为其一。待事情平息，陛下只需一纸诏书便可将公主殿下召回长安，前事尽消，而非贬谪封地，无可转圜，此为其二。"

荣景帝不由得点点头。

"我大周开国便是由女子领兵打下来的，且此一行，为公主殿下主动请求。到时即便陛下令公主殿下去驻守兵镇，也是历练多于惩戒。"

换句话说，因着有大周朝的武帝护国大长公主在前，令萧璃去军营也不算史无前例，更何况这是萧璃主动提出来的。不论怎样，都算不得荣景帝苛待先帝遗孤。

荣景帝缓慢地敲击着桌面，脑中思索着。

"这最后，也是最重要的……"说到这里，裴晏停了停，等荣景帝回过神看向他，才又开口，"陛下可令霍毕护卫公主，同去南境。"

荣景帝愣了愣，然后啪地一拍桌面，大声说道："好！"

裴晏这个提议实在是搔到了荣景帝痒处。他本就在头疼霍毕该如何用，实话实说，如今北境初定，实是没必要再留霍毕于北境。假以时日，别是又出了一个杨家。可如今朝廷武将不多，霍毕有将帅之才，又不可弃之不用……

正好，将来南境可能会不安稳，派霍毕与萧璃同往，一则可以让霍毕保护萧璃，此为他对萧璃的慈爱之心；二则南境少良将，正好有霍毕用武之地，此为他对霍毕重用之心；三则，也可以此试探霍毕。若霍毕高高兴兴领了旨，陪萧璃去了南境，那他也不妨多信他一信，将他宠爱的公主下降也无不可。

至于北境……如今阿烈已经长大，也当建些功业了。正好让萧烈去北境熟悉兵务，历练历练。

"哈哈，好啊！"荣景帝笑了，赞道，"朕有清和，胜百个朝臣！"

"臣愧不敢当。"裴晏连忙俯首，连称不敢。

"好了，清和不需谦虚！"荣景帝随意摆摆手，就如同寻常长辈一般，温声道，"等时机到了，也该让清和去地方历练一番。中书舍人这官职，于清和着实低了些。"

"臣谢过陛下。"裴晏将身子压得更低，回道。

东宫这边，杨墨正在给萧璃上药。

伤口尚未结痂，萧璃依旧趴着，身上盖着轻软的丝绢。杨墨拿开丝绢，用手指一点儿一点儿地把药膏涂在萧璃的后背上。尽管她已经尽可能放轻动作，可每落一次手，都能看到萧璃背上疼得抽动。

她知道这并非她动作的缘故，实在是这药每每触及皮肤，都会引起一阵刺痛。

"阿璃忍着些，疼些就疼些吧，总好过留伤疤。"这是他们杨氏祖传的伤药，杨墨连着几日赶工做好的。

"我忍着呐！"萧璃"哑"了一声，但声音却中气十足，又带着些调皮，道，"这后背自己疼得抽，我也控制不了，没办法。

"再说了，我也不在乎伤疤啦，墨姐姐不是说伤疤都是功绩……嗷！疼疼疼！"

杨墨突然手下一重，萧璃立刻求饶了。

"于战场上抗敌所得的伤疤，那才是功绩！"杨墨没好气地说。见萧璃呼痛，杨墨又放轻了动作，缓下声说："我阿妹从前总是对我说，女儿家即便舞刀弄枪，也当精致些，能不留疤就不要留疤。这话现在原样送给你。"

听到杨墨提到妹妹，萧璃身子一僵。

杨墨以为萧璃是因为伤口疼痛，没有太过在意，又继续说起了别的。

萧璃用手抓了抓身下的软枕，逐渐放松了下来。

南境，黎州。

若是沿着剑南道往南诏而行，黎州是最后一座以大周人为主的大城，也是剑南道边境驻防最为重要的兵镇，商队南行的必经之地。

出了黎州，是三江并行、一片山难水险的区域。这里西北与吐蕃接壤，东北挨着大周剑南，南边临着南诏，住着一些周人，但更多的是异族部落混居的村镇。虽然名义上仍是大周领土，可实则是个三不管之地。

对于令羽一行人来说，虽说渡了江之后就安全了不少，可仍有追击之人。等过了黎城，那才是真真正正的安全了。大周的士兵定不会深入三江区来追击他们。

既然是驻防的兵镇，黎州自然也有驻守的将领。

"驻守黎州的武将姓秦名义，据说曾在林氏麾下效力。"

令羽一行人这一路马不停蹄，几乎毫无停歇，才在这么短的时间内赶到了黎州。此刻，他们正在黎城郊外的一个茶亭歇脚。等到晚上，他们会由城外进入山林，想在不惊动驻防岗哨的情况下绕过黎州。

"不过当年倒是没听过林氏麾下还有叫秦义的。"高九拿着干粮，说，"好像是这七八年才逐渐崭露头角的。尤其杨氏覆灭之后，南境被牵连的武将十数，这个秦义才迅速升迁。"

"黎州布防严密周详，这个秦义有点儿东西。"高十二接着说，"我们也是探查了好久才寻到一处堪堪可算得上漏洞之处。"

那一处岗哨处在山林之中，哨塔下丛林密布，虽无法容纳大军过境，但像他们这一小队人想要通过，还是不难的。他们这一行人加上令羽都是身怀武艺之人，完全可以轻手轻脚悄悄通行。

只要站岗之人不是那种眼力过人的高手，借着夜色的遮掩，他们应该是可以安全过去的。

高九和高十二都觉得，他们这一路逃得都颇为顺利，简直是上天保佑。这最后一个关卡，应该也会顺利的吧？

那天晚上，老天确实在帮他们，给了他们一个月黑风高的好夜晚。令羽一行人弃了马，用上了毕生功夫，大气都不敢喘一下，终于安全通过那处岗哨，且没被发现。

此时此刻，大周已在身后，他们现在没被发现，那之后周人就将彻底追不到他们了！

几个护卫都松了一口气，互相看看，笑了起来。

而武功最高的令羽则回过头，看向已经被抛在身后的哨塔，眉心微蹙。

"殿下，有何不妥吗？"高九注意到令羽的神色，低声问道。

"你有没有觉得……"哨塔上有人在注视着他们。

令羽的话只说了一半就消了音，他摇了摇头，觉得应该是自己想多了。略微歇了歇，几人继续赶路。

令羽最后看了大周的方向一眼，接着便不再回头。

他们自始至终没发现，哨塔上一人执弓，弓弦紧绷，箭尖始终对着他们，一直到他们的身影彻底消失，才垂下手。

令羽的感觉并没有错，哨塔上确实有人一直在看着他们，且还是两人。

其中一人身着铠甲，正是拿弓之人，他身侧还佩带着一柄重剑，三十多岁的模样，威武严肃，一看就是不苟言笑的性子。而他身边站着的是个摇着扇子的白衣公子，二十多岁的模样，嘴角一直带着笑意，自成一派风流。

"秦将军怎么料到他们会从此处过关？"白衣公子摇着扇子，笑着问。

"我设的岗哨我自己清楚，唯这里一处可容他们钻空子之处。"秦义回答。

"秦将军英明。"白衣公子唰地合上扇子，拱手赞叹。

秦义看着白衣公子这自觉风流倜傥的样子，脸上不由得露出一丝明显的嫌弃。

"黎州虽说一向温暖，但现在是深夜，究竟有何摇扇的必要？"

白衣公子的笑容一滞，随即摇头说："你一个粗人，自然不懂我的风流之处。"说着说着，脸上还露出了自得之色。

"你还要在我这里待多久？"秦义的表情更加嫌弃，到了现在，已完全不再掩饰。

"等郭宁从南诏回来，我们便一同北上。"白衣公子终于正了正脸色，

回答。

"回长安？"秦义问。

"嗯，回长安，去迎殿下。"白衣公子点头，眼中露出一丝温和怀念之色。

　　萧璃在东宫养到伤口结痂就回到了她的公主府。

　　她自问这几日负伤上工，忍着背痛当了几日鹊桥，实在对得起兄长。她萧璃虽然是闲人一个，但公主府还是多多少少有些事务的。

　　于是等她的伤口结痂，不会影响穿衣时，就立马跑了。

　　且这都好些时日了，不是萧璃自作多情，她那些狐朋狗友估计都担心坏了，要好好安抚一下。

　　只是有些出乎萧璃预料的是，第一个上门的竟然是平日不声不响、推一下才动一下的谢娴霏。

　　那时她才刚回到府中一天，招了花柒来交代些事情，谢娴霏便上门了。

　　萧璃虽有些诧异，却还是叫诗舞将谢娴霏引进来。

　　谢娴霏进来时，萧璃正瘫在榻上晒太阳。她的伤口虽然已经结痂，可动一动还是很痛了，所以自然是能不动就不动。

　　见到好友，萧璃心情不错，看谢娴霏的日光落在向外走的花柒身上，还有兴致嘴贱地问了一句："阿霏觉得我这护卫生得俊俏不俊俏？"

　　花柒听见，面不改色。他知道殿下和这些友人向来是这副德行，不想搭理她们，脚步不停。

　　谁知谢娴霏轻轻一笑，面色一如既往，却口吐惊人之语："他在殿下这里倒确实俊俏，可为何在别处却是另一幅面容？"

　　花柒猛地停下脚步，勉力控制着自己的表情，以免露出端倪。

　　萧璃缓缓地坐直身子，看着就站在不远处的谢娴霏，慢慢开口问道："阿霏此言何意？"

　　谢娴霏没有回答萧璃，而是仔仔细细地又看了看僵在那里的花柒，说："他易了容貌，甚至改了身高和走路的姿态。若是寻常人看来，确实认不出，阿璃放心。"

萧璃定定地看着谢娴霏，然后蓦地笑了，挥了挥手，让花柒和诗舞下去，然后又靠回了榻上，问："那阿霏又是如何认出来的呢？"

"阿璃就这般承认了？"谢娴霏歪歪头，问。

"我自问对你的性子还算了解，你若是不确定，又怎么会贸然开口？"萧璃说。

谢娴霏沉默了片刻，然后说："我在你这里见过花柒几次，阿璃应当还记得。"

"嗯。"萧璃点头。

"他的手并不曾做过伪装，所以我在猎场见到时，便觉得有异。"谢娴霏继续说。

"是了。"萧璃恍然，"我们去瓦舍看杂耍时，不论那戏人怎么变换模样，你都能一眼认出，原来竟是因为这个。阿霏于物于人观察入微，过目不忘，倒是叫人心惊。"

说完，萧璃就招呼谢娴霏坐下："你自己给自己倒茶吧，我如今是真的一动便疼。"

"阿璃，你……没别的要说的了？"谢娴霏依言坐下，却对于萧璃这样轻描淡写的反应有些难以接受。

"说什么？"萧璃捞起毯子盖在膝盖上，说，"阿霏觉得被发现了如此大秘密的我，应该对你说什么？利诱你？威胁你？或是以你我之间的交情哄骗你？"

萧璃捞毛毯的动作似乎又牵动了伤口。她不由得咧了一下嘴，说："若是往日，我陪你演一番给你逗逗乐也无妨，这几日实在没这精神。"

"阿璃也知道这是大秘密，这件事情若是叫别人发现了，若是陛下知道了你跟……"看萧璃满不在乎的样子，谢娴霏的语气全然不似往日懒洋洋的，变得又急又快。

"可你会说出去吗？"萧璃认真地看着谢娴霏，目光清透明澈，问。

"我……"谢娴霏愣住。

"阿霏，我说了，我自问对你的性子还算了解。"萧璃觉得谢娴霏愣住的样子有些可爱，不由得弯着眼睛笑了，说，"若你想去告诉别人，又怎么

会第一时间跑到我面前来，这般随意地叫我知道？这但凡换个人，阿霏你今日可就要被灭口了。"

"你会灭我的口吗？"谢娴霏问。

"你这般大大咧咧当着我和花柒的面戳破此事时，心里不就已经有答案了吗？"萧璃回视着谢娴霏，回答。

一阵沉默之后，两人相视一笑。

"阿璃就这般信我，不会泄密？"

"我父皇去前，唯教过我一件事，那就是如何分辨旁人是真心还是假意。"萧璃垂下眼，看着手中的茶杯，回忆着。

"我不否认，最初与你们几人交好，是有蛰伏伪装之意。可对你们几人，我却从来也是以真心相待。父皇说我这般可爱，只要肯付真心，定换不回假意。现在看来，父皇说得真对。"

"你怎知我们对你没有假意？"谢娴霏看萧璃那笃定且自得的样子，莫名其妙地就觉得有些牙痒。

"我坠崖之事，你们四人应当都猜到了大概吧。"萧璃一挑眉，"剩下的就不用我说了吧？"

到了现在，都没有朝臣知道她是故意掉下去的，这说明什么？自然是知情人都闭紧了嘴巴。

谢娴霏无言以对。

"所以，阿霏这般急急过来，就只是为了告诉我花柒伪装有失漏之处？"

以谢娴霏的懒散，本应当多一事不如少一事，只当作不知道就可一切如常。萧璃知道，谢娴霏今日来，定然不仅仅是要告诉她花柒伪装不周的事。

谢娴霏缓缓收了笑，她定定地看着萧璃，缓缓道："阿璃，我可以助你。"

萧璃似乎是没料到谢娴霏会说出这样的话，一时间有些怔愣。

还没等萧璃说话，谢娴霏又开口了："在猎场时我就一直不解，为何会在那人身边见到你的护卫？可未及我仔细思考，就发生了令羽出逃、你坠崖之事，因为心中担忧，也没法细想。等到回程时，我就更是迷惑，以你和郭安的交情，如何会将事情闹得尽人皆知、无可转圜。更何况，以你预先的准备和功夫，又怎么会让自己受那么重的伤？

"除非，那些本就是你故意所为，就如同在平康坊的次次胡闹一样。但是，做这般种种，你图的又是什么呢？"

萧璃安静地听着，没有说话。

"后来我向阿爹询问大朝会上发生之事，听完，又想了几日，大约想明白了。"

"想明白我图什么？"萧璃问。

"阿爹说当日参奏你的朝臣以杨御史和裴晏为首。我猜，杨御史会如此行事，也是阿璃你的授意吧？"杨御史毕竟是杨蓁的父亲，念着唯一的女儿，他也不可能真的把公主往死里逼。

"授意谈不上，威胁倒是真的。"萧璃笑笑，说。

"大朝会之上，在别人眼中，是你被逼至无可辩驳，才会出言自请镇守南境。可是……那本就是你这一番折腾的目的，是吗？"

"确是如此。"萧璃没有否认，痛快承认了。

"但不仅如此。"谢娴霏继续说，"你若想离京游玩，不过一句话的事情。历了这一番周折……重点怕不仅在南境……还在这镇守两字之上吧？"

萧璃饮茶的动作顿住。

"我问过阿爹，以如今的朝堂上的形势而言，陛下遣你去南境几乎已成定局。我猜，就算是陛下自己也没有意识到，他这旨意意味着什么。不论陛下愿意与否，待你从南境归来，这朝堂上，定然有长乐公主殿下一席之地了。"

虽然说着"我猜"，可谢娴霏的语气却很笃定。

萧璃定定地看着谢娴霏，然后绽开了一个笑容："阿霏确实洞察敏锐，难怪崔朝远敢同阿鸾呛声，却从不敢招惹你。"

"可这也正是我不解之处。"谢娴霏说到这里，直视着萧璃，问，"陛下好声名，只要不是犯下谋逆之类的大罪，你就能好好做你的公主。将来不论哪位殿下继位，长乐公主殿下的尊荣不会改变，所以你又何须……"

萧璃移开了目光，看着园子中的梨树出神。

"我明白了。"谢娴霏默了默，开口，"你有必须这样做的理由。"

只是那个理由，不可与外人言。

"我想帮你，阿璃。"谢娴霏重复了一遍刚才的话。

"阿霏，你已经猜到，我所谋所算，皆为争权夺利。将来种种，怕也逃不过波谲云诡，与你所求的轻松写意背道而驰。你尚且不愿应付宅院琐事，又为何要将自己置身于危险乱流之中？"

"或许，我不愿意应付宅院琐事是因为它们太过无趣，令人提不起精神。如今终于碰上一件有趣的事，自然见猎心喜，想要掺和一脚。或许，我只是好奇，想看看阿璃所欲所求究竟是什么，想看看阿璃是不是能如大长公主一般，千古留名。"谢娴霏一边把玩着手中的茶杯，一边说。

又或许，我不想再见到你未来仍要如今日一般孤身一人面对朝臣责难，为了所求，竟然要拼到头破血流、皮开肉绽，才可得偿所愿。

"阿璃，我好歹是谢氏嫡支贵女，如你所言，称得上洞察敏锐，总不至于差杨蓁太多。"

皇城内，三皇子萧杰独自沿着城墙向自己的寝宫走去。随行的宫人都低着头，远远地跟着。

萧杰面上带着温和雅润的笑意，耳中却回荡着从母亲范贵妃那里听来的消息。

"你父皇有意派萧烈去北境，这就是要让他掌兵了……

"萧烈不过一侍婢之子，何德何能，怎么跟我儿相比……

"阿杰，我早就说过要你勤练弓马，你父皇才会更喜爱你……

"最近办差怎么样，可有得你父皇夸奖……"

纷乱的画面和嘈杂的声音在脑海中交错出现，让萧杰觉得一阵恶心反胃，他的脚步也越来越快。

小时候他们几个皇子，还有萧璃都在一处读书。他与萧璃年岁最近，所以进度一直相同。他至今还记得第一次旬考时，他因着想要讨父皇喜欢，苦练弓法，而疏忽了文课。那次考试，萧璃不论书法还是诗文，都远胜于他。他磕磕绊绊背不下的文章，仿佛就印在萧璃脑袋里面一样，她背得甚至没什么卡壳。

直到现在，他只要闭上眼睛都能想到那时父皇阴沉的脸色。那时他才七岁多，就被父皇罚了整整三天的跪，膝盖都肿了起来。

那时他就知道，他因着年纪小，弓马不如二皇兄无妨，但功课绝不能不如年纪相仿的萧璃。二皇兄已占了武艺一道，他唯有在文课上出色，才能得父皇青眼。

所以自那次受罚之后，他拼了命地用功，萧璃写十页大字，他便写三十页。不论什么诗赋文章，他哪怕彻夜不睡，也要背熟。如此，终于超过了萧璃。

后来萧璃同二皇兄一样，越来越偏好武艺弓马，整日为了一把匕首、一匹骏马争破了头，从不放心思在功课上，如此，也就越发地比不上他。

他知道父皇更喜欢二皇兄，因为二皇兄不论出身还是性格，都同父皇少时相像。舅舅也无数次对自己解释过因由。

可就因为这样，父皇的心就能偏到天边吗？

萧杰踏进了自己的书房，挥挥手让侍女将门关上。

待门一关上，萧杰扬手将书案上的笔墨纸砚全都挥落在地！

如此，才堪堪平复心中愤懑。

萧杰深吸了一口气，整了整衣袖，对候在外面的随侍说："出宫，去显国公府。"

"我说老齐，你今日怎么好像格外整齐些，你是不是又修胡子了？"

霍毕与萧璃相约在大护国寺见面，他想着袁孟、林选征还有齐军师还没有正式同萧璃见过面，便把这三个亲随一起带着。

骑马去大护国寺的这一路上，袁孟时不时地盯着齐军师看，终于忍不住问出了声。

齐军师最是闷骚，总自诩风流文人，极重仪表，常常被袁孟嫌弃事儿多。在北境这几年，齐军师已经跟着他们变得粗犷了不少，可这自打回到长安，仿佛又捡回了他事儿多的毛病。

"你还熏了香？"袁孟抽了抽鼻子，瞪大眼睛，难以置信地说。

齐军师骑着马，闻言呵呵一笑，说："这不是要去见公主殿下吗？"

"去见公主殿下将军打扮就行了，你打扮个什么？"袁孟撇撇嘴，颇为

不理解。

霍毕回头看了袁孟一眼，目带警告，已经快到大护国寺了，不可再乱说话。

袁孟收到霍毕的意思，悻悻然闭了嘴。

几人进了寺庙，便直奔后山，走向萧璃曾带霍毕走过的那条小径。

沿着小径前行，拐了个弯，眼前出现了个开阔处。那里立着一棵老树，树冠巨大，枝子上面系着很多红绸。清风吹过，红绸轻扬，很是好看。

萧璃穿着简素的男装，站在树下，背着手看着树上的红绸，不知在想着什么。

"公主殿下。"霍毕看见萧璃，总觉得她似乎有些难过，不由得出声喊她。

萧璃闻言转头，看见霍毕，笑眼弯弯，向他走过来，哪里有半点儿难过的模样。

霍毕看着萧璃，嘴角不由得微扬。

他正打算向萧璃介绍身后三人，从来把文人风骨挂在嘴边的齐军师竟然单膝跪地，对萧璃庄重行礼。

霍毕三人一时间都有些怔愣。袁孟和林选征不知道齐军师这是怎么回事，他们二个均有官职在身，虽然需要行礼，可也不需要行如此大礼吧？也不知道这是不是什么读书人的礼数。

因为看着齐军师，三人也没注意到，萧璃侧了侧身，避过了齐军师的礼。

霍毕看了看齐军师，又转头看萧璃，却发现萧璃也有些惊讶。她继而笑道："都是自己人，无须行如此大礼，军师快起。"

"公主殿下，您怎么就知道老齐是军师？"袁孟行了礼，然后就忍不住好奇开口问。

"你们四人，只有他看起来不是武将，不是军师还能是什么？"萧璃歪歪头，看向袁孟，说，"我还知道你就是当年于澜沧山以一己之力斩杀敌军数百的袁孟，袁都尉。"而后，又将目光移向林选征，说："同样是澜沧山一役中扬名的林选征，林都尉。"

袁孟猛地被说了功绩，有点儿不好意思地嘿嘿一笑，林选征同样。

萧璃却并没有就此停下，目光最后落到了沉默地站在两人身后的齐军师身上，缓缓开口："四年前，若非诸位以命死守澜沧山，如若北狄人占据了天险关隘，那即便援军到了，也无力回天。到那时，我北境再无宁日。"

说到这儿，萧璃举臂叉手，对三人郑重一礼。

"萧璃，谢诸位护佑北境之恩。"

袁孟被萧璃这一下子惊得连连后退，林选征和齐军师同样不知所措。

三人心底皆是动容，只觉得萧璃这一礼一谢，倒是比荣景帝的封赏真诚得多。

"殿下倒是会收买人心。"霍毕看着三人的表情，哪里还不知道他们在想什么，不由得嗤笑。

萧璃面对他的亲随时这般正经，面对他时便又是戏弄又是取笑。

"倒是忘了，最该好好感谢的便是我们霍大将军，本宫失礼，失礼。"萧璃见霍毕那别扭的样子，不由得一笑，连忙补救般地对霍毕行礼。

霍毕被骤然看破心思，一时间脸一阵青一阵白。萧璃和袁孟他们看见，都笑了。

"殿下的伤好了？"被笑得有些窘迫，霍毕连忙转移话题，问道。

照理说，萧璃现在应该还趴在床上养伤的，也不知道是不是用了什么灵丹妙药，现在看着像没事儿人一样。

"还好，至少走动时不会再流血了。"萧璃转过身，继续沿着小径往前走。

"你……"霍毕没想到萧璃的伤才堪堪结痂就跑出来，不知道为什么就有些气，"既然伤还未好，殿下为何还要出来见风？"

"自是有事要做。"萧璃回答，"我幼时，父皇母后曾亲手为我雕刻过一枚药师佛玉坠，护我平安。这些年，我一直将玉坠供奉于父皇的灵位前，就算是替我在这里陪着阿爹了。"

四人听见萧璃的话，皆沉默不语。

"如今我将去南境驻守，便来将玉坠请回，随我同往。如此，便如同有阿爹护着了。"萧璃的声音清冷平和，甚至带着微微笑意。可霍毕听着，心

里却有些难受。

"所以公主殿下一番折腾，便只是为了去南境？"霍毕不解，问，"是为了令羽？还是为了逃避婚事？"

听到霍毕的猜测，萧璃翻了翻眼睛，没好气地说："非也，再想。"

"殿下可是……要去南境联络林氏旧部？"齐军师略有些犹豫的声音自两人身后响起。

萧璃的脚步顿了顿，回身看向齐军师，然后转头看着霍毕，诚恳地问道："这几年出谋划策，霍将军没少仰仗军师吧？"

不知道为什么，霍毕在萧璃眼里看到了丝丝的嫌弃，就跟往日里齐军师嫌弃袁孟一样的那种嫌弃。

这时，萧璃仿佛又对齐军师有了兴趣，上上下下好好地打量了他一番，说："这一细看才发现齐军师还是个美须公。先生，可愿到我这里做事？大概好过回北境吃风沙。"

"殿下！"霍毕打断萧璃，凉凉地说，"殿下即便要挖人墙脚，也该等我不在时再挖吧。"

这般当着我的面挖我的人，我不要面子的吗？

"咳，臣谢公主殿下抬爱。"齐军师尴尬得咳了一声，连忙说，"只是臣已在北境娶亲，怕是真的要回去吃风沙。"

"是啊，嫂子可凶悍，军师若不回去，她怕是要杀到长安来！"袁孟跟着哈哈一笑，说道。

"原来先生已经娶亲了啊。"萧璃略微有些惊讶，接着笑着问，"观先生情态，想来与夫人伉俪情深。"

齐军师美须下的脸涨得通红，支支吾吾说不出话来。萧璃却是看明白了，笑了笑，便不再打趣他。

不知道为何，袁孟总觉得被拒绝了的公主殿下仿佛还挺高兴一样。

也不知道军师成亲了，公主高兴个什么，她不是想挖军师到她那里去的吗？

霍毕看不下去，开口将话题导回正轨："所以，殿下已经确定陛下会准许你去南境了吗？"

"自然。"萧璃似笑非笑，说，"即便他有所犹豫，也会有人劝说的。"

"谁会劝陛下下这样的旨意？"

"谁？自然是想娶我的人。"萧璃的笑容有些凉。

"你是说……显国公？"

"不然呢？"萧璃笑了笑，说，"若非看上了我身上的林氏血脉，显国公又怎么会给世子娶个搅家精回去？"

霍毕四人皆是无言以对，没听错的话，萧璃方才管自己叫搅家精？

"显国公不仅会劝我皇伯伯准我去南境，八成还会请旨让范烨随我同行，打着护卫我的名义。"

萧璃无意识地摸索着颈间挂着的玉佛，垂眸沉思。

显国公与荣景帝少年相识，这么多年下来，当属荣景帝最为信任倚重之人。显国公亦是仗着这份信任，在朝中越发势大。

"殿下……我也可以请旨随你同行。"霍毕沉吟片刻，开口道。

他身后的三人并未显出什么惊讶之色，显然已经商讨过此事。

萧璃却是停住了脚步，有些惊讶地朝霍毕看去。

"到现在还没有让我回北境的旨意下来，陛下怕是不放心我回去。"霍毕看到萧璃惊讶的模样，有些好笑，继而正色说道，"我在南境素无根基，却也还算得上得用的武将。我若请旨，陛下应该会准。"

"将军倒是把我皇伯伯的心思看得通透。"

荣景帝的心思倒也不那么难猜，霍毕在心中哂笑。只要顺着猜忌多疑这条路想，总不会差得太远。

"殿下今日叫我来，不也是想劝我随你同去吗？"霍毕接着开口，看到萧璃微微扬眉，继续说，"说到底猎场那日我也为了公主而摔得满身伤，准我与公主同行，也算是陛下成全了我的一番'心意'，我当感激才是。"

看到萧璃瞪大眼睛，霍毕觉得自己扳回一城，心中隐隐有些得意："当日崖下，殿下说我护你此事有可用之处，所做的就是这一番打算吧？况且这几日京中不知为何竟然盛传起了一个英雄救美的故事，虽未指名道姓，但不难猜出在说你我……"

说到这里，霍毕看着萧璃，似笑非笑道："殿下，那故事当真称得上

峰回路转，荡气回肠，且那叙事之人，竟然能将殿下性情描述得七八分真实……殿下不会告诉我，这事与你无关吧？"

"这……"萧璃挠了挠脸颊，颇有些心虚。峰回路转、荡气回肠的故事自然是王绣鸢写的，但也确实是她叫人推波助澜，传扬开来的。

霍毕本还没想好是否要去请旨，但是今日在听到萧璃说起玉坠时，便已定下了主意。左右他在这长安待得不舒坦，去一趟南境，帮一帮萧璃，又有何妨。

"萧璃。"霍毕看着眼前的姑娘，放低了声音，说，"既是结了盟，自然当守望相助，且此事于我也没有坏处。"

所以你不需对我用上你的心计，大可告诉我你的谋划。可他这半句，却也未说出口。

萧璃立在原地眨眨眼睛，继而一声不吭转身往回走。

"你这就要回去了？"霍毕不明所以，开口问道。

"既已达成目的，我干吗不回去。"萧璃没好气地说，"如霍将军所料，今日我就是想劝将军跟我去南境。既然将军已经料中了我的心思，又愿意与我同往，我还浪费时间做什么，我后背可还痛得厉害。"

此时，萧璃已经走回了那挂满了红绸带的老树下。有一条红绸垂得太低，甚至拂过了萧璃的发鬓。

霍毕见萧璃那一副因被说中心思而尜毛的模样，不由得笑出声来。为了转移一下她的注意力，霍毕指着萧璃头上方那些绸带问道："这些绸带是做什么用的？"

"这棵树，名为灵祈，据说颇为灵验，故而香客逢年过节的，都会来此祈福许愿。"萧璃不吭声，反倒是齐军师，一边摸着胡子，一边回答了霍毕的问题。

"这样啊。"林选征和衷孟抬头看去，见红绸上原都写了字。只是最近下了雨，上面的字迹已经看不太清楚。

"红绸上面写的，都是愿望。"萧璃背着手，终于开口道，"左右不过是些招财进宝、加官晋爵、长命百岁、两心相许之类的愿望。"

"殿下可也曾对它许过愿望？"霍毕好奇问道，不期然地想到了刚刚她站在树下仰头向上看的样子。

闻言，萧璃愣了愣，然后一笑，轻声说："许过。"

自然许过。

"阿晏哥哥，快来帮我找找，哪个是兄长挂的红绸！"萧璃拽着裴晏的袖子，一路走到老树下。她仰着头看了好半天，脖子都酸了。

"殿下从来只有要我帮忙时才会这般唤我。"少年被拽着衣袖，脸上有些不情愿，可脚下却乖乖跟萧璃走着。

"你说什么？"萧璃没听清楚。

"我说，殿下当非礼勿视才是。"裴晏板了板脸，正色说。

萧璃瞥了一眼裴晏，低声问："你当真不好奇？"

说实话，还是有点儿好奇的，但裴晏才不会这样说，于是——

少年裴晏眨了眨眼睛，声音平淡说道："自然不好奇。"

"哼！"萧璃眯了眯眼睛，显然对裴晏的口是心非很了解。她也不拆穿，只是更用力地拉着他的衣袖，催促道："快找。"

裴晏叹了口气，抬头看了起来。

"殿下为何只找太子殿下的？"照理说，杨墨应该同样挂了红绸许愿，且杨墨字写得大且难看，应该更容易找一些。

当然，在裴晏心里，就没哪个同龄人的字写得比他的字好。太子的字嘛，尚可；杨墨……状如狗爬。倒是殿下的字，已具风骨，假以时日，差不多能像他的字一般好看。

萧璃闻言，扭过头白了裴晏一眼，说："女儿家的心事当然不可随意窥探，你懂不懂啊！"

"那……那太子殿下的心事就可以？"

"对啊，快找快找，找到后我们好去嘲笑阿兄。"萧璃不耐烦地继续催促。

不得不说，裴晏被她这厚颜无耻的双重标准震惊到了。

"算了，阿兄写的肯定是什么'一生一世''永不相负''白头偕老'那样的酸话，不看也猜得到。"找了一会儿没找到，萧璃逐渐失去了兴致。

最后，因着"来都来了"这句至理名言，萧璃和裴晏两人也挂上了自己

的许愿红绸，方才下山。

裴晏等回到了书房，四下无人时，才从袖袋里掏出了一条红绸，展开，上面是萧璃写下的寥寥几字——

待年，劈华山。

裴晏的指尖从那几个字上轻轻划过，然后，他将这条偷偷取下的红绸装进书案下的木盒里。

大明宫，画肆和诗舞伺候萧璃更衣之后，便被她遣了出去在院中候着。寝殿里，萧璃从怀中拿出了一条红绸，拿在手中，只见上面写着——

望殿下，得偿所愿。

"殿下也许过愿？"霍毕看了看这棵说是灵祈，但实质就是月老树的矮树，心下怪异。萧璃总不会是跟令羽来这里许过什么愿吧？

想到这儿，霍毕在心里撇撇嘴，觉得这树怕是不怎么灵验，不然现在两人也不会各自天涯，此生能不能再见都不知道。

果然，被问及愿望，萧璃兴致不高的样子，扭头继续走，一边走还一边催："快走了，我的伤口还痛得很！"

霍毕摇头笑了笑，跟上萧璃的脚步，一起往山下走去。

"我那里还有几瓶药膏，于外伤效果甚好，明日便遣人给你送去……"

霍毕话未说完，见萧璃在前面站定了脚步，走上前去，才看见几级石阶之下，裴晏站在那里，向他们二人看过来。

裴晏站在台阶之下，看见台阶上一对儿男女并肩走来，身后虽跟着人，却也有一段距离。他们两人不知在说什么，脸上还带着微微笑意。裴晏听见那男子好似有些别扭，又有些试探地对女子说："明日便遣人给你送去……"

那姑娘撇撇嘴，好像想说什么，却在看见他的那一刻停了下来，嘴边的笑容也逐渐消失了。

裴晏看着萧璃，并没有移开目光。

霍毕见是裴晏，下意识地下了一级台阶，挡在了萧璃身前。

看见霍毕下意识护着萧璃的动作，裴晏抿了抿嘴。

"殿下的伤势可还好？"沉默了片刻之后，裴晏开口问。

霍毕心想她伤得如何那日在大殿上你没看见吗？想冷哼一声，却听见萧璃声音平静地开口道："无妨，早就好了。"

"你刚才不是说只是不再流血了吗？"霍毕一时口快，将心中疑惑说出口，却在被萧璃瞪了一眼之后，才后知后觉地反应过来，萧璃这是又开始逞强了。

这大概就是在讨厌的人面前不肯示弱的心理？霍毕在心中想。

"那殿下还是当好好养伤，旁的事情少做才好。"裴晏忍了忍，到底还是没忍住，出言讽刺。

莫名其妙地，霍毕觉得裴晏这阴阳怪气熟悉得很。

"怎么？裴大人要不要现在就折回去写个折子，告我一个不好好养伤的罪过啊？"霍毕的身后，萧璃语带嘲讽地开口。

霍毕觉得自己虽然站在两人中间，但却完全挡不住这火星四射的敌意。

也就是萧璃现在身上有伤，不然霍毕都怀疑萧璃想趁现在四下无人把裴晏揍一顿解气。

裴晏不再出声了，只沉默地看着萧璃。

萧璃轻笑一声，不再理会裴晏，举步而下，在与裴晏擦身而过时顿了顿，却没有停留，唯有袖裾轻轻擦过裴晏的衣袖。

萧璃脚步不停，顺着台阶往下走，裴晏的视线不由自主地跟随着萧璃向下。在瞥见到她颈间若隐若现的细绳时他怔了怔，而后垂下了眼。

霍毕自觉跟裴晏也没什么好说的，便跟着萧璃往下走了。袁孟与林选征亦是如此，唯有走在最后的齐军师在经过裴晏时，几不可察地对裴晏点了点头。

"你的玉坠呢？"萧璃从供奉萧氏历代帝后牌位的佛堂里出来时，一直挂在颈间的细绳不见了。裴晏见了，不由得出声问道。

他知道那枚玉坠从选料到雕刻，都是由先帝和先皇后亲手完成的，当属萧璃最宝贝的东西，从不肯离身。

萧璃眼睛本是红红的，听见裴晏的问话，却还是冲他笑了笑，说："我将玉坠留在了父皇牌位下面。之后不能常来了，便让它代我陪阿爹吧。"

裴晏轻叹一声，很想抚一抚萧璃的头，但于礼数而言他不该如此。

最后，少年只是沉默地捏了捏萧璃的双丫髻，当然，这好像，似乎，也不怎么合乎礼数。

"裴晏，你不要仗着比我高就碰我的头发！"萧璃扭开脑袋，恼怒。

"谁叫我年长殿下五岁呢？"裴晏见萧璃炸毛的模样，嘴角轻轻扬起。

日光之下，少年如清风朗月，已隐隐有芝兰玉树之相。

萧璃眨眨眼睛，目光有些呆。

"殿下？"

"裴晏，你长得这么好看，为何从不见小娘子给你丢香包、帕子呢？"萧璃不解，开口问道。

裴晏呼吸一滞，继而耳根开始发热。他没回答萧璃的问题，因为那一句话他只听到了"好看"。

萧璃本也是随意问问，并不纠结答案，见裴晏不说话，又转而问："阿兄呢？怎么又不见人影了？"

裴晏这才回过神，很想说就算有再多小娘子给他扔香包、帕子他也不会接，可萧璃已经问起了太子，再去说这话，就显得怪异了。

"方才东宫有人传讯，应是陛下传召，太子殿下刚刚回去了。"裴晏回答。

"我还以为他又去找墨姐姐了。"听是荣景帝传召，萧璃抿抿嘴，嘟哝着，"有了空闲兄长便要去寻墨姐姐，怎么办？"她装作一脸不高兴的样子，说："我不是兄长心中最重要的妹妹了！"

裴晏心中无语，心想太子哪次去找杨墨落下过你？公主殿下怕不是比太子还喜欢去找杨墨玩……两人说起舞刀弄剑就不肯停，冷落了太子多少次？

他心中这样想着，可面上却还是配合着萧璃，勉强做出沉痛状跟着点头。

又想了想，裴晏谨慎开口，道："待太子殿下成了家，那自然，妻子是最……"

看到萧璃噘起的嘴，裴晏把后面那句"最重要的"咽了回去。难得见萧璃这般任性模样，裴晏有些好笑，目光温柔下来，放低了声音，说："殿下，即便没有太子殿下，也会有其他人唯殿下重。"

"真的吗？"萧璃扭头，望向裴晏，认真问道。

"真的。"裴晏点头，无比确信。

"你身上不是还有伤？为何走这么快！"台阶下不远处，传来了霍毕的声音。

"霍毕，你怎么这般絮叨，婆婆妈妈！"这是萧璃暴躁的声音。

"你说我婆婆妈妈？"霍毕难以置信，被萧璃气得眉毛都快竖起来了，似是要跟萧璃说个明白他到底哪里絮叨。

再之后他们说了什么，裴晏就听不见了。

只看见萧璃捂着耳朵摇脑袋，脚步更快，而霍毕一副被气得火冒三丈的样子，追着萧璃不肯罢休地说着什么。

几乎只是转瞬间，这山间小路就只剩下他自己。方才的热闹不再，林子恢复了本来的孤寂凄清。裴晏轻轻抚了抚左手腕，安静地转身，继续他上山的路。

从剑南去向长安方向的官道上，两匹骏马飞驰而过，带起阵阵尘烟。

当先的是一个穿着火红骑装的英气女子，她的发高高束起，不戴半朵绢花簪钗，利落洒脱。后面则是一个一身白衣的翩翩公子，五官俊秀，腰间没有佩剑，反倒是挂着一把折扇，看着不像是在赶路，而是要去参加什么诗酒花会。

"郭宁，你这是赶着去投胎吗？我几次三番说过，殿下不会这么快出行！"白衣公子经过茶棚，闻到包子香时就不肯再走了，定要先歇歇脚再启程。

红衣女子，也就是郭宁，掉转马头，往回走了几步，看着男子那一身翩翩白衣，毫不掩饰眼中的嫌弃，说："好啊，我去投胎！书叁，你这一身

白，是给我披麻戴孝呢？"

"你！"书叁一滞，道，"半年未见，你还是这般粗鲁，不懂风雅！"

"风雅？"郭宁冷笑一声，翻身下马，说，"你这宽衣广袖的，跑马时袖子难道不会缠上缰绳吗？"

说实话，还真的会，书叁无言以对，而且他的袖子都有点儿皱了。

郭宁见书叁被自己噎得说不出话，得意一笑，转身走进茶棚，大大咧咧对守着摊子的妇人说："大娘，给我来十个包子，一碗茶！"说完，转头对书叁喊道："哎，你要几个？"

"四个，再加一碗茶。"

"凑个整儿，十五个包子，两碗茶，大娘。"郭宁回过头来，对妇人说。

○ 第十一章 ○

此去南境

　　不同于长安其他坊，平康坊的白日总是比夜里安静得多。平民百姓多是日出而作，日落而息，可平康坊的舞娘歌妓们却总是天明时分才得以休息。辰时到巳时，正是她们睡得正香的时候。

　　而就是这个时候，萧璃和谢娴霏，则跪坐在平康坊清音阁最上层的包厢里。

　　门突然被拉开，谢娴霏抬眼看去，见嬷嬷走了进来。她身后的鸨母则轻轻地拉上门，似乎对嬷嬷这时有访客的事并不惊讶。

　　谢娴霏从来不知道，萧璃竟还会单独来见嬷嬷！

　　似乎是看出了谢娴霏的惊讶，萧璃一笑，说："我也只是单独来过一两次，还是避着人，不然可瞒不住吕修逸和崔朝远。"

　　嬷嬷见到房间内除了萧璃还有谢娴霏，脸上也有一闪而过的讶异。可立刻，她就整理好了情绪，平静地跪坐在了两人的对面，并轻声唤道："阿璃。"

　　未等萧璃说明来意，嬷嬷先拿出了一张折好的花笺，放在两人之间的案几上，推了过去。

　　"这是？"萧璃拿过花笺打开，动作间并未避着谢娴霏。花笺上，从上到下写着一些名字，其中几个用红笔圈出。

　　嬷嬷见到萧璃如此，也大概猜到了萧璃今日的来意。

　　"这是当年……对我有救护之情的官员姓名。"嬷嬷说，"以朱砂圈出的，是绝对可信之人。阿璃此去南境，若有需要，可拿我的手信去寻求帮助。"

　　短短几句话，所包含的信息量巨大。谢娴霏瞳孔一缩，猛地看向嬷嬷。

　　"你已经听说了。"萧璃从上到下把花笺看过，视线在"秦义"两字上停顿了片刻之后，便将花笺放进炭盆里，看着它逐渐烧起来。

　　"我身在平康坊，可能消息比一些小官员要更加灵通。"嬷嬷温声说。

前日，荣景帝已经降下旨意，准长乐公主所请，驻守南境，以偿其过失。镇北国公霍毕和显国公世子范烨也同时被派遣至南境，且，于南境增兵，以防南诏有任何异动。

"阿璃要离开长安了，那些浪荡子应该很开怀吧？"谢娴霏问。

嫣娘闻言，浅浅一笑，说："自然是开怀的，昨日里还把酒畅饮。"

平康坊里，仗势欺人的多是那些贵胄子弟，而偏偏萧璃是个传奇话本读上头的棒槌。若是遇到两个身份相当的纨绔子弟大打出手，萧璃看心情，或是一笑而过，或是上去各端两脚之后再嚣张离开。

若是遇到那仗着自己达官显贵身份欺凌歌妓舞女的，萧璃定然是要一顿胖揍的，也不管那是郡王世子还是尚书公子，总之就是一个字，打！

而且萧璃每次打人从来不遮掩，且还大多是以少敌多。那被揍的，因着己方这边人多，丢脸不说，还没理可说。最令人心态崩溃的是，御史台那边跟苍蝇一样盯着萧璃，等着揪住她的错上朝参她。且那帮人自诩公道，要参自然也不能只参萧璃一个，那挨打的公子哥儿们的当大官的爹，大多也要被参个治家不严、养儿不教。

总之，萧璃那边虽然挨训受罚，但好歹打人打了个爽。他们这边挨了打，丢了人，回家还要遭受阿爹阿娘的男女混合狠捶，根本不是一个"惨"可以形容得了的。

所以昨日，几个消息灵通的从自家阿爹那里得知萧璃去定了南境，都高兴得不能自已，险些抱头痛哭。反倒是歌妓舞女们听到这个消息后都有些闷闷不乐。

萧璃没有理会两人的取笑，盯着花笺看着它慢慢烧成灰，脑海中想到的却是昨日萧煦对她说的话。

"兄长，这是？"日暮时分，萧煦便服来到公主府，遣退了所有侍从，将一本卷册交到了她的手中。

萧璃打开，见上面写的均是人名，人名后面是此人背景。有官员小吏，也有贩夫走卒，身份堪称繁杂。

"此去山高水长，不论发生什么，我都无法帮你。"说到这里，萧煦自嘲一笑，"且不说鞭长莫及，便是你在长安，我又能帮到你多少呢。"

"兄长不需要担心我。"

"阿璃，我知你聪慧过人，思虑周密，且有武功傍身，我应该放心。"萧煦拍了拍萧璃的头，说，"可这终究是你第一次离开长安，为人兄长者，又怎么可能全然放心。"说完，萧煦的目光落在了萧璃手中捏着的卷册之上。"名册所记都是我的人。"他指着其中一个人名，说，"待你出了长安便可联系此人。从此以后，我在南境的人物财力，皆可为你所用。"

"阿兄！"听到太子的话，萧璃不由得瞪大眼睛。

"这名册中所载之人虽多，可大多身份不高。交到你手中，于我而言不过求一份安心。"萧煦摇摇头，说，"能起到多大用处，我也不知。"

"阿砚。"萧璃忽然开口，谢娴霏和嫣娘一起看向了她。

谢娴霏听见萧璃的话，眯了眯眼睛。

"跟我回南境吧，留在平康坊终究不是长久之计。"此话萧璃也是犹豫了很久，才终于对嫣娘说出来，"我的人可以将你在长安的痕迹清理干净。"

嫣娘闻言，纤细修长的手紧了紧，移开了目光，却没有应声。

这是拒绝之意。

"阿砚，我此去南境，但凡查到任何蛛丝马迹，定会追查到底！"萧璃的眉心紧蹙，谢娴霏鲜少在萧璃脸上见到焦躁和忧心。"我和兄长，都不会放弃，都不会任由忠良背负污名。你又何须为此而置身于如此境地之中！"

"可当年涉事之人，多已离开南境，或高官厚禄，或升迁别调。唯有长安，唯有平康坊，才有探查之机。"嫣娘垂眸，语气平淡。

"可是……"萧璃不死心，仍想说什么，却被嫣娘打断。

"萧璃，我父兄所负冤屈，我会亲自为他们查清。"嫣娘抬头，盯着萧璃，一字一句地说。虽然说话人如蒲草般柔弱，可语气却如磐石，坚定，不可转移。

谢娴霏也是第一次意识到，绝色姿容之下，嫣娘竟然有如此锐气难挡的一面。

萧璃见嫣娘的样子，就知道今日劝说依然无果，她闭上眼睛，深深地吸了一口气。可任她再怎么吸气，都掩不住心中烦躁，右手握拳，狠狠地砸了一下身前案几。

谢娴霏看着案几上出现的龟裂细纹，不由得眨眨眼，不着痕迹地往旁边挪了挪。

　　嫣娘却仍不为所动，对两人微微笑了笑，甚至还悠悠地为两人分了茶。

　　"阿璃最近可是见到了我阿姐？"嫣娘轻轻将茶杯放在萧璃面前，启唇问道。

　　萧璃睁开眼睛，看向嫣娘，问："你怎么知道？"

　　"若非见了阿姐，你又怎会如此煎熬难耐，甚至失态至此？"嫣娘指着无辜被毁的案几，说。

　　萧璃低头看着惨遭横祸的案几，无言以对。

　　"阿姐她最近可好？"见萧璃不语，嫣娘柔柔笑了一下，歪头问道。

　　"若是知道你还活着，她应该会更好一些。"萧璃面无表情地说。

　　这一回，换嫣娘无言。沉默了半晌，她才开口："阿璃，你答应过我，会为我保密。"

　　"是啊，我答应过。"萧璃咬着牙，又深吸了一口气，才终于放弃般地对嫣娘说，"我此行不会带侍女，诗舞会易容来保护你，若是遇到了难解之事……"

　　"便寻阿霏求助？"嫣娘眨眨眼睛，接话问。所以，这便是萧璃今日带谢娴霏来此的用意。

　　"是，我离京之后，阿霏可通过书叁哥的路子直接传信给我。若事出紧急你找不到阿霏，便去东市七花胭脂坊寻花掌柜，她能找到我的护卫花柒。花柒能……总之他能找人救你。"

　　"阿璃。"听到萧璃这般事无巨细地交代，嫣娘的目色变得柔和，她低声说，"你不必如此担心，我会看顾好我自己。"

　　萧璃和谢娴霏坐着马车离开平康坊时，萧璃的神情仍算不得好。谢娴霏观其神色，不由开口安慰道："阿璃，有我，还有朝远和修逸二人，总不至于连一个嫣娘都保不住。"

　　"若只是个寻常的歌妓舞娘，自然无虞。"萧璃长叹一声，"可她却要行刺探寻查之事……"说到这里，萧璃止住了话，看向谢娴霏，问道："阿霏可是已经猜到嫣娘的身份了？"

"你与她谈话时又不曾避过我，若是这都猜不出，我又何谈替你出谋划策？"谢娴霏懒懒一笑，接着说，"你唤她阿砚，当不是口误。你与她提及南境，用的是'回'字，由此可见她应当是来自南境。来自南境，父兄背负冤屈，是你与太子殿下均会在意之人，且她还有一个阿姐……会令阿璃你心怀愧疚……"

说到这里，谢娴霏顿了顿，转而说到另一事："我小时曾听阿爹提起过一则逸事，南境杨将军因盼着儿女更有学识，便给四个子女取名笔墨纸砚，其行径堪称简单粗暴。当年杨氏犯事之时，唯杨墨一人在长安，且与太子殿下过从甚密……其余三个子女，皆死于南境……

"你唤她阿砚，当不是燕子的燕。

"嫣娘，是杨将军的小女儿，杨砚。"

傍晚，郭安下了职便离开了皇城，今夜不需要他值守，也无其他邀约。于是郭安就独自一人往家走，未骑马，也未叫人跟着，享受一下这难得的闲适。

到了这时辰，百姓也大多于归家途中，所以路上人来人往，络绎不绝。忽然，前面走来一个绯衣少年，低头疾步匆匆，并未好好看路，迎面直接撞到了郭安身上。

"哎哟，对不住，对不住，这位郎君，我没撞痛你吧？"清亮的少年音响起。郭安低头看去，只见那少年有一双明亮的眸子，不由得心生些许亲切之感。

"无妨，小心看路。"郭安本就不是暴躁桀骜的性子，因为有个性子跳脱的妹妹，他更是平静沉稳，难有事情会叫他生气，不过是被撞了一下，也没什么大不了的。何况这少年让他觉得亲切，就更不会生气。于是他随意摇了摇头，只叫那少年好好走路，点点头便走了。

却没见到身后的少年一直注视着他，他走远了都没有移开目光。

"看他面色红润，中气十足，想来日子过得不错。"少年搓了搓下巴，喃喃自语。说完，少年回头往宫城的方向看了看："老头子今日八成在皇城，唔，明日等他下了职再去瞧他吧。"

说完，几个闪身，少年便走远了，片刻后，就再瞧不见身影。

公主府，才用过暮食，萧璃披着个斗篷，坐在花园长廊里看书。诗舞见萧璃看得专注，可天色却越发暗了下来，所以轻手轻脚地在萧璃身边挂起一只灯笼。

酒流在不远处的拐角站着，抱着剑，正在犯食困。

忽然，酒流的耳朵动了动，他紧接着一个跃步跳出回廊，纵身朝一个方向飞去，手中长剑同时出鞘——

"哎哟，刚一见面就这么热情？"绯衣少年嘴角带着笑，剑未出鞘，却抵挡住了酒流凌厉的攻击。足尖在树梢上轻轻一点，一个旋身便越过了酒流，往萧璃坐着的方向而去。

"小贼哪里走！"酒流连忙跟上，又是一剑毫不留情地挥去。

绯衣少年连忙躲过，可却迟了那么一丝丝，高高束在脑后的发被酒流的剑削了一截下去。

"我就是来夜会美人儿，又不想干别的，你做什么下如此狠手！"绯衣少年见头发被削掉了一截，立刻不满地大声嚷嚷起来。

"放肆！"看少年那吊儿郎当的模样，酒流更恼，提剑又要攻去。

"酒流停手。"此时，萧璃终于出声制止了酒流。可她的目光却没有从手中书上离开，还闲闲地翻了一页。

听到萧璃发话，酒流即便再气，却也领命停手，退到一旁，死死地盯着少年。

绯衣少年见酒流退了，得意一笑，把头发甩到脑后，做出一副风流潇洒的模样。他往萧璃面前走，一边走，还一边口花花："还是美人儿知情识趣……"

说着，就要伸手去勾萧璃的下巴。可是手刚伸出去，就被萧璃以两指制住了。少年不信邪，更加用力，却无法再前进分毫！

抬眼看萧璃，却发现她眼睛还看着左手持着的书卷，压根没有分少年半分眼神！

少年不信邪，一手被挡，便伸出另一只手想要去摸萧璃的脸蛋儿。

萧璃叹了一口气，终于把目光落在了少年的身上。她以拿书的左手挡住少年，不过片刻工夫间，两人就已经过了十数招，少年用尽手段，却愣是没有占到分毫便宜！

几息之后，萧璃没有继续格挡，而是顺势向前扑进了少年的怀里。少年一句"投怀送抱"还没说出口，就被萧璃弹中了麻筋，等少年反应过来的时候，整个人已经被萧璃擒住了。

"玩够了吗？"萧璃面无表情地问。

"你……你武功又精进了！"少年不敢相信自己竟然输得这么快。

萧璃松开手，少年不死心地又想去摸萧璃的脸，再次被轻松挡住。

萧璃又叹了口气，无奈说："这油腔滑调，是不是你跟书叁哥学的？"

"你……你看出来啦？"少年猛地收回手，问。

这哪里还是清亮的少年音色，分明是个好听的少女声音。

"阿宁，下次想要偷袭，好歹换换你的招式。"萧璃无语，道，"我跟你打过这么多次，看起手式就知是你了。"

"我就知道阿璃心里一直都在想着我，念着我。"少年，也就是郭宁，笑嘻嘻地说。

话音一落，郭宁一愣，回想了一下刚才不假思索说的话，一脸震惊道："天啊，这油腔滑调的话真是从我嘴里说出来的吗？"郭宁崩溃抱头："阿璃你说得对，我真的跟书叁学坏了。"

萧璃揉揉眉心，问："书叁哥呢？"

"我们进城便分开了，我回家看了看我阿娘还有兄长，明日去瞧瞧老头子。"郭宁回答，想了想，又说，"书叁别是直奔平康坊了吧？阿璃你不晓得，我们在外时，书叁当真不肯放过任何一个青楼楚馆，那真是万花丛中过，一文留不得。"

"郭宁！我就知道你要在殿下面前编派我！"

萧璃和郭宁同时循声音的方向看过去，只见一个白衣公子自屋檐上翩然落下，发丝轻扬，衣袂翻飞。若萧璃和郭宁不知这白衣公子本质是个什么样的人，倒是要赞他一声翩翩公子，可是……

"书叁，你这么长时间是去梳洗打扮了？"郭宁发觉书叁从上到下焕然一新，甚至连衣服上都熏了香，简直不敢相信自己的眼睛。

"既是来见殿下，自然不可草率。"说罢，书叁上前，单膝跪地，对萧璃说道："书叁见过殿下。"

"书叁哥。"萧璃摆摆手让他起身，然后问道，"令羽他们如何了？"

"已安全离开黎州，他们那一行人本就是遮掩行踪的好手，我跟在后面假造了些痕迹，引开了追兵。他们这一路，无惊无险。"

萧璃点点头，对两人说："等过两日我拜别了皇伯伯和皇后娘娘，我们便启程南下，这两日你们好好休息。"言下之意：没事不要总在我眼前晃悠，头疼。

"阿璃，你进宫时带着我吧，好久没见到阿蓁了。"郭宁撇撇嘴，问道。

"这是自然。"萧璃笑笑，回道。

"殿……殿下……"拜会过了，两人本以为书叁会直接离开去平康坊眠花宿柳，却不想他还立在原地，颇为期期艾艾地说。

"怎么了？"萧璃问道。

"棋贰如今也在长安吧？我可否去找他叙叙旧？"书叁试探问道。

萧璃默了默，然后才开口道："棋叔已有自己的生活，你可以去叙旧，却莫要惊扰其他人。"

"是，殿下。"书叁一下就笑开了，得意道，"我肯定不会叫人发现我，刚刚不是连殿下都没发现我吗？"

说罢，书叁几个纵身就离开了。

"阿璃，你刚才真没发现书叁？"郭宁看不惯书叁那嘚瑟劲儿，在书叁走后，问道。

萧璃对郭宁眨眨眼睛，低声说："先叫他高兴高兴。"身为护卫武功还比不过主君，也是有些伤自尊的。没看酒流都想离家出走了吗？

两日后，皇城。萧璃缓步慢行，往紫宸殿的方向走着。她的身后跟着婢女打扮的郭宁，当然，用的肯定不是她本来的面孔。

快至紫宸殿时，郭威领着一队禁卫军迎面走过来，沉默地对萧璃行了一礼之后，头也不回地继续巡防。郭宁不由得回头，看着父亲的背影逐渐远去。

"你若想念爹娘兄长，便回家待上些时日。左右以你现在的易容水平，想再逃也不难。"萧璃看见郭宁的模样,以只有两人能听见的声音说。

"罢了,我若是现在回去,老头子八成要把我打到半死然后压着我嫁人。"郭宁如今深刻了解何谓远香近臭。她离阿爹远了,倒是还会想念,若是近了,父女俩估计又是三天一小打五天一大吵,惹不起惹不起,她还是在外面再躲两年再说。

"你们一个两个,怎么都不想嫁人?"阿蓁和阿宁在家里给议亲的当口逃的逃家,进宫的进宫,如今阿霏同样选不出夫婿。萧璃有时觉得是不是自己身边风水不大好,不然怎么一个两个三个都是如此。

"不想嫁人的是阿蓁,我可是想嫁人的。"郭宁连忙为自己正名,"我只是不喜欢阿爹想让我嫁的人。你也看到他挑的那些了,都是武将人家子弟,一个个五大三粗,我可下不了口。"

她当年应该派酒流跟着阿宁出去的,那样她就不会被书叁哥带坏了……

那边郭宁还在继续说:"我自己本就会武,嫁个武将家的儿郎,那日后家中岂不是要日日全武行?"

萧璃听明白了,郭宁想嫁一个不通武艺、容她单方面欺压的夫君。

"而且,我喜欢文雅俊秀的那种,最好性格绵一些,若是能甜甜叫我姐姐,那便完美了!"萧璃已经不想说话了,郭宁却还在幻想。

"阿宁。"

"怎么了?"

"已经到了。"不知不觉,紫宸殿已经近在眼前,萧璃闭了闭眼睛,顷刻间已经变换了神色。她低声对郭宁说:"我已吩咐宫人带你去阿蓁那里,就说我有事要交代。只这么一个机会,你们好好叙旧。"

"阿璃,你不要我陪你进去吗?"郭宁微微睁大眼睛,问。

"不了。"萧璃转头,看着前方紫宸殿的匾额,低声说。

那本就是我一人的战场。

紫宸殿里,萧璃安静地跪在大殿中央,嘴倔强地抿着,像个仍在闹气的孩子。荣景帝在上首坐着,沉默地看着殿中的萧璃。

有时荣景帝觉得萧璃全然不像他弟弟的女儿。

他那个皇弟，看着温和端方、稳重练达，张嘴社稷，闭口黎民，每日殚精竭虑，似乎都是为了天下百姓，与朝臣们也是君臣相宜，极会收买人心。可同样的，也是一肚子谋算，又仿佛从没自己的喜怒，永远是那么一副温文尔雅、智珠在握的模样。

从前他见着，都替萧政觉得累。后来，萧政还把他萧霄的嫡长子也教导成了那副模样，教导得对他这个父亲反倒没有多少孺慕之情。

萧璃更像她的母亲，认准了什么，便是撞了南墙也不会回头。荣景帝现在还记得二十多年前，林昭易容改装，跟着父兄上战场的模样。

"既为林氏女，又怎能只知躲在别人背后？"马背上，林昭将一柄红缨枪横在身前，一身傲气。

后来，那柄枪一把挑飞了向他射来的冷箭，林昭一边继续拼杀一边对他大笑着说："怎么样，萧效，现在是你欠了我人情吧！我看你还怎么说我于战场无用！"

那时候他还不曾将名字从效改成霄，林昭也总是对他直呼其名，从不叫他殿下。

"阿昭！那是大殿下！不可无礼！"不远处的林小将军听到，还抽空吼了妹妹一嗓子。

林昭闻言，翻了一个天大的白眼，向林小将军表示不满，却也听话地没有再说什么了。

战后，林小将军便成了林将军，而林昭，则成了新的林小将军。

后来南诏大军突袭岭南，杨氏求援，还是林昭独自领了骑兵火速抵达支援，解了燃眉之急，也救下了杨府的女眷。

等荣景帝带着步兵抵达，彻底解决岭南危机之时，她已然跟杨氏众人都混熟了。荣景帝去骑兵营寻她时，听她的亲兵说林昭骑马带杨府的表小姐捉兔子去了。

这些年荣景帝因着朝堂之事头疼难耐时，也不是没想过若是日子一直停留在那时候，好像也没什么不好的。

他只需操心领兵之事，闲暇时还可以同林家、杨家的儿郎比试武艺。林昭有时也会来跟他们比试比试，还能不落下风。

这些年来他看萧烈与萧璃比武，就仿佛看见那时的他自己和林昭。

他也不是没试过以正妃之位求娶林昭，可却被她一句斩钉截铁的"不入皇家"给拒绝个彻底。他因着心中傲气，再没提过此事。

再后来，林氏父子战死，她虽然被林氏几个亲卫拼死护了下来，却身受重伤，不知以后是不是还能领兵。

可即便她能领兵，没有父兄压阵，她一个女子，又能如何？那时他已娶正妃穆氏，却也不忍见林昭往后孤苦。彼时已经独自领兵的他亲自前往剑南黎州，去见养伤的林昭，想要迎她入府，从此照顾她。可他说完来意，却见林昭默然看着他，那目光让他觉得极为刺眼，那目光，就仿佛林昭从未认识过他一般。

那时林昭的脸色因伤而苍白，身上带着草药的苦涩味道，可她的眼睛却仍旧明亮，仿佛装了漫天的星光。

"迎我入府？"林昭缓慢重复，然后抬眼问他，"那阿婉呢？你如此，要置阿婉于何地？"若她没记错，穆婉当时才为他诞下嫡长子。

"她……"萧霄一滞，随后说，"她不是一向和你要好，你们往后……"

未等萧霄的话说完，林昭已经闭上了眼睛，抬手招了在暗处守着的林氏亲卫，然后睁开眼睛，对他说："我不日即将启程去长安寻医养病，大殿下心意，恕林昭难以接受。"说完，便端起了茶，是送客之意。

那一日他茫然于林昭的眼神，未反应过来。后来才意识到，那是林昭第一次叫他"殿下"，那样的恭恭敬敬。

也是那一日，有些东西，他永永远远地失去了。

其实，若只是这样，或许有朝一日荣景帝也能释怀。或许林昭会在长安遇到如意郎君，又或许她养好伤后会嫁给那群对林氏死心塌地的属将中的某一个，生几个玉雪可爱的小娃娃。她跟穆氏要好，或许偶尔会让两家的儿子女儿们一道玩耍，甚至结个娃娃亲。他想，他可以偶尔见到她，暗中照拂她，那也很好。

可是……可是……想到这里，荣景帝忍不住捏紧了拳头。

自那次见面之后，林昭就去了长安，再次得到她的消息，已是萧政昭告天下封林昭为皇后时了。

那一日，他独自一人待在书房，将里面砸成了一片废墟。坐在地上，萧霄看着眼前的一片狼藉，猛地大笑出声。

不入皇家，好一个不入皇家啊，她只是不想嫁给他这个无能皇子而已罢了。

他当真不明白，为何从小到大，所有人看到的、称赞的、寄予厚望的永远都是萧政！就连林昭也……明明是他们先相识的！曾生死与共的是他和林昭！不是萧政！

他们在战场上拼杀时，萧政只是远远地坐在他的金殿之上，于他们无半点儿助益。

即便林昭对他没有男女之情，可也当有袍泽之意，为何她那日要用那种眼神看他？为何她……要嫁给他的弟弟！

每每想到此处，荣景帝便心绪难平！

在殿中跪着的萧璃察觉到荣景帝的呼吸蓦地急促，抬头看去，却见荣景帝的目光也猛地盯了过来。萧璃心里一惊，面上却未显露分毫，反而瘪了瘪嘴，眼巴巴地瞅着荣景帝，又扭头移开目光，既委屈，又倔强。片刻后她又偷偷地看回来，然后委屈巴巴地低声唤道："皇伯伯……"

"你可是怨朕遣你去南境？"荣景帝冷声问道。

"怎么会？"萧璃微微睁大眼睛，然后看向别处，像刚打翻了花瓶的猫儿，低声说，"皇伯伯也是为了平朝臣怨言，阿璃懂。"

荣景帝心里的气稍微顺了顺，当日于大殿之上她要是也这般听话，最后又怎么会闹到那个份儿上？不过看萧璃如今乖乖的模样，心里那股气倒又散了几分。

而这时，萧璃就像是一个给了糖就忘了打的孩童，提起南境，还兴致勃勃了起来："皇伯伯，我听说南境的荔枝都新鲜水嫩，比运到长安的不知要甜多少！"

荣景帝又被萧璃这没心没肺的模样气得胸口一闷，当即吼她一声："朕送你去南境是送你去吃荔枝的？"

萧璃眨眨眼睛，然后说："啊这……顺便吃也不成吗？"

荣景帝被气得说不出话，却见萧璃突然又笑了，说："我会好好守着南境的！就像皇伯伯当年那样！"

说这话时，萧璃眼睛亮亮的，满是少年人的好奇和跃跃欲试。

荣景帝一下子就想到了少年时的自己，不由得嗤笑一声，说："你这娇生惯养的，还要给朕守南境？你别哭着跑回长安就行了！"

"皇伯伯！"萧璃一脸被荣景帝小瞧的不满，看得荣景帝一阵好笑。

"你的伤都好了？"皇帝问道。

"那点儿伤，不算什么！"萧璃摆摆手，一脸"我这么厉害不怕受伤"的模样。

"不怪朕？"

萧璃静了静，然后端端正正地看着荣景帝，说："那般顶撞，是我的不是，阿璃给皇伯伯道歉。"

"行了，还跪着干什么，赶紧坐吧。"荣景帝摇摇头，说。

"当然，我还是愿意相信令羽，皇伯伯，我愿意信他这一回。"得了荣景帝的话，萧璃也就不再跪着了，扶着紫宸殿侍婢的手站起来，看向荣景帝，认真地说。

她的目光、她的语气，带着少年人的固执、天真，还有坚持。荣景帝看了，莫名其妙地觉得眼熟。想了想，那不正是像年轻时的他和林昭吗？

想到这里，荣景帝觉得讽刺又好笑，萧政把他萧霄的嫡长子教成了那般虚假的模样，结果自己的女儿倒是像了他。

这般想着，他对萧璃仍旧冥顽不灵的话也没有多生气，毕竟当日在大殿之上那般挨打了萧璃都不肯改口，真的跟她阿娘一般固执。

于是，他只是冷哼了一声，嘲道："哼，天真，等你受了挫折，就知好歹了。"

"有皇伯伯护着，谁敢给我挫折！"萧璃笑得眯眼，自豪说。

荣景帝简直要被萧璃这不以为耻反以为荣的模样气笑了，怒道："到了南境那边收敛点儿！那里只有武将从戎，可没有朕给你收拾烂摊子！"

"知——道——啦——"萧璃拉长了声音回答。

"行了，皇后已经在立政殿等着你了，去拜别吧。"荣景帝还有一堆折子要看，遂摆摆手，让萧璃退下。

"皇伯伯。"萧璃则起身，复又在荣景帝面前跪下，说，"阿璃这一走，便不能孝顺皇伯伯了。皇伯伯自己，万望保重身体，莫要太过操劳。"说完，慢慢叩首。

荣景帝微微动容，却嘴硬说："没你给我惹事儿，我每日能多吃半碗饭！赶紧走，别在这里碍眼。"

"阿璃领旨！"萧璃方才那郑重的表情散去，又变成了往日笑嘻嘻的模样。她利落起身，退至殿门口时，才转身离开。

一直到转过身，萧璃脸上的笑容才逐渐淡去。

公主府。

"殿下，此去南境，当真不带我和诗舞吗？"临行前夜，画肆给萧璃整理好行李，又想办法塞了一盒伤药和一沓银票，然后抬起头，向仰头看月亮的萧璃问道。

萧璃收回目光，看向一脸担忧的画肆，微微一笑，说："那到底也是军营，你们俩就别跟我去受苦了。你跟诗舞还有花柒留在长安好好给我管那几个铺子，不然你们主子我要是再被扣光了食邑，大家可就要跟我一起喝西北风了。"

画肆想到萧璃这两年被扣的银钱，深以为然地点点头。

"夜深了，我这里不需要你们守夜，去睡吧。"萧璃对画肆和诗舞两人说。

"诺。"

裴府。

床榻上，梅期翻了个身，轻轻叹了一口气。

"你还没睡着？"鹤梓轻声开口，问道。

"你能睡着？"梅期干脆坐起来，搓了搓头发，愁眉苦脸地看向窗外方向。

他们的卧房就在公子的院子后面，所以前面有什么动静都听得很清楚。从今晚亥时起，公子那边就在月下吹箫，连绵不断的箫声传来。这都丑时了，还没停。

且那箫声，如泣如诉，且悲且凉，哀怨缠绵，听得梅期心头特别酸楚。

别说入睡，他没抱头痛哭都因他生来坚强。

鹤梓沉默了片刻，才开口道："公子为何这样，你不是最清楚吗？"

梅期面露尴尬苦恼的神色，然后猛地拽起被子蒙到头上，又躺了回去。

公主府。

画肆和诗舞都退下了，内室中只剩萧璃一人。她看着天上月，低声自语："你也保重。"

片刻后，萧璃闭了闭眼睛，随后撩起身前衣袍，对着大明宫的方向双膝跪下，肃穆而郑重，三叩首。

萧璃离京那日是与霍毕等人一同出发的。霍毕带着袁孟、林选征还有齐军师三人，而萧璃只带了书叁和男装打扮的郭宁。

王、谢、崔、吕四人皆来送行，四人一直黏黏糊糊地跟着萧璃他们走了好久，连十里长亭都走过了不知几里，还不肯停下。

最后还是萧璃受不了，勒马停下，对四人说："我又不是永不再回长安，你们四个可以不要哭丧着脸吗？"

王绣鸢红着眼眶，撇撇嘴，哇的一声哭出来："阿璃，你好无情啊，你都不难过吗？我昨晚难过得一宿没睡着觉啊！"

谢娴霏、崔朝远和吕修逸三人闻言，一起点了点头。

萧璃叹了口气，走到了王绣鸢身边，帮她擦掉眼泪，说："你就当我出门游学，待我回来，还是那个可以带你横行长安的阿璃，嗯？"

王绣鸢止住眼泪，吸了吸鼻子，点头，手却趁机拽住了萧璃的衣袖。

不远处，霍毕听见那个男装打扮的姑娘"啧"了一声，歪到旁边白衣男子那里，低声说："你看看阿璃，多招人喜欢，你再看看你，在青楼散尽银钱又有什么用，还是没姑娘喜欢你。"

那白衣男子的表情空白了一瞬，然后反驳道："喜欢我的姑娘多了，我都数不过来。且殿下这般，你怎知不是向我学的？"

"你要点儿脸吧。"姑娘似乎是被恶心到了，又歪了回去，不再说话。

那边谢娴霏安抚地拍了拍王绣鸢的手，然后对萧璃说："阿璃此行，万望珍重。"说到这儿，谢娴霏顿了顿，又加了一句："你且放心。"

萧璃点了点头，然后又望向长安的方向。

"阿璃在看什么？"王绣鸢瓮声瓮气地问道。

萧璃收回目光，对王绣鸢一笑："没什么。"说完，翻身上马，再次对四人拱手道别，之后就掉转马头，策马离开。

郭宁见萧璃总算肯走了，打了个哈欠，然后猛地落下马鞭，追着萧璃飞驰。书叁整理好衣袖，也打马而去。

霍毕几人对视一眼，纵马跟上。

崔、吕、王、谢四人驻足望去，一直到再也看不见萧璃的身影。

王绣鸢："以后阿璃都不能给我的话本子提意见了。"崔朝远只会给故事挑刺。

谢娴霏："没有阿璃，长安更加无趣。"所有人都如此平庸。

吕修逸："阿璃走了，没人带我们赢马球了，唉。"阿璃技术好又会设计战术。

崔朝远："唉，等下要去平康坊痛饮三大杯。"

王绣鸢、谢娴霏、吕修逸闻言一同看向崔朝远。

"怎……怎么了？"崔朝远被朋友的目光看得心里发毛。

"崔朝远，你做个人吧，我们都在伤心呢！"王绣鸢忍了又忍，终于开口。

"噢。"崔朝远面无表情地接受着朋友目光谴责，然后问，"我决定到平康坊借酒浇愁，据说酒入愁肠愁更愁，你们要不要同去？"

王、谢、吕三人异口同声："去！"

裴府。

梅期和鹤梓两人顶着两对大大的黑眼圈，双目无神地站在院子里发呆。

院子另一边的书房门，从早上到现在就没开过。早饭倒是送进去了，梅期耳力过人，但是半点儿用饭声都没听见。

"我说鹤梓，你要不要进去问问？"梅期拿胳膊肘拐了拐一旁的鹤梓，低声问道。

鹤梓打了个哈欠，说："不了吧，公子左右就是在写字、下棋。写字无非就是写那两个不知道是什么意思的字，下棋来来回回也是复盘那几局棋……棋下完了公子会自己收棋子，字写完了公子自己会烧掉，等会儿我拿个炭盆备着就行了。"

梅期：随侍做到你这个分上，我也是无话可说了。

话音才落，就听见吱呀一声，书房的门被打开了。裴晏站在门口，对两人说："拿个炭盆进来。"

鹤梓应声，一边起身一边对梅期挤眉弄眼，小声道："看我说什么来着。"

梅期："……"

显国公府。

"此一行，你当清楚该做些什么吧。"显国公坐在主位，对前来拜别的范烨沉声说道。

"孩儿明白，父亲。"范烨躬身，回道。

"兄长，我真的不能跟你一起去吗？"范炟再次不死心地问。

"你兄长是去做正事的，你添什么乱！"显国公冷声呵斥道。

平康坊。

"怎么今日嫣娘的琴声不若往日般波澜壮阔，铿锵有力？"安阳王世子萧燕听了半晌，开口说道。

"是啊，今日这琴声，叫人听得心里酸酸的。"另一位客人跟着说。

"十里长亭，折柳相送，唯盼与君再相逢……"一个士子模样的人饮下一杯酒，眼带醉意，摇头晃脑地念着。

紫宸殿。

郭威和郭安两父子正在宫城巡守。

"萧璃是今日离京吧？"荣景帝问身边的内侍。

"回陛下，正是今日。"内侍轻声回答。

荣景帝沉思了片刻，然后将桌上快摞成小山的奏折推到一旁，遣走随身伺候的内侍，独自向大明宫深处走去。

东宫。

"墨姐姐，你信我，有朝一日，你不必再隐姓埋名，不必再躲在东宫……

"会有那么一天，你想去哪里就去哪里。这世间没人能阻拦你，你只要

再给阿璃一些时间……"

萧璃之言，言犹在耳。杨墨看着已然蒙尘的佩剑，颤抖着伸出手，握住剑柄。腕上使力，想要将剑举起，刚抬起一点儿，手腕便再无力气，眼看着，佩剑就要掉落——

这时，一双修长的手自她身后出现，包着她的手，握住了那柄剑。

闻到熟悉的气息，杨墨浑身一颤。她僵住，一动不动，没有回头，不想回头，也不敢回头。

身后传来一声轻轻的叹息。

"阿墨……"

"咣当——"

佩剑落地。

大明宫。

"尚宫大人。"立政殿的婢女对杨蓁行礼。

"可是皇后娘娘召见我？"杨蓁放下手中的笔，淡声询问。

"是。"婢女低头回道。

"走吧。"杨蓁起身，由身边婢女披上大氅，莲步轻移，裙角却纹丝不动。

走出立政殿时，杨蓁的目光向南面看去，仿佛越过了大明宫的宫墙，也越过了长安一百零八坊，落在了那在官道上飞驰的女子身上。

"阿璃，保重。"

官道上，郭宁打马超过萧璃，然后挑着眉毛对萧璃说："比试比试？"

这自从离开长安，她就再没跟阿璃赛过马了。

"比就比，怕你不成？"说着，萧璃便要加速。马鞭落下前，她回头看向霍毕、袁孟和林选征三人，问："要不一起？"

"我……"霍毕正要拒绝，就听见萧璃说："霍将军不会不敢吧？"

霍毕嘴里那句"我就不了"霎时拐了弯儿，变成了"有何不敢！"说着，一夹马肚子就开始加速。

"哎，将军！带我一个！"袁孟早就想试试乌云骥的速度了，怕被落下，连忙跟上。

林选征见霍毕和袁孟都去比了，腼腆地笑笑，也加速跟上。

只留一身白衣的风流公子书叁和将胡子修剪得精致的齐军师落在后面，任马儿慢悠悠地走着。

"军师不去比一比？"书叁笑着问。

"老啦，身子吃不消啦，千里急行，试过一次就够了！"齐军师摸着胡子，笑着说，"你呢？"

"快马风大，会吹皱了我的衣裳，坏了风姿。"书叁一本正经回答。

两人相视一笑。

前面，萧璃骑着她的宝贝乌云骥，追上了林选征，超过袁孟，接着又超过了郭宁，最后与霍毕并驾齐驱。

"霍将军，这就是你最快的速度了？"马上，萧璃大笑一声，说，"那我可要超过你咯！"说完继续加速，超过霍毕。

"自然不止这样。"或许是因为离开了长安，又或许是今日天气甚好，霍毕一反常态，也大笑起来。他看着前面越跑越远的萧璃，使劲儿一落马鞭，也加速而去！

幼时好景

　　大明宫假山后的那一片小竹林是萧璃、杨蓁还有郭宁在夏日里最喜爱的地方。竹林里总是要比别处凉爽些，即便是摆了许多冰鉴的紫宸殿亦不如此处。

　　萧璃跟郭宁总是毫无仪态可言地仰头躺在竹林间，听清风徐徐，看竹叶随风缓缓飘落。那时，便是有再多的课业，都没那么叫人烦心了。

　　"来来来，尝尝这庵波罗果子脯，几日前才进贡的。"萧璃捧着一纸包的果子脯从假山上跳出来时，郭宁正蒙着头呼呼大睡，杨蓁则跪坐在一旁，轻轻翻书。

　　"果子脯？什么果子脯？"一听有吃的，郭宁立马从睡梦中惊醒，四下张望。

　　"是庵波罗果子脯！我也好几年没吃过了。"萧璃跳下来，接着盘膝一坐，在两人面前打开纸包，那里面摆着十来片手掌大、金黄色的果子脯。"一共也没多少，皇伯伯还赏了大半给宗亲勋贵。"

　　郭宁向来不懂得客气，也不净手，直接拿起一片咬了一大口。酸酸甜甜的味道在嘴里散开，郭宁惊奇地瞪大眼睛，然后幸福地感叹："这也太好吃了！"

　　这边郭宁一片果子脯已经入肚了，另一边杨蓁才慢条斯理地擦完手，捡起一片小口小口地咬着。

　　吃完一片，郭宁咂咂嘴，尚不觉得满足，于是又捞起一片来吃，一边吃还一边说："果子脯就已经这般美味，若是新鲜的果子，那得多好吃啊！"

　　"庵波罗果的产地远在天竺，若是运送新鲜果子，只怕尚未抵达长安，果核便已经发芽了。"杨蓁淡声回道。

　　郭宁却并不觉得可惜："没关系，等我去闯荡江湖了，自然会去天竺游览一番。那刚摘下的庵波罗果，我也定会吃上一吃。"她说得眉飞色舞，仿

佛熟透的庵波罗果已经触手可及。

"你上次还说要去天岐宗学一学药石之术，怎么今日又要去天竺吃果子了？"萧璃打断郭宁的幻想。

萧璃对那个专出神医的门派很是好奇，所以记得格外清楚。

"阿宁上次说的是要去问天剑派挑战。"杨蓁放下书卷，依旧是四平八稳的语气。

"就是那个由前朝莫问天所创建的问天剑派吗？"萧璃对这个也有印象，因为莫问天不仅名叫问天，创建的门派叫作问天，就连他的佩剑和剑法也都叫问天。

"对，就是那个取名格外敷衍的大侠。"杨蓁点头确认。

"不许你说莫大侠取名敷衍！"郭宁从小听她阿娘讲江湖上的故事，对江湖大侠格外推崇，是以听不得别人说一丝不好，"名字不过外物，随心随性便好！"

"若是随心而起，那莫大侠定有很多事情想要向天发问。"萧璃附和。

"我猜也是如此。"郭宁赞同。

杨蓁：行吧，你们高兴就好。

"不过，阿宁想要离开长安去闯荡江湖，怕还是要过了郭统领那一关吧？"

郭统领可不像是想让女儿去漂泊江湖的样子。

说到这个，郭宁的神色立刻凝重了起来，就连头顶上小小的发髻看起来都耷拉了些。

"所以说，我阿娘好好的一个江湖女侠，为何要嫁给我阿爹？"她扒扒头发，继续说，"若是阿娘只有我，那我们就可以在江湖上逍遥自在了！"

这一回，就连萧璃都不知道该怎样附和，倒是杨蓁，咽下食物后，慢条斯理开口："可若不嫁给你爹，便也没有你了。"

"那我娘可以嫁给一个江湖人，不就有我了？"郭宁反驳，"大不了不叫郭宁就是了。"

"可是阿宁，身体发肤受之父母，若你阿爹不再是郭统领，你还是如今的模样吗？没有在长安生活的这十年，你的所思所想仍会与今日相同吗？没有了那些记忆的你，还是你吗？"

郭宁自呱呱坠地，就一直堪称野蛮地长大，能动手就不动脑。当年郭宁被荣景帝选为公主伴读时，郭威还险些愁白了头发，就怕自家那野驴一样的姑娘不懂事惹恼了公主殿下。不过后来他发现公主的性格同样驴，两头倔驴一见如故，一同闯祸，倒也相安无事。那之后，犯愁的就变成了杨蓁的阿爹杨恭俭，每天都怕自己家文文静静的女儿被那两人欺负了。

是以，这位不常动脑的郭家小娘子，从未思考过"我是谁，谁是我，我如何是我，我又如何不是我"这样的问题。萧璃和杨蓁眼睁睁地看着郭宁的目光逐渐呆滞，手里的果脯掉了都没有发现。

杨蓁浅笑一声，继续低头看她的书。

那时候萧璃的心到底尚未黑透，遂开口把郭宁从思考的深渊中拉回来："说到底这些都无法改变，重要的是如何让郭统领同意你去闯荡江湖。"

郭宁终于回过神，沮丧道："让他心甘情愿是不可能的，到时候只能偷跑了。"说完就眼巴巴看向萧璃和杨蓁。

"别看我，我身单力薄，帮不得你。"杨蓁翻了一页书，头也不抬地说。

"我……"萧璃挠挠头，"我虽然最近武功有成，但也打不过你爹啊！"主要是她个子矮，胳膊短，怕是还没打到郭威，先被他一脚踹飞了。

"我也没想让你们对上我爹呀，你们这就开始拒绝……"郭宁委屈道，"我们不是最好的姐妹了吗？"

"阿宁。"杨蓁放下书，抬起头，"你若是这样说……"说完，与萧璃对视一眼，而后由萧璃接口说道："那便只能不做姐妹了。"

杨蓁重重点头。

郭宁："……"

就在郭宁搜肠刮肚想着反击之词时，假山的另一边传来了四皇子萧然的哭声。

"二皇兄，你为什么推我？"

萧璃和郭宁一听到声音，立刻纵身一跃，攀到了假山上往另一边偷看。只见到萧然被萧烈推倒在地，随身携带的画笔散了一地，身边还有片啃了一半的庵波罗果子脯，同萧璃给他们的一模一样。

"说，你为什么偷拿我的庵波罗果子脯？其他的呢？快还我！"萧烈叉着腰怒声说。

"我没有偷皇兄的果子脯呀。"萧然双眼冒出两泡泪，看着可怜极了。

"胡说！我都不舍得吃，每一片我都认识！"萧烈越说越气，"你手里那片边上有些卷，跟我的一模一样！"

"啧，忘了告诉阿然吃快点儿，竟然被萧烈抓个正着。"萧璃吸了一口气，觉得有些牙疼。

"所以，刚才的果子脯是你偷来的？"郭宁瞪大眼睛。

"不仅让我们吃偷来之食，还害得四皇子殿下被欺负。"杨蓁幽幽加上一句。

说完，两人一同谴责地看着萧璃。

"谁让他上一次故意打碎我的琉璃盏！"萧璃说，"他跟阿兄狡辩说不是故意的，可他就是故意的！我都看到他坏笑了！至于果子脯，你们就当作你们吃的是我的那一份儿，我自己吃的偷来的，好吧？"

"可以。"杨蓁满意了，然后抬抬下巴，"四殿下怎么办？"

这时候萧然已经猜到是阿姐偷了二皇兄的果子脯，但他咬紧了牙关，一声不吭，不再给自己辩解，更没有出卖萧璃。

"还能怎么办，自然是老小法。"萧璃说完，拿着最后一片果子脯跳了出去，落在了萧然身边。她把玩着手中的果子脯，特地叫萧烈能看得清清楚楚，而后以吊儿郎当的姿态对萧烈说："二皇兄，你还真别说，旁人的东西确实比自己的要更好些，也难怪你总是来打劫阿然和我。"

"那是我的庵波罗果！"萧烈一眼认出了萧璃手中的果脯。

"对啊，那又怎么样？"萧璃说完，当着萧烈的面"啊呜"一口咬掉一半。

"萧璃！我要杀了你！"萧烈气红了眼，再不管萧然，直接冲了过来。

"啧啧，阿璃到底是怎么做到的，说不到三句话就让人想揍她。"郭宁摇头感叹。

"这一点，阿宁你也不遑多让。"杨蓁道。只不过阿璃是故意如此，你却是天生如此。

"你说什么？"

"办正事。"杨蓁板板脸，正色道。

那边厢萧璃跟萧烈已经掐成了一团，鬏头发辫手指打得毫无章法。这边杨蓁和郭宁趁机把萧然扶起来，收好了散落一地的画笔，然后送他回去。

在大明宫里，萧璃和萧烈打架早已经不是什么新鲜事。宫人们也从最开始的惊慌失措变成现如今的波澜不惊。

御花园的扫洒宫人遣人去告知太子殿下的同时，还有心情在心里悄悄点评一下这次二殿下和公主殿下到底是谁占了上风。

唔，二殿下有怒火助威，看起来气势更足一些。

等到太子接到消息匆匆赶来，这才把两个人撕扯开。

"说吧，这次又是怎么回事？"萧煦觉得学习朝政都没有这么心累。

这次萧烈占理，于是立刻告状。

最后，以太子把自己的庵波罗果子脯都补偿给弟弟作为了结。

"至于你。"萧煦看着萧璃，板着脸，冷声冷气道，"将《礼记》抄一遍。"看见萧璃不痛不痒的模样，又说："待到今年岭南进贡荔枝，将你的那份扣除一半给阿烈。"

"凭什么！"萧璃闹起来，指着萧烈说，"他上次打碎我的琉璃盏……"

"且不说上次之事阿烈已经受过惩罚。兄长就是要让你明白，即便'报仇'，也不可用此等方法。今日窃果子脯，明日你又要窃什么？"萧煦看着萧璃，认真说。

萧璃不吭声了，死死地瞪着地面，不看太子，更不去看得意扬扬的萧烈。

萧煦说完，看着二人狼狈的模样，又说："为此等小事下如此重手，全无友悌，再罚你们二人将《礼记》《论语》《孝经》《孟子》中所有教人孝悌之语全部摘出，十日后交给我。少一处，便多抄一遍书。"

萧璃和萧烈不约而同地露出绝望神色。

"听见了吗？"萧煦看着弟弟妹妹的模样，心中觉得好笑，却还是板着脸问。

"听见了——"萧璃和萧烈对视一眼，也没心情互相针对了，一同惨兮兮回答。

等萧璃完成抄写，嘬着嘴把厚厚一沓纸交给萧煦时，萧煦眼中闪过一丝笑意，然后抬手拍拍萧璃的脑袋，温声说："今日跟我回东宫。"

"嗯？"许久没机会出宫的萧璃猛地抬起头。

"明日带你出城。"萧煦含笑回答。

"好！"萧璃不嘬嘴了，开心地跳了起来。

第二日，萧煦带着萧璃去了城外长亭，一同而来的，还有作为太子伴读的裴晏。

"兄长，我们要等什么人吗？"萧璃看着打扮格外好看的萧煦，奇怪地问。

"今日阿兄的表姐进城。"萧煦回答，"她出身将门，功夫极好，定与阿璃合得来。"

"表姐？"萧璃记得皇后娘娘并无什么兄弟姐妹，何来的表姐？

"她是母后外祖家的孩子，名叫杨墨，我也当喊一声表姐。"

皇后娘娘的外祖……萧璃想了想，眼睛亮了起来："那不就是杨大将军的女儿？"杨家枪法之强，她是知道的！阿娘曾给她讲过，当年杨大将军，一马一枪，于战场上横扫千军，气势之强，无人可挡！

萧煦笑着点头，然后给她和裴晏讲起了儿时的事情。

那时荣景帝驻守岭南道，又娶了杨氏的外孙女，故而与杨家来往颇多。武将之间相处没那么多烦琐讲究，将领家的孩子们年岁若相差不多，常在一起玩耍。

杨墨靠着她的功夫打服了所有同龄的孩子，成了他们当之无愧的大姐。即便萧煦当时已是忠亲王世子，也得按照规矩喊她一声老大。

杨墨这个老大当得也很称职，做她的小弟，绝不可欺凌弱小，更不能仗势欺人。杨墨处事公正，奖罚分明，把一众小弟管得服服帖帖。如发现有人欺负别人，杨墨还会给那人主持公道。

"所以这位姐姐给阿兄主持过公道？"萧璃想了想兄长的武功和性子，觉得他不像是会欺负人的样子。

萧煦有些赧然，但还是点点头。他没什么习武天赋，动起手来，总占不到便宜，而杨墨最是护着他。

"哇！"萧璃眼睛亮晶晶的，"虽然尚未见到，但我喜欢这个姐姐！"

萧煦"扑哧"一下笑出声。

裴晏在一旁摇了摇头，太子殿下形容的不像是将门女，倒像个女土匪。

一个郭宁已经够闹腾了，再来个女大王，怕不是要带得殿下戳破天。

这想法若是叫萧煦知道，他一定会嘲笑裴晏心都偏到天边了，明明阿璃和郭宁每次闯祸，都是阿璃带的头。郭家那个小娘子傻乎乎地跟着，事后还要被郭统领收拾一顿。

说话间，官道上，一匹枣红色骏马从远处飞驰而来，马背上坐着一个身穿墨色衣裳的女子。她几乎没带什么行囊，只在身后背着一把银枪，枪身闪闪发亮，枪头寒光凛冽。

"她到了。"萧煦看着远处的一人一马，笑着说。

待到离得近了，萧璃这才看清来人的长相。墨衣姑娘的容貌明艳如同开到最盛的桃花，最叫人移不开眼的是那双神采飞扬的眼。单单是看着那双眼，就会让人觉得连天光都更明亮了三分。

杨墨亦看到等在长亭的萧煦，开怀一笑，而后一勒缰绳，枣红马的前蹄高高地扬了起来。杨墨稳稳地坐在马上，神色没有半分惊慌。

那英气逼人的飒爽模样，让萧家的这两兄妹都不由自主屏住了呼吸。

杨墨翻身下马，快步朝他们走来，一边走还一边喊："阿煦，好久不见！"

这一声"阿煦"仿佛一下子惊醒了萧煦，他立刻不再管萧璃和裴晏，自顾自地快步走出长亭，向杨墨迎去。

"好久不见了……"萧煦走到杨墨的面前站定，认认真真地看着杨墨，像是要把这些年错失的那些都看回来一样。他的声音中全是带着喜悦的温柔，低声唤着："阿墨。"

杨墨的目光本清澈坦荡，在萧煦的注视下，不知怎的，竟渐渐地有些不自在了起来。

恰如金风玉露，碧落银河。

萧煦身后，萧璃本等着兄长介绍自己，可等着等着，那人却好似把自己

忘了一样。

"阿晏，你说兄长是怎么回事？方才跟我们还称呼表姐，如今却叫人家阿墨。"萧璃抱着臂，上身往裴晏那边一歪，小声问道，"他是不是起了什么不轨之心？"

裴晏闻言，转头看向萧璃，直言道："殿下又看乱七八糟的话本了。"

"我……我哪儿有？"萧璃的目光心虚移开。

裴晏倒也没有深究话本之事，只是转而道："太子殿下那算不得是不轨之心。听他所言，他与杨姑娘是青梅竹马，两小无猜，感情自然深厚。"

"青梅竹马，两小无猜，感情便要比旁人更好吗？"萧璃问。

"自是如此。"裴晏肯定点头。

"唔。"萧璃想了想，然后踮起脚，拍拍裴晏的肩膀，说，"阿晏放心，我以后对你会比对旁人更好的。"

"好。"裴晏俊秀的脸上露出隐约的笑意，说，"殿下金口玉言，所说之话可一定要记清楚了。"

萧煦之前就已经料到萧璃与杨墨非常合得来，却未想到，两人会那么合得来，两人要好得让他都有些嫉妒。

却说见面那日，许久之后萧煦终于想起来介绍萧璃与裴晏。

于是，杨墨就见到一个玉雪琉璃一样可爱又好看的小姑娘双眼亮晶晶地看着自己，一颗心立刻快融化了。

等她发现小姑娘根骨奇绝，小时候还被绝世高手开过脉，简直如遇璞玉至宝。不出意外，小姑娘以后定会成为绝世高手。想到这一点，杨墨就恨不得小姑娘快快长大，她好将她杨家枪法倾囊相授，叫杨家枪法名垂千古！

就像裴晏所想的那样，有了杨墨的教导，萧璃的武力直接迈上一个台阶。从与萧烈不相伯仲到可以全面碾压萧烈，压着他暴打。

某一日，萧璃在东宫的那棵梨树下练武，一招之后，又打折了一根木棍。她放下手中的半截木棍，手心忽然传来一阵刺痛，这才发现手心竟不知何时被磨出了血。

杨墨见了，有些心疼，赶忙拿出药给萧璃包扎，口中还有些埋怨："我原先还担心你不够刻苦，想着要如何督促你，如今却只觉得你太过刻苦了些。"

在一旁读书的萧煦听到了，笑着跟着说："是啊，我听阿晏说，小时候你为了逃避练武，没少跟霍将军捉迷藏，还曾抱着霍将军的腿到叔父面前干号，号得叔父手足无措。"

萧璃闻言，瞪了一眼假装在认真读书什么都没听到的裴晏。

"谢谢墨姐姐。"萧璃看着杨墨系出的好看绳结，笑了笑，然后语气平静道，"那时候哭号，自然是因为有恃无恐，知道有阿爹阿娘护着我，心疼我。"

可是她现在已经没有爹娘了啊。

萧璃的话让在场三人都沉默了下来，裴晏抬眸，看向萧璃，目光久久未动。

而杨墨摸摸心口，觉得奇怪，明明阿璃神色平静甚至还带着笑，但是她的心里为何那么酸。

心中的酸胀无法排解，杨墨干脆一把抱住萧璃，一边揉她脑袋，一边瓮声瓮气地说："没事，以后有姐姐护着阿璃，心疼阿璃。"

"好呀！"萧璃在杨墨怀中蹭蹭，说，"我以后也能保护墨姐姐！谁都不能欺负姐姐，哪怕是兄长，我也会揍他！"

萧煦一口茶呛在嗓子里，咳得面红耳赤，一句话都说不出。而杨墨则不自在道："说什么呢，我们太子殿下端方君子，怎么会随便欺负人。"

裴晏一声浅笑，又收回目光，投向手中书卷。

那时清风拂面，阳光正好。

后来，萧璃的武功在杨墨的指导下突飞猛进，渐渐地，在大明宫中再无敌手。

日子如流水一般潺潺而过，梨树结了果子，掉了叶子，转眼间又到了裴晏的生辰，梨树也再次开出了一树雪白的梨花。

"殿下带我来此处做何？"裴晏嘴角噙着微微笑意，任由萧璃拉着自己袖子，随着她的脚步来到了东宫的那棵梨树下。

如今还是少年的裴晏在外人看来，已越来越不苟言笑，这般任人拉扯的模样可不多见。

当然，如此好脾气也是有缘由的。今日是他的生辰，他如同往年一样，早早开始等殿下的礼物。

他们认识的第一年，殿下送了他两只草编蚱蜢。他知道若是殿下好好练武，霍将军才会编一只蚱蜢给她，她总共也才得了四只而已。

他们认识的第二年，殿下诓了先帝的印石送给他。因为她曾听见先帝跟他阿爹炫耀那块印石如何花纹玄妙，如何质地温润，如何世间难得。

永淳帝以为女儿讨要印石只是一时兴起，没想到转头她就送给了裴晏。他听阿爹说，陛下气得一天没吃饭，还给殿下加了不少功课。

他们认识的第三年……第四年……第五年……

他知道，殿下从不会忘掉他的生辰。

萧璃把裴晏带到梨树前的一个位置松开他，自己则跑到树下，拿起摆在树下的一柄剑，然后抬头看着树上梨花，似乎在思考什么。

"殿下在找什么？"裴晏问。

"嘘，别吵。"萧璃看了半天，终于找到一个合适处，潇洒挽了个剑花，对裴晏说，"你可睁大眼睛看好咯！"

说罢，萧璃便举剑起式。

裴晏认得出，那是霍将军为了引她好好练功，曾演示过的一套剑招。裴晏还记得，那剑式在霍将军手中，如疾风流转，风驰电掣，气势逼人。

那是多少年前的事了，她竟记得，还练了出来。殿下的武学天赋果然无人能比，勤学苦练也不过只练会了一套强身拳法的裴晏苦笑。

梨树下，一整套剑招舞毕，萧璃却未停下来，而是片刻不歇地从头开始。

裴晏不解，却仍旧安静地看着。

渐渐地，裴晏察觉了不同寻常处。他的手指微动，忽觉有微风自指尖划过。定神看去，这风竟好似自萧璃而来！

这时，裴晏才发现，梨树的树枝好像也被剑气所染，竟开始微微颤动。下一刻，花瓣纷纷而落，却并未零落在地，而是跟随着萧璃的剑势飞舞！

她竟然已经可以将内力附于剑身之上了！

这对于很多武者，可能是终其一生都做不到的事情。萧璃纵然天赋奇绝,可到底年岁不够,自用出内力,便越来越吃力,脸上也冒出滴滴汗珠。

终于,萧璃见到花瓣差不多尽数离枝,就用出最后一丝内力!

裴晏只觉得眼前剑光飞舞,如浮云流水,叫人移不开眼睛,而下一刻——

轰——

雪白的梨花瓣四散飞扬,漫天飞舞,环绕着两人,如雪花般飘落。

裴晏仰着头,看着眼前的漫天花雨,只觉得这定是他此生所见过的最盛之景。纵使往后他再见到什么姹紫嫣红,比之今日,都只会黯然失色。

"殿下……"裴晏的喉咙动了动,声音中有几不可察的颤抖。

"梨花纷纷雨,伴君度春风。"萧璃也仰着头,看着面前花雨,然后又看向呆呆的裴晏,说道,"阿晏,生辰快乐。这个礼物,你可喜欢?"

"喜欢……"裴晏沉默片刻,然后才郑重地回答。

独一无二的喜欢。

举世无伦的喜欢。

无人能及的……喜欢。

万劫不复一般的,喜欢。

"喜欢就好!"萧璃开怀一笑,说,"以我如今的剑气,只能牵动一树繁花,等我以后内力更深厚了……"

"等你内力更深厚了,你是不是还想糟蹋更多花?啊?"萧煦的声音如同惊雷,在两人耳边炸响。

太子站在廊下,看着今晨还盛放的梨花树,如今只剩下光秃秃的枝子,当真明白了什么叫眼前一阵阵发黑。向来温文尔雅的太子殿下,此时此刻说话也难有往日温柔耐心的好声气。

有那么一瞬间,他甚至理解了阿烈为何总是被阿璃气得跳脚。因为他现在也很想抄起一根棍子,狠狠打她几下。

谁知萧璃不仅没有半分悔改之意,反倒理直气壮地哈哈大笑,说:"反正这花早晚都是要掉的,阿兄莫要学别人悲春伤秋啦。"

萧煦闭了闭眼,试图平复怒气,忍了又忍,到底没有忍住,大步流星朝萧璃走去。萧璃凭借着多年闯祸的经验,立刻便知道情况不妙,连忙收了

剑，开始逃亡。

等到杨墨来到花园时，见到的就是萧煦抛了太子仪态，追着萧璃满院子跑的场面。

"这是怎么回事？"杨墨奇怪，向裴晏问道。

阿煦从来最宠他这个妹妹，放在她们杨家要挨上几军棍的闯祸之举在萧煦这里也只是一笑而过。今日阿璃又干了什么，竟把阿煦气得跳脚，还做出如此孩子气的举动。

裴晏抬手，指向梨树。

杨墨看着那光秃秃的可怜梨树，头疼道："我明白了。"

她真怕某日入睡时发现屋顶漏雨，是因为阿璃调皮，把房瓦都给揭了。

"不，你不明白。"裴晏慢条斯理地开口，见到杨墨不解，却又不再说什么了。

太子殿下今年特地叫人好好修剪了这棵梨树，就是为了在梨花盛放时于此地对杨墨表明心意。算起来，也就是这几日了。一切准备就绪，却……这股气若是能忍下，太子殿下怕也跟在世佛陀差不了多少了。

到了最后，还是裴晏进了"谗言"，对萧煦说梨音同离，寓意恐不大好，不若桃花合适，这才将将保下萧璃一条小命。

那日，萧墙被太子惩罚扫花园，须将一地梨花打扫干净。裴晏自然留下，帮着萧璃一同打扫。

"殿下。"裴晏忽然开口。

"嗯？"

"这漫天花雨，殿下可否只予清和一人？"

"当然啦！我可不想再给别人舞剑了，你知道以内力催之有多累吗？若不是我之前使光了内力，怎么可能被兄长捉住？"

萧璃越想越生气，暗暗打算明日把隔壁院子里的桃树花都摇下来，以报兄长罚她扫地之仇。哼！

（未完待续）

图书在版编目（CIP）数据

银鞍白马度春风 . 壹 / 沧海暮夜著 .-- 北京 : 中信出版社，2023.12

ISBN 978-7-5217-6031-6

Ⅰ . ①银… Ⅱ . ①沧… Ⅲ . ①长篇小说－中国－当代 Ⅳ . ① I247.5

中国国家版本馆 CIP 数据核字 (2023) 第 177323 号

银鞍白马度春风 · 壹
著者 :　　沧海暮夜
出版发行 : 中信出版集团股份有限公司
　　　　（北京市朝阳区东三环北路 27 号嘉铭中心　邮编　100020）
承印者 :　嘉业印刷（天津）有限公司

开本 : 880mm×1230mm　1/32　　印张 : 9
字数 : 286 千字　　　　　　　　插页 : 5
版次 : 2023 年 12 月第 1 版　　　印次 : 2023 年 12 月第 1 次印刷
书号 : ISBN 978-7-5217-6031-6
定价 : 45.00 元

待年，劈华山。

望陛下，得偿所愿。